月光下

蔡东 著

作家出版社

图书在版编目（CIP）数据

月光下 / 蔡东著．——北京：作家出版社，2022.11
（第八届鲁迅文学奖获奖者小说精选集）
ISBN 978-7-5212-2087-2

Ⅰ．①月… Ⅱ．①蔡… Ⅲ．①中篇小说-小说集-中国-当代 ②短篇小说-小说集-中国-当代 Ⅳ．①I247.7

中国版本图书馆 CIP 数据核字（2022）第 200163 号

月光下

作　　　者：	蔡　东
责任编辑：	史佳丽　李亚梓
装帧设计：	琥珀视觉
出版发行：	作家出版社有限公司
社　　　址：	北京农展馆南里10号　邮　编：100125
电话传真：	86-10-65067186（发行中心及邮购部）
	86-10-65004079（总编室）
E-mail:	zuojia@zuojia.net.cn
http://www.zuojiachubanshe.com
印　　　刷：	唐山玺诚印务有限公司
成品尺寸：	152×230
字　　　数：	180千
印　　　张：	14.75
版　　　次：	2022年11月第1版
印　　　次：	2022年11月第1次印刷
ISBN 978-7-5212-2087-2
定　　　价：	46.00元

作家版图书，版权所有，侵权必究。
作家版图书，印装错误可随时退换。

目 录

月光下 / *1*

布衣之诗 / *17*

她 / *34*

天元 / *52*

伶仃 / *93*

净尘山 / *115*

木兰辞 / *150*

来访者 / *178*

月光下

我在哪里,现在什么时候,闹钟响是为了什么?被闹铃唤醒后的三连问。几秒钟后,意识清醒,身体立刻从床垫上弹起来。

镜子里的面孔有些陌生。记不清有多久没有认真照镜子了,只偶尔就着手机屏幕,瞥自己两眼罢了。把打结的头发梳开,裙子穿上又脱下,来来回回折腾好几次,在黑色、白色、天蓝色之中,我放弃了更有朝气的天蓝,选择了稳妥的黑色。

这是南方最舒服的季节,不冷不热,风和阳光清清爽爽的。借着路边的玻璃门,我悄悄打量自己,发型衣着都过得去,心情虽忐忑,也还藏得住。想一想,像上辈子的事了,现在的她,到底会变成什么样子呢?

不出所料的缘起,先是春节前夕,我们被拉到一个叫"相亲相爱一家人"的群里,说是一家人,其实有见过的也有没见过的。大家亲热地互致问候,发养生谣言和珍藏的表情,"晓茹"两个字出现时,我心跳加快。真不敢相信,她居然也在。生怕她又不见了,想赶紧加上她,临到最后却没把消息键入出来。时间露出一个小豁口,旧事一幕幕涌出来，都这么多年了，还要继续用沉默表达对她的责怪吗？想起那场梦，在梦中的小城白事上，我一眼认出她来，她远远地站在幔帐边，目光交汇的时候，她嘴唇动了动，好像有话对我说。犹豫半天，等我下定了决心去找她，她已经离开了。

群里热闹了一阵子，几轮热络的网络走亲戚后，气氛凉下来，因为并不真正生活在一起，曾消失在时间里的人换种方式又消失在虚幻的空间里。有时我会猛然一惊，以为她退出了，赶紧点进去看看，见她还在，就松了一口气。我了解她过去的坎坷和挫折，她现在的日子也未必有多好，如果是我，丢不起人，早就自绝于家族，干脆让自己永远消失了。迟疑和猜度中，日子像上了釉，一天天滑过去。

直到她主动加上我，说，刘亚，我也在深圳。

约了几次，不是她没空就是我不巧，或者也可以说，总有一个人没准备好，托辞逃脱了。大半年之后，终于定下来时间地点，人物是我和她，刘亚和李晓茹。

她到得比我早。隔着窗子端详她的侧影，利落的短发，干净的墨绿色针织衫，背是挺直纤瘦的，我心里踏实了些。快步走向她，她应声转过头来，在这个时空里，她依然记得我的脚步声，有一个瞬间，我像坠入昏暗的深海，四周是真空般的寂静。

小姨，你有白头发了。这句话脱口而出，暗地里埋怨自己不会说话，随之却发现，我俩耸起的肩膀都松开了。

六角托盘擎过来两杯茶，透明杯子里绿莹莹的，薄片正舒展成嫩叶，有的芽头朝上，立于水中，有的缓缓落下，躺在杯底。她倒吸一口气，赞叹着好看，一边却说，不用来这类地方，在哪里说话不是说。这类地方，大概就是指四季恒温、落地窗通透、植物和美器环绕的玻璃屋。现代人吃完饭喜欢再找一个地方喝东西，坐进被设计的空间里，也坐进被设计的生活里。

她还那么爱美，拿起手机拍杯中碧色，我趁机细看她的样子。头顶长白发了，眉心纹刻着深深的竖纹，但比起同龄人来她仍显得年轻。很多这个岁数的人，头发往脑后梳，稀疏得几乎能数得清，还有一具沉甸甸的身体，穿什么衣服都紧绷在肚子那里。不光是体态的年轻感，她精神头看上去也不错。难说呢，这会不会是一种调动和伪装，我不也挣扎着出了门，在没有快乐激素分泌的情况下调控出快乐和积极来，只是临出门的时候，放下刘海遮住了眼睛，于是我去寻找她的眼睛，眼睛可骗不了人。她的眼睛并不黯淡，眼神里充满对此刻和未来的热情。

几棵散尾葵，几株马醉木，室内就幻化出一片清新的小森林，看多了，也觉得不过是一种崭新的流俗。她看看四周，说，我住宿舍，连个坐的地方都没有，不然就叫你过去了。我低下头，喉咙一阵发紧，知道她想认认我家的门，但久居城市已不适应具有速度感的亲昵，哪怕我们曾经那么熟悉，哪怕今天看她一眼我就听见心底的声音，如之前的某个人生阶段，现在的我也需要她。

她座位旁站着一棵高高的琴叶榕，小提琴形状的叶片掩映着她的脸。过往的这些年，她的脸时时浮现出来，总在一个金黄色的场景里，四月的河边，大片连翘开花了，长长的花枝伸向空中，她站在满缀金黄小花的枝条间。

我和她像两棵水草，一高一矮地生在河边。同伴们是几棵杏树、成片的连翘，还有荠菜、野茼蒿、蒲公英和马齿苋，爬满斜坡，向着远处蔓延。家在河的另一边，种着香椿和月季的小院落，安然待在一排平房中。黄昏时分，我们爬上河沿准备回家，才发现裤脚上沾满了苍耳。

我是她的小跟班，她是为我摘苍耳的人。

我曾为我妈感到些许遗憾，老天爷偏心，李晓茹才是姐妹中长得好看的那一个。有她在，我眼睛挪不开，偷偷盯着她看，仰慕她俏丽的单眼皮和飞扬的长眉，还有月光一般的皮肤。一度不知怎么形容那细白若有光的皮肤，比雪色柔和，比奶脂透亮，直到那个月夜，我分不清楚了，月光是从天上落下来的，还是从她脸上轻轻荡漾出来的。

我和她年龄相差十几岁，辈分上她高我一辈，我们却亲密得更像姐妹。父母白天上班，我又是独生女，我却从来不知道什么叫孤独。有一段日子，沉迷于扮古装美女，头发里插上自制珠钗，披着曳地的毛巾被，端起胳膊走来走去，她就配合我，演小姐丫鬟什么的。还拓展出大侠系列的新剧情，一人执纸扇，一人持木棍充作的剑，挥舞，发功，从高处往下跳。她手巧，会编各式辫子，在我头顶两侧扎两个高马尾，再盘起来，戴上蓬蓬的头花，我定睛细看，马上宣布这是全天下最美的造型了。要知道，比我大几岁的孩子都嫌弃我，她不会。

杏烟河是我俩的嬉游之地。在那里，你知晓四季是怎么到来和退出的。月光下，杏树枝根根分明，投在地上的影子也是瘦的，疏疏淡淡干净的几笔，忽如一夜，水边堆满热闹的花影，抬头一看，干枯的树枝上冒出密密的杏花，酸胀的春天舒畅了。接着，白天长了，细细窄窄的河流变宽了，充足光照中，树叶的绿厚了一层，又厚了一层，蝉声在浓绿中突然静默又骤然响起，她喜欢说，一大早天就这么蓝，中午得热成什么样！当河边的色彩变得丰富，夏天就过渡到了秋天，毛衣上的静电起得噼里啪啦的。到了深秋时节，河水分外沉静，风掠过，几朵云从水里浮起来。我们用纸片叠小船和飞机，任由它们随水流走，我们百无聊赖地躺着，看到英俊的狼狗把吃不完的骨头埋进土里，然后永远地忘记了。

那晚皓皓的月光在河面上晃荡，月下求偶的青蛙发出高亢的叫声，我抬头看到朗照的月亮，突然觉得它待在空旷的天上那么孤单。小姨扭捏一晚上，像是忍不住了，凑到我耳边扔下一句话，我处对象了。我一愣，隐约知道有过几个人追求她，半真半假的，她并不理睬。正式对象吗？是谁是谁？回过神来，我扒住她的肩膀，迫切地想探听更多。

她害羞起来，枕在一丛没抽穗的车前草上，后背对着我。我被吊得难受，假意说先走，她又靠过来，说两句，收回去半句，像河面上忽闪忽闪的月光。她的脸时而化进夜色，时而从黑暗中浮现，分不清楚了，月光是从天上落下来的，还是从她脸上轻轻荡漾出来的。

听着听着，我浑身发烫，同时感到一股庄严的气息四下弥漫。没等她说完，已感觉自己重要了起来，我是被信任的人，第一个知道这件事的人，一定要守护好秘密。我捂住胸口，调匀呼吸，也想说点什么以回报她的信任，可惜我连小学都还没上，除了在我妈兜里偷过几块钱之外，再没有更重大的秘密了。

她接着吐露，已互赠了照片，从口袋里把照片捏出来。我举高照片，月光拨开了黑暗。照片上的人侧身站立，手一上一下抓着衣领，衣领上头，是平凡如你我的一张面孔。

"啊"了一半，惊疑的感叹未成形，完整的失望在心底悄然升起，嗐，怎么就跟他好上了。转念一想，这个人能让她脸上放光幸福成这般模样，又不由得亲近起他来。毕竟，姥爷就不说了，添了心病，总想着给待业的她找事干，连我爸妈都发愁，复读再次落榜，前程在哪里呢。她说，他就像世上另外一个我，我们有很多共同点，都闻不了芫荽味，都爱吃饺子皮，不爱吃肉丸。我说，那饺子丸怎么办？她跟我打闹起来。我心里为她高兴，生活还将继续下去，大好的日子在等着她。以前，人们总虚言着她的未来，她长着修长匀称的四肢，据说适合当运动员，但怎么才能当上运动员，没有人知道，连她自己也不上心，都是说说罢了。

过了两个月,侯南南骑着自行车在河堤上疾驰而过,后座上坐着她,大梁上坐着我。侯南南穿运动裤和黑皮鞋,跟小姨差不多高。之后他不穿皮鞋了,比小姨矮一点。他下了班也加入到夜晚的嬉游,月光勾勒出一条小路,小路带我们至树林的深处。几个人一起摸爬爬,摸到塞进罐头瓶里,运气好的时候能有满满一瓶呢。遇上正脱壳的,我们就凑在一起看,在手电筒的一束光下,爬爬背部裂开一道缝,蜕出来淡绿色的翅膀和几近透明的新身体。更多的时候是游荡,走着走着来到河边,我俩坐地上,他找棵树倚上去,歪着头讲故事,有心让我们觉得他很厉害,他也会勇敢地驱赶爬过来的臭大姐,我别过脸去偷笑,觉得成年人也挺好玩的。我忘了他俩还年轻,散漫游乐之后,脸上也有一闪而过的不甘和茫然。

刚上小学的那两年,我跟她见面少了。原来人生是一段接着一段的,好像一下子,我们就走进了各自的新生活。我交上年龄相仿的朋友,也体会到微小却灼人的痛苦,具体来说,是同桌总用胳膊肘挤我,我的领地只剩一窄溜了。

我们再遇见,刚开始会有点生疏,很快又亲近起来。她读书不行,一用功就偏头疼,还神经衰弱,姥爷给她用气功治过,但她最喜欢给我买课外书,叮嘱我好好上学。我还怀着念想,经过短暂的冷淡期之后,我们还会像以前一样好。

事实上,我们再也没有像以前那么亲密。有时,我会想起杏烟河的河水,日日夜夜往前流,没人知道它流到哪里去了。

还是在亲戚家,影影绰绰地听说,她哭闹几场,到底把婚订了。这之后,一个傍晚,她把我从家里叫出来。她清瘦了些,脸颊微微凹陷,太阳穴边游动着细细的蓝色血管,那时我不懂,爱上一个人,异样的光彩和骇人的憔悴交替出现，爱情既制造多巴胺也令人忧愁脆弱。她往我手心里放了一样东西，我以为啥稀罕物，一看不过是塑料发夹。注意到她热切的眼神，我装出惊喜的样子来。就在那天，我第一次感觉到，是她依恋我多一点。暮色中，我们沿着被太阳晒热的小路走向河边，她的裙子沙沙作响，像雨正落下来，又像风掀动满地的落叶。

我们并排躺在河边，风吹在身上，是可以用身体感知到，也能从树冠和水面上看出来的那种风。睁开眼睛，迎过来的不是断编残简样的天空，是一整块向着无尽，从容铺展开来的蓝。

站在高处往下看，这片街区像不像一个巨大的竖琴？我问她。

她摇摇头，哪见过竖琴，这块地方也不熟。

其实我也觉得不像。只是愿意对居住之地生出浪漫想象，取空中视角把偌大的城市想象成无数个竖琴的列阵排列，那真称得上壮丽了。拉开足够远的距离向下俯视，高瘦颀长的建筑物仿若细细的琴弦，琴弦间，长满了树木和街道。

我说，那你觉不觉得，深圳是站立着的。

她笑了，这样一说就懂了，可不是嘛，咱们那里是横躺着的。

我想起多年前熟悉的景象，天高地平的黄泛冲积区，连绵成片的低矮房子和城郊安静平整的田野，听到她补充了一句，现在也算半蹲了。

哪有什么是不变的，天际线也未定型，只是变化慢一点。我说。

在几幅剪影画里，我能准确地把生活之地认出来，我熟悉它目前的线条和高度，这让我感到踏实，以及片刻的确定。毕竟，多少以为会永远在一起的人，一恍神就不见了。连坐在这里喝口茶，窗外的云彩都来了又走，变幻了好几回。

她说，你长大了，我是变老了。我看着她，小姨你哪里老，气色比我强。她笑笑，心劲还没老。很多年过去了，她无意于站在另一个角度重述那件事，以完成自我辩解，但一年又一年地，那根刺正渐渐融化在我自己所经受的生活中。

我注意到，她拿起纸巾把桌上的水渍抹干净，没有水渍也来回抹，这或许是过往从事某个职业的印记。她说这些年奔走多地，最早做保洁，后面学古法经络，专治亚健康，也做过老板的住家保姆，麻利干活，其他时候笨笨的就行，雇主要管理不想走太近，就注意保持距离，包吃住挺好，手里一直有活钱，只是跟坐牢一样不自在，半年就辞掉了。我问她现在靠什么吃饭，她说，前些年开始做育婴和产后康复，就是伺候月子，熬夜免不了的。

我点点头，大体明白了。在各个年龄段女性都讨厌被叫成阿姨的时代，她从事着可以笼统地被称为阿姨的各种工作。珠三角和长三角流动的中老年女性，善解社会和家庭之烦忧，亦专于藏匿和退场，她们无比重要却能随时隐形，就这样凭着勤劳与智慧过活了下去。她说，城市人需要什么我就学什么，说不上人们忽然开始信什么，不求稳定，跟着市场一直都在变呢。

是呀，她没工夫往回看，只拥有现在。她说，跟你妈一直有联系，她刚得心脏病那年我回去看她，问起你来，说早出来上班了。她等着我也说点什么。到底在外生活多年，自觉遵守新礼节，不打听私事，加着小心不毁掉这次相会。但她的眼神是急切的，是与比较和窥探无关的，单纯地想知道我过得好不好。

攒了很多话想对她说，又怕表现出过了火的熟络，毕竟我们在彼此的生活中失踪已久。瞅瞅周围，人越来越多，闹哄哄的，有几个姑娘站着四处看，侦察员般等一个座。我们左边那桌谈上市大生意的，嘴里不断说出来的名字很唬人。右边一个戴哈利·波特圆眼镜、穿宽大卫衣的小男孩，到了就摊开一本书，半天没翻一页，也许是装饰。更远的地方，看得见风景的窗子边，坐着的人像两对夫妻，关系没到家里聚餐的亲密程度，选在外头聊天倒也自在。

我和她曾共享大好月色，共享一段充满人情味的日子，呼朋引伴，形影不离，以为会一辈子这样好下去。那时，我瘦得撩起衣服能看到一根根清晰的肋骨，此刻，我正处在跟发胖、网瘾、职业低谷、焦虑型购物搏斗的人生阶段，睡前辗转，杂念如潮，醒来的一刹那，身体像刚晒干的直挺挺的旧毛巾。家里也越来越狭小，万恶的满减和凑单造成了囤积，有时竟担心自己被各式各样的纸巾吞没掉。

胆怯如我，不敢把上一任房主贴在房间里的平安符撕掉，任由它在那里继续庇佑着房子和生活。枕头已发黄，标签也看不清了，我没有勇气换成新的，害怕再买不到这么舒服的枕头了。我还居然，开始穿红色带福字的袜子。

然而，表面上我已刀枪不入，老练地坐下来，双肩包卸一边，不与人对视，顺滑地戴上一副现代的表情，不在场，无牵绊。最初还觉得心惊，满地的幽灵，熙攘又冷清，原来不光我爸在家中幽灵一般存在着。单位大楼，综合体，地铁车厢，各个空间飘浮着的，是谁都不在乎谁、互相不感兴趣的眼神，空气里满满的是自恋和防御。

有些时刻，发现月亮竟行至窗前，先是一怔，接着心底涌上来模糊的旧事。我到底也跟它疏远了。世界隐没于黑暗时，它就会显现出来，在天空一角沉默地缺损和圆满，寂然中，移动潮水，譬喻悲欢，让人在不经意看见它的一瞬间，出一会儿神，有所思，有所想。

她淡淡地说，身体总有吃不消的一天，接下来打算学含金量高的技术，考个通乳师的证。你念书多，帮着参谋下。我说，你看好的，保准行。她说，也不是什么正经证书，图个安心，有总比没有强。我想起过往时光里她跨过去的那一道道坎，忽然就觉得，一切并没有那么可怖。捋捋刘海，从哪里开始说起呢，就从家里的三个人开始说吧。

家里还有三个人，跟我一起住。

这么多人？她惊讶地看着我，手里的动作停下来。

先说说名字，等着再见面，他们是李榕添、周细龙和董娟玉。

赶快去通知晓茹，这是最后一面。我得令，跨上自行车，头也不回地冲进黑夜。脚蹬得飞快，耳边只有呼呼风声，屁股都离开了车座。这之前，我妈打了几通电话，是忙音。我提醒她，小姨家的电话早停机了。

小姨熟食店的生意一度兴隆，她羡慕我家有电话，挣到钱先把电话装上，也是一圈数字转盘、话筒在上方而不是一侧的电话机——现在人们眼中的老式复古款。她打电话喊我去玩，声音里有按捺不住的激动，一并顺着线路传送过来。她在娘家时就卤得好下水，成家后靠手艺开起一家小店，卖卤味和炸货，记得开张那天我可高兴了，满心盼着她过得富，富得流油才好。之后我去她店里玩过几次，有一次，她拿出半块亮红的卤猪耳，一边切一边没头没脑地说，侯南南又把内增高皮鞋拿出来穿了。我回忆起当年他穿运动裤配黑皮鞋的样子，有些惶惑，鞋是带增高的？她接着说，皮鞋在床箱里放了好多年，扒出来一看都长绿毛了，他擦了好几遍鞋油。我随便应着，哪里等得及，拈起案板上的猪耳就吃，感受那又脆又软糯的奇妙口感。她用围裙擦擦手，叹口气，又说别的去了。

我快升初中时，她给我买了一身大红运动服，专门送过来。那个年龄的我，沉默，敏感，正是从心灵到身体都别别扭扭的时候，僵硬地接过衣服，也没说声谢谢。我偶然看她一眼，忽然觉出来她老了，眼神呆滞，手脚迟钝，头发披下来，用我妈的话说是跟疯子一样。她身上散发出一股哈喇油气,白袖套也很脏。接着就听说,她做的熟食味道大不如前,心思没放在上头。小生意靠街坊回头客,人家买到发臭的食物,上一回当决不再买,口碑丢了,小店就在恶性循环中半死不活了。又陆续听到一些愤慨的对话,大意是她抠姥爷的退休金,她开始到处借钱了,反复听见的是救急不救穷这句话。有些话压低了声音说,听得并不真切,但知道不是什么好话,我不喜欢别人背后这么议论她,想到她不知受了多少冷眼,心里会猛然疼一下。

但我跟其他人一样,有点躲着她了。

路灯头上跟着一团团蚊蚋,灯光勉强漏下来一点。一块砖躺在路中间,发现时已来不及,车子一踉跄,把我颠了下来。坐在地上揉膝盖,心里说不出来的怕,抬头看见半个月亮,正努力发出微弱的光。我想起过往的日子,想起河边夜晚的月光,有时是银质的月光,叮叮当当清脆地掉落;有时是磨了毛的月光,带一层细密的短绒,可软软地披在身上。我站起来,扶稳车子,继续往前走。

远远地看见一星点暖黄,渐渐晕开了,变大了,接着,黑夜中显现出一个黄盒子,方方正正的,盒子里头就是她的小店。一间面对街道的偏房,墙壁上开了一扇窗,灯光从窗子里透出来。我丢下车子,冲小窗里喊,无人回应。大门敞着,我冲进院子,箭头一般楔入一片凝固的黑暗。

那一刻我太着急,顾不上其他的,是在一遍遍的回忆中,孤寂和无望缓缓从那个画面中漫出来,她和她的影子相对而坐,身后是黑沉沉的夜。

院子里没开灯,只有轻烟薄雾的月光,渺渺地照着,她坐在小凳子上,也坐在能藏住人的暗影里,她身旁有个煤球炉子,炉子上白铝壶咕嘟咕嘟烧着水。

快走快走,姥爷不行了。我呼哧呼哧喘气,边说边往外跑,天都快塌下来了,恨不能马上拽着她飞回家去了。身后竟没有动静,我停住脚步,转过头去。后来很长一段时间里,我都忘不了她的表情和她的话。

她摇晃着站起来,又坐下去,她说,等我把这壶水烧开了。

我在她制造的真空中窒息了,全身不能动,也说不出一句话来。只迷迷糊糊感觉到,不知哪里裂开一个大口子,轰隆隆地,涌出来一些我还无法理解和辨别的东西。

没等我回过神来,她抓起壶把,把水壶扔在地下,哐当一声,溅了一地的水。

两辆自行车慌张地蹿出去。黑夜里,传来齿轮和链子猛烈摩擦的声音,还有急促的呼吸声。我和她之间多了一个秘密,一个真正的秘密,我相信自己永远不会说出去。

路穿过小城,在小城的边缘地带突然终止,我穿过一道暗门,却赶紧捂住眼睛。双手颤抖,泪水冰凉,车子驮着我进入虚焦的前方。那时候我不知道,眼泪到底为何而流。我被一股太过复杂的情感淹没,熟悉的世界露出更深也更幽暗的那个部分,我不愿正视,也无法说出它们。

接下来的守灵,我哪肯理她,不光是愤怒,还有一些沉重的东西压得人透不过气来。冗长的葬礼进行到众人齐号只出声不掉泪的阶段,只有她这个小女儿低着头,没声音,有眼泪。

也许,这并不是我最后一次见到她。中考那年,消息乱飞,传她离了婚,带着小孩走了。事后孔明说活该,厚道些的说认命。我硬起心肠,没找我妈详细问,想起小表妹来却很伤感,在他们家还有钱的时候,送表妹学过一阵电子琴呢。传闻渐渐消散,大人们那么忙,闲话也拣最热乎的说。

中考后,我知道自己能考上有书念,长假走到跟前了,不争气地,想念起她来。骑着车子一次次从她家门口过,盼着正赶上她往外走,我们就相遇了。相遇并未发生,我推着车子站在门口,不知这里还是不是她的家,两扇大门紧闭,小店的窗户被报纸糊死,只有那棵高大的柿子树,叶子枉自绿着,长长的树枝伸到院子外面来。

下午,我习惯性地来到河边,独自坐在泡桐树的阴影里。还记得,她曾把满含花蜜、淡紫色的泡桐花用线穿起来,给我做了一个项链。只要听到一阵脚步声,我就赶紧回头,幻想她像以前一样突然出现在我身后。孙国梁喊我时,我吓了一跳,转头看到他站在树荫下,我注意到老同学嘴上长出淡淡的胡须,车筐里放着刚租来的一摞武侠小说。他嚷嚷道,城西来了个马戏班,有个演飞天女的,都说是你姨。我不信,什么飞天,别瞎说。嘴上说不信,孙国梁一走,我立马蹬上车子往城西赶。

我跑过城区,跑过菜地和汽车站,跑过了一个完整的黄昏。夜色里,一座亮着彩灯的圆形大棚出现了,数根立柱撑起红白条纹的棚布,棚子门口放着两个黑色大音箱,还有几辆卡车停在树林旁的空地上。我买票进去,找靠前的位置坐下,等着座满开演。

穿绸袄的猴子倒骑在山羊背上,山羊迈着艺伎碎步走到舞台中央,观众哄笑、吹口哨,我只觉得猴子的眼神很悲伤。接下来是爬杆和铁笼飞车,惊叹声一波波涌向棚顶。我看不进去,像个局外人,木然坐在座位上。终于,顶花坛的壮汉下场,几个闪闪发光的女演员走上来,她们的身体裹在艳丽的色彩中,翠绿、玫红、宝蓝、金黄,腰间缀满粼粼的亮片,收紧的裤脚上飘着几朵云纹。报幕声响起,预告绸吊表演开始,长长的绸子从顶棚上垂落下来,不可思议的一幕就要出现了。女演员们单手挽住绸子,像画圈一样走步,越走越快,我还没反应过来,她们已飞在半空中了。我紧盯舞台,眼睛都没眨,不知道她们怎么就飞起来了。她们优美旋转,双腿仍在空中有节奏地摆动,像蹬踩着肉眼看不见的阶梯。她们化同样的妆，四肢都很纤长，我心里着急，哪个是她，她到底在不在半空中。顶棚上的频闪灯像是坏了，光束呜呜咽咽的，舞台的热闹与繁华里平添了几丝荒凉，到最后，我就把那个遍体金黄的人当成她了。

黄昏的几缕阳光斜照进来，把人的影子投到远处的地板上。她从包里拿出一板药，摁住药片顶开铝箔。我给她要来一杯清水，她仰起脖子吞下药，没多说什么。我知道，她这个年纪的人大抵是受着一种或几种慢性病折磨的。

李榕添是衣柜，周细龙是餐桌，董娟玉是电脑。我给衣柜、餐桌和电脑都起了名字。

她睁大眼睛，嘴唇抖动，复又平静下来，抓住我的手握一握。她说，刘亚，没什么，不过是平常事。她顿了顿，记得那个家北窗下的石榴树吗，有那么几年，我叫它刘亚。

要用眼睛看别人，此时我用眼睛看着她，她也一样，我们的视线坦然相接。不能哭出来，我找的理由是，这里人太多。但有件事情我打定主意，不计较了，我先来。我知道，她拐着弯地打听我，她同样知道，我总引导别人多聊聊她，几个月过去，在暴雨接连不断的夏天，谁也不往前挪一步，显然都在保护自己。长夜里我暗下决心，睁开眼却世故退却，好像这才是生活精粹出来的正当反应，而主动表露感情是何其不明智的行为。

茶已经放凉。她站起来，说沙发窝得人难受，出去溜达溜达。我跟着她往外走，像一下子回到了多年前。这一刻，我辨认出胸口突然涌上来的热流是什么，是庆幸，庆幸在我能理解更复杂的人世时，还有机会跟她相见。

推开门，尚未汇入到人流中，我们像被什么撞了一下。不知道哪条街的桂花开了，金桂的香那么重，风都吹不动，空气变得很稠密，站在里面，蓦地就被花香染了一身。不似幽冷的兰花香，飘飘忽忽，闪躲着什么，桂香浓郁，强烈，无所保留地让空气达到饱和状态，香味像凝结成一滴滴水珠般，落得到处都是。

她深吸一口气，说，听说这两年家里也开始堵车，真不敢想了。可惜过年还回不去，月子订单排到了春节后。我马上说，忙你的事业。她摇摇头，哪有什么事业，吃口饭罢了。我说，今年我能休假，你记挂谁，我替你回去看看，多拍几张合影发给你。她笑了，这个哪能替。

洒水车缓缓走过，喷出的水流落在路面和一旁的绿化带上。她指着前方，说，快看快看。我循着她的视线，看见一道小小的彩虹，阳光和水滴造就了它，缺了小半边，照样梦幻鲜艳，在空中抛出优美的弧度。

饭店门口的台子上放着菜牌，她拿起来翻看几页，大大方方放下，往前走出去一段路才对我说，钱不是这样花的。她说多年来有强制储蓄的习惯，备着应急和养老。我想象着，再过十年，即使她头发全白了，也跟那些老去的电影演员一样，是一头优雅蓬松的白发。

她问，你家里能做饭吗？我点点头，能做，就是东西不全，不太像话。她试探着问，要不去家里看看？我想起那个进门堵着一堆鞋子的住处，毫不犹豫地说，当然可以。

小直升机般的蜻蜓悬停在灌木丛上，鸟挥动翅膀起飞，雪白的肚腹和金属光泽的尾羽在空中一闪而逝，剩一缕鸟鸣还飘在半空中。街道转角处的烘焙店很火爆，坐满了被公众号准确引流到店里的顾客。再往前走，路边是一家瑜伽馆，高高的玻璃窗里，两排女士一排男士在导师的带领下，时而脖子后仰下巴上扬，集体化作眼镜蛇，时而手臂伸直前胸贴地，集体变成正在舒展身体的猫，练习柔软，尝试自然，学会放松，一点点把属于人类的压力释放出来。我暗想，老板可千万别跑路，得让浑身硬邦邦的人有个地方去。

橘红的月亮出现在天地相接的地方，天一黑，它就蹑足而上，越过树梢，步入深蓝色的天幕。像往常那些日子一样，它散射出母系的、心智成熟又充满感情的光，安抚夜空，慰藉人世。

我跟随她拐进旁边的小超市，她问，现在爱吃什么，我说，你做的都好吃。她在货架上细细挑选，把散落的白菜豆腐五花肉归拢到一起。她一抬头，像突然发现了什么，声音里透出欣喜，刘亚你比我高了。回去了，我拎起袋子，挽住她的胳膊，往灯火更深处走去。

布衣之诗

孟九渊和老头站在院子西墙下，站在曾经生长过忍冬、连翘、栝楼、榆叶梅的地方。

还剩一棵石榴树。石榴树是早春时分栽下的，五月开花的时候，左邻右舍都说，这就对了，院子里有棵树，就像个家了。树已活了二十年，如今没人侍弄也日精月华地自个儿长，循着节气落花挂果。刚立秋，果实还没上熟，果皮青绿油润的。

鸡窝的门敞着，不知被哪天的风刮开的。老头把门合严，说，一没人住，房子就瞎得快。

两人在院子里转悠，像上回一样，他们的视线最终交汇在前面邻居家的屋顶上。孟九渊的嘴动了动，他看到老头的嘴也半张着，两人什么话都没说出来。

瓦间的草又长出来了，还有几片瓦开裂，露出里面的木檩条。

老头努努嘴，说，你上去把草拔了。于家的人，说不定哪天就回来住了。

每次陪父亲回老屋，还来不及清扫自家的院落，孟九渊就已经爬上房替于家拔草了。他蹲在屋顶上俯看于家的院子，院子里曾经有一株杏树，一棵梧桐。眼下，梧桐只剩一截粗短的树桩了。大前年，一伙拾荒者占了于家的院子，砍掉梧桐当木料卖了。在孟九渊的记忆中，这棵俊爽的梧桐树是跟夏天联系在一起的。漫长从容的夏日，退休老人沿墙根儿闲坐，狗侧躺在地上，身子抻得长长的。梧桐树繁茂的枝叶伸过院墙，巷子里落满树荫。孟九渊一直记得这幅画面，仿佛能顺着梧桐的枝杈，滑进画面，滑进静谧安详的夏天的气氛中。梧桐到底没了，杏树也枯死了，失去水分的树枝像一只奋力张开手指的苍老的手，一把将孟九渊拽回到往事中。院子里还曾经有一块花圃，栽种着金梅、玉簪和鸡冠花，一只毛茸茸的黄猫，常闭目趴在窗台上，或伏在冬青树丛里昏睡。现在，树、花、黄猫都消逝了，塌了一角的放煤球的棚子，地砖缝隙里钻出的蒿草，向四周弥散出浓浓的废弃感。

　　孟九渊望着于家的院子，它像一个衰弱的生命体吃力地喘息。它的憔悴，它的累，缓慢而稠密地渗进空气里，它似乎连注视的目光都承受不了，随时可能崩解湮灭。

　　上周一个晚上，老头端坐在沙发上，说把中央一台给我调出来。

　　他用重音说，"调（diào）"出来。一到儿子家，电视机就不那么熟悉亲切了，他尤其畏惧遥控器，怎么开关怎么换台，总也学不会。让他怵头的还有电子保温开水瓶，他误打误撞地"调（diào）"出过一次热水，至今都觉得神秘无比。

　　他盯着电视屏幕，说，小孟，想回家看看了，你订票吧。

　　在一个灰蓝色的下午，他们回到老房子里。老头抖开两床薄被，潮霉之气扑鼻而来，他皱着眉头把被子搭在晾衣绳上，用力拍打几下。

　　晾上被子，老头仰起脖子，说，我去找找劲松。孟九渊转过头来，又找劲松？爸，别找了！

老头摇晃着脑袋，自顾自出门。很快，孟九渊听到邻居们打招呼的声音，紧接着是笑声，敷衍飘忽的笑声。他从房顶上站起来，看见老头倒背着手往河边走去，几个闲人重新回到马扎上坐好，还不忘朝着老头的背影伸出手指。

沿着梯子下来，出了院门，孟九渊走到几位老邻居跟前。

薛老师抬起眼皮，说，回来了？薛老师的眼睛变得很小，且形状上是个难以形容的多边形。

薛老师，你还记得方今吧，知道他住哪里吗？话刚出口，孟九渊就后悔了。

在城里吧，很多年不回来了，过年过节也不回来。薛老师说话的声音很轻，生怕惊扰到什么似的。他脚边有一张低矮的小木桌，上头放着瓷缸子和暖瓶。春夏秋三季，无风无雨的每个下午，老人们都慢悠悠地喝着茶水，日子，就这样湿润柔顺地流过去了。

孟九渊来到河边，发现老头斜倚着一棵银杏树，眯缝着双眼似睡非睡，银杏叶子在他脸上投下一片片扇形的阴影。孟九渊也背靠着银杏树坐下，目光越过河水望向对岸，河对面是一小片杂树林，偶尔有鸟雀从枝叶间飞出，用尖而长的嘴在平静的水面上划开一道细细的线。几棵柳树向着河水倾斜生长，柳梢浸在水里。

他忽然睁大眼睛，河那边，长长短短的柳条儿后面，竟停落着一只大雁。

天空中不见雁群，是一只淡褐色的孤雁。它伏低身子喝水，转头梳理羽毛，然后，安静地趴在水边草丛里。

直到河面起了雾，它和河水、青草、杂树林一起渐渐隐没在雾中。

夜晚从天空中释放出来，夜色一点点散开了，漫过房屋、河流、刺柏、玉兰、紫穗槐，空气里透出凛凛的寒意。此刻，阳光依然停留在南方的上空，透过玻璃窗斜斜地照进房间，落到他的书桌上，落在两页未完成的新闻稿上面。

孟九渊轻轻推老头一下，说，爸，回家吧。老头睁开眼睛，说，我梦见于劲松了，还穿着那件白色的跨栏儿背心。孟九渊看着父亲，他眉尾下垂，眼神迷茫，气色也不佳。或许一个满腹心事的老人没那么容易进入梦境，或许不是梦，是他闭上双眼就想起了劲松。

老头又一次寻劲松不遇，孟九渊也没有打探到方今的确切消息。第二天离开时，云团滞重，坠得天沉沉下堕。门闩穿过门鼻，挂锁钩进圆孔，锁梁摁入舌槽，家，被关在两扇闭合的木门里，父子俩沿着窄窄的夹道走出这片老式居民区。孟九渊回头张望，平房一座挤着一座，颜色如同失去光泽的发乌的银块，在他眼里，它们还是一根绳子，不管他往哪个方向走都一次次地把他拉回来。

只要把服务员叫过来退湿纸巾，孟九渊就想起一年前他和赵婵的短暂分居。

那晚，孟九渊在一家粤菜馆招待大学同学。读书时并不太熟，人家到深圳出差肯联系他，他心情还真有几分激动，他珍惜在这座新城见到故人的每一个机会。赵婵下了班也赶过来，张罗着点中上档次的汤和海鲜。席间，大家的交谈有点涩，恰如其分地涩，符合彼此关系的实际，话题也不浮夸，没有一个人谈及国内外政经大事。

完美的夜晚，完美得让人心虚，让人隐隐担忧，接下来会发生什么不好的事情。主食快吃完了，眼看就要宾主尽欢地散去，赵婵突然拿起桌上的干巾，说质量不好，招呼服务员退掉。她从手袋里掏出一包纸巾，说，这是在香港买的"维达"，湿水不破，韧着呢！孟九渊偷偷瞅了她一眼，她的笑容看上去有点怪，他随即感觉到，感觉到这线条流丽的夜晚出现了一个明显的顿挫。

结账时,赵婵提出打包。孟九渊用眼神质问她,你这是怎么了?拿回家你吃吗?吃吗?赵婵避开他的目光,起身去柜台付钱,很快就有服务员来桌旁收湿纸巾。孟九渊按住湿纸巾,问,干吗?服务员缩回手去,解释道,女士说没用的都退掉。同学赶紧拿起来,说,不习惯用这个,退了吧。孟九渊动作很大地扯开包装,说,我用。

同学勉力微笑,准备和这对夫妻共同面对这场关于湿纸巾的可怕灾难。

回家的路上没有互相埋怨,更没有激烈的争吵,两人沉默不语,沮丧茫然。事败于最后一刻,似乎是带着自毁意味的有意为之。她一直是个大方得体的妻子,他则是个随和的丈夫,事情到底是怎么发生的?他们兵分两路不断返回到刚才的场景里,发现那里已变得气息芜乱,昏暗不明。

四个月后,赵婵才重新搬回家里住。他们终于能够真正谈论那个失常的夜晚了。

那天,赵婵蝉联了富华路支行的月度"最委屈奖"。她平摊双手,接过大红绒面的获奖证书,她不知道该做什么表情配合发奖,却突然感知到面部所有神经的存在,脸上的肉激烈抽搐着。柜台经理高声宣讲,小赵,对不讲理的客户,你的应对方式最恰当,是隐忍的美德明星!接着,他凑近了,声调变得很低,放心,年终奖会有所体现的!他的动作和话语都是引诱性的,似暗含着某种高深的点拨,又似柔中带刚的逼迫,赵婵只好使出全身力气擎起证书,拉开硬壳露出内页,快活地拍照留影,好开朗的样子,又仿佛是真得到了一个非凡的荣誉。

那天,孟九渊走进报社大厅,又一次被人拉住胳膊,他一回身,拉他胳膊的人就跪下了,同时仰起一张凄苦的脸,眼巴巴地看着他。但凡下跪的人，他都帮不了。他抽出胳膊转身进了电梯，背对电梯门站着，不多看下跪人一眼，他害怕记住那个人的样子。

接下来的夜晚，他们以为自己有能力管控情绪，若无其事地接待友人，愉快地叙旧，刚刚好的热情，不让自己受罪也不让客人受罪。回头再俯瞰那一晚时却发现，种种恶劣心绪，疲惫、憋闷、自怜，最终还是曲折而诡异地表达了出来。

此刻，服务员退掉了湿纸巾。外出用餐结束了，他和赵婵站起来往外走，身后跟着老头。到家后，孟九渊在客厅里坐了一会儿，陪妻子闲聊，陪父亲看电视剧，圆熟地扮演着家庭公共空间的中心角色，感觉妻子和父亲都满意了，他才悄悄地拐进书房。

他压低台灯柔软的鹅颈管，让亮光均匀地铺在两页米白色的稿纸上。分居期间，报社新招来几个应届毕业生，他趁机调离了社会新闻部。此前，他的生活可凝练为一句话，"正在赶往现场的途中"，惶惶地扒拉几口饭，随时准备冲向事发地，旁观人世间最悲苦的一幕，争抢一点资讯的肉屑。回到报社，在编辑的催促下噼里啪啦写，写完满头大汗，半梦半醒地去宵夜，第二天的报纸根本不敢看。书桌上的两篇"新闻稿"是调任编辑后写的，他终于有闲暇有心境——并自认为终于有智慧，去解开那个死疙瘩了。当他主动沉入十几年前的模糊旧事时，他发现，写新闻稿是最好的办法。一提笔，钨丝通电，对事实的渴求即刻职业性地苏醒：他像一尾年轻健壮的鱼在水流般的记忆里溯游而上，游回到某个特定的时空。

他决定在纸上写，让每一个字在落笔之前都磨得像颗光润的珠子。

记得第一稿的几句话足足花了三天时间。

成稿是这样的：本报讯（记者孟九渊）近日，留州市的两户人家因翻修房屋产生纠纷。于家翻修房子时将屋脊加高，引发孟姓邻居的不满。两家人在争吵中有肢体接触，居委会正进行调解。

手写稿一搁就是几个月。几个月间，接父亲来家里住，夫妻修好，添置漂亮的小家具小电器，过日子的兴头正盛，就忘了稿子这回事。

后来父亲提出回老家看看，他才恍然记起写过的东西。他从杂物下面抽出稿纸，认真读了几遍。刚写完时曾感到轻松畅快，再翻出来读却觉得调子不太对，起头第一句话就不对劲。

做记者整整四年，他知道即使均以真实为前提，一则新闻也有若干种写法。

他很快写下了第二稿：本报讯（记者孟九渊）近日，留州市的两户人家因翻修房屋产生纠纷。于家翻修房子时将屋脊加高，引发孟姓邻居的不满。争吵中，于某将孟某打伤，派出所已介入调查。

还是不对劲。事件共有三个知情人，他是其中之一。作为供读者随便扫一眼的短消息，自然一点破绽也没有，但他是知情人，前后两稿的表述都让他感到气闷，却不知道该从哪里捅穿一个窟窿。

就在半个月前，他和父亲刚回过旧宅。离开的那天，天低得几乎擦着远处的房顶了。坐在通往机场的大巴上，那片老房子不断往后退再往后退，直到看不见了。几小时后，飞机起飞，机头猛地一拉，他喜欢这个瞬间，身体一轻，后仰着到了空中。很快，飞机升到云层之上，他透过舷窗往外看，高空的阳光竟如此丰沛，前方一个光明世界朝着他快速地奔涌过来。

孟九渊的意识还未完全清醒，他的身体已经在晨袍里了，长及脚踝的宽松袍子，带子随意地拦腰一系。好像置身于一场梦的边缘，过了一会儿他才确定，屋里只剩他一个人了，赵婵在上班，老头应该在附近的公园锻炼。

他喝麦片，看牛羚迁徙的纪录片，用凉了的茶水浇花，又喝一碗麦片，在老头回来后陪老头下象棋。他知道，第三稿已离他不远，他却有意放慢了步子。不是坐下就能写的，也许是酝酿情绪，也许是等待一闪的灵光，他暗自辨认，还可能是隐隐的害怕和逃避。

即使不去写，那几句话也满满当当地占据着他，他忙着忙着动作就会迟缓下来，神情游离，一阵儿愣怔。

晚上，老头早早刷洗完假牙回自己屋了，他听到老头睡下才走出书房，见赵婵斜倚着沙发扶手，腿边放着《红楼梦》的上册。她始终没找到机会调离柜台，垃圾篓里还时不时地会出现大红绒面的获奖证书，他扒拉出来看，发现名字那里被她撕掉了，粉碎的纸片散落在鱼骨、剩饭、茶叶渣上，她那一刻的愤懑，具象地、材质坚硬地停留在垃圾篓里，但大部分时候她是平静的。他想，或许，腿边的那本书正是通往平静的几条秘径之一。

他来到她身边坐下，她捏捏他的手，轻声说，咱们喝杯杏仁茶吧。说着，她走到餐边柜前，拿出两套带托盘的茶杯，杯子沿儿上描着银边，些微的亮色，并不华贵，倒有几分清扬之气。

隔一阵子她就提前买好各式小糕点，把老镇玫瑰图案的三层英式点心架从橱柜最高层拿下来，再把小糕点摆放好，沏上一壶红茶。两人静静地坐着，不怎么吃点心，也不怎么说话。杯子里热气升腾，一股安宁优美的气息随着红茶的热气渐渐蔓延开来。总有一些这样的时刻，能让人真切地感受到诗意的注入，然后，这一天就不一样了，跟之前过完的日子，跟之后要过的日子，都不一样了。她最喜欢用的，是彼得兔图案的瓷器，绘图的色调温暖柔和，鲜花、田野、绿树，狐狸和熊和田鼠，铺满青阜的山坡，白栅栏围着的木房子，能把人一下子带进童话，带进早年间的欧洲乡村。每次她兴之所至，孟九渊都很投入很贴心地陪着她，不扫她的兴。她有很多值得同情的地方，比如说，她必须要穿成套的衣服上班，再比如说，她临睡时反复确认闹钟的闹时，明知没问题还是反复确认。她臆想过无数次的噩梦是：凌晨的某一刻，闹钟电池耗光，而恰巧手机也出了故障，醒来时，晚了，已经晚了。清醒状态下臆造的噩梦渐渐变得无比真实生动，她甚至一口咬定，闹钟的指针是停在凌晨三点四十分的。

甜甜的杏香溢开了，赵婵就着杯子边抿了抿，说，今晚随便翻翻，居然在很熟悉的章节看出新东西来了。周瑞家一个俗气婆子，却给她安排了送宫花一节，仔细想想，多美的一笔。

孟九渊点点头。他最喜欢的是下雨天宝玉去探望黛玉，没什么明确意图，就是下雨天去看看黛玉。那场景里包蕴着特别温暖、特别让人安心的东西，生活的恒常和平实，平实中又猛不丁地美一下，摇曳生姿了。

见赵婵拿起书来，孟九渊适时地退回到自己的角落。

他依然感受不到平静，脑子里一片空白又拥堵不堪，枯坐片刻，才在纸面上写下一句话。

本报讯（记者孟九渊）近日，留州市发生了一起伤人事件。

比起上一稿来，第一句话就是个不小的突破。他兴奋地往下顺：于家翻修房子时将屋脊加高，引发孟姓邻居的不满。争吵中，于某将孟某打伤，派出所已介入调查。

来到紧要处了。

他有意识停顿一下，深吸一口气。再拿起笔来，纸面仿佛有了坡度，接下来的一句话几乎是快速滚过的：根据现场验伤的初步结果，于某涉嫌故意伤人，被警方带走。

总算写出来了。他虚弱地大张着嘴，双手撑住额头。他看到了，于某，于劲松，穿着白色跨栏背心，浓眉，黑亮的肤色，高高的颧骨。如果劲松哥还活着，现在也是个中年人了。

这时，理应出现在一小时前的刷洗假牙的声音却从门缝里透进来。他悚然一惊，背上已渗出一层薄而凉的汗。刷洗假牙的声音消失了，他使劲儿摇摇头，耳道深处骤然响起细而尖的金属声。他仔细辨听，鸣叫声从颅腔内部缓缓推进过来。他重新拿起笔，把最后一句话画掉，一笔一笔画，再结结实实地涂满笔画间的缝隙。

更好生活的希望，出现在接到中介电话的午后。中介为老头在相邻的小区找到了房子。

挂掉电话，孟九渊在阳台上抽烟，抽得很慢，抽完了，又点上一根，没抽两口，撅灭了。他快步走进老头房间，说，爸，房子找到了，专门给你找的房子。

老头盯着他，不住一起了？

孟九渊说，你自己住自在些。他心里忽然掠过不祥的预感，会不会太直接？或许应该先徐徐吹风，多举几个例子，再小心试探，缓慢推进。

老头没有勃然大怒，也没有表示不舍，他马上打开衣柜，探身进去收拾，看起来有些迫不及待。

孟九渊松了一口气，说，先别收，不着急。

对面一栋楼曾空出过单房，他和赵婵商量了半天，决定还是继续等。他俩预想到一些惊心动魄的场面，老头突然出现在对面的阳台上活动颈肩，或者，他俩和老头在花园僻静的小径上狭路相逢，周围没有其他人，谁都不知道说什么好。从在一套房子里互为幽灵，到在一个小区里互为幽灵，意义不大，想想也没意思。

老头搬走的这天，孟九渊清晰地感觉到，生活有未来可言了，跟调去副刊时的心情一样。他始终记得报道过的一起突发车祸，消息只占据半个手掌那么大的版面。只有他自己知道，为这半个手掌大的版面，他看到了什么。被拖行身亡的中年女人，乳房已被磨掉，他看到两个黑幽幽的洞，血还从里面缓缓流出来，像一双悲伤流泪的眼睛向他诉告着世界的无常。

此刻，他通体畅快，又一个剥离完成了。他和赵婵，饶有兴味地再次发现了对方的身体。他从背后抱住赵婵时，赵婵像挨近炉火的一堆雪，顷刻间化掉了。她的身体变成水，他紧紧搂着她，像紧紧地搂住一截流水，他腾不出手来，用脚踹开卧室的门，她转过脸来，眼睛是闭着的，呼吸里有一股甘甜的味道。他们有时也借机发泄小小的情绪，同时清楚对方的边界在哪里，一到临界点就精确而及时地止住。毫无疑问，两人已找到一种最节省心力的相处方式，彼此都觉得舒适，自信能做成一世的夫妻了。

关于旧宅的新闻稿，不知不觉间便被安稳的现在遗弃到一边。他尝试过在第四稿里加入最关键的角色，试了几回，就是找不到合适的位置，他恼恨自己竟然没办法说清楚一个事实，赌气搁下了。

奇怪的是，老头再没提过回留州，他跟这个年龄的其他老头没什么两样，惜命、怕死、被害妄想症……孟九渊仔细想想也就释然了，老头在深圳，和留州的那个院子，隔着南岭、珠江、鄱阳湖、天柱山、淮河……老头的此时此刻，与过去之间，隔着多莉羊诞生、戴安娜车祸、9·11、雷曼破产……横看竖看，都太遥远了。

莫名的烦闷感不再骤然降临、四处弥漫。松弛下来的孟九渊，读《论语》，读《范石湖集》，读张岱，读白居易，"嗟君两不如，三十在布衣"。日复一日，除了翻书的声音，四下寂然。

形如象牙，白如雪，嫩如花藕，甜如蔗霜。煮食之，无可名状，但有惭愧。省躬念前哲，醉饱多惭忸。君不闻，靖节先生樽长空，广文先生饭不足。读着读着，他在文字里看到暮年的自己，他恍恍惚惚地看到，现在的自己朝着暮年的自己坠落过去，渐渐合并成了一个。往窗外一看，树叶苍绿，覆着一层薄尘。雨水少了，天短了，南方秋意不浓，这就算秋天了。他望着远处，脸上的皮肤突地绷紧，他不清楚自己还在等待什么。他自言自语道，卯饮一杯眠一觉，世间何事不悠悠。我心忘世久，世亦不我干。莫轻两片青苔石，一夜潺湲直万金。他突然又觉得很轻松，要是能一直这样过下去，也好。

孟九渊没敲门，直接用备用钥匙打开老头住处的门。老头正在吃面条，他瞥一眼台历，说，今天不是星期天啊。

孟九渊摆摆手，说，房子要拆，刚打来电话，这次，这次不一样，是真的。

老头咽下一口面条，似乎一时没反应过来。

爸，一块儿回去看看。

老头还呆坐着，孟九渊大声说，方今肯定也回去。

老头一脸迷惑，他想了一会儿，说，谁是方今？

孟九渊心往下一沉，有些明白过来了。他低声说，你不回去找劲松吗？

果然，老头问，谁是劲松？

劲松是谁？

孟九渊指着老头的假牙，说，牙齿，打掉你，打掉你牙齿的劲松。

老头摇摇头，狐疑地看着儿子，好像在说，我是个老人了，难道我的牙不是自然脱落的吗？

孟九渊在老头身边坐下，这几年发生的事情一波一波地慢慢地涌上来。母亲去世后,父亲开始到处打听劲松的下落,成为小城里颇具知名度的魔怔老头。亲戚在电话里东拉西扯,最后万般不得已地提点他,他才恍然大悟,该把父亲接到身边了。

父亲对伤人事件的处理,经历了几个阶段。起先那几年,他到处说,劲松打掉了他一口牙,活该被逮;接着,不管别人怎么笑话,怎么捂着肚子笑岔了气,他认定劲松还活着,只是搬去了另外一个地方。母亲去世后,他逢人便打探,一本正经地打探,劲松到底搬往何方。

孟九渊偷偷观察着父亲,他继续沉迷在这碗面条中,咬开荷包蛋,挑起一根榨菜丝,脸上是毫不造作的幸福和享受。最近这半年,父亲的耳朵也有点聋了,很多话听不清楚,也不细问,光知道笑。

他想起赵婵来,赵婵每次撕掉"最委屈奖"的证书都自言自语着,赶紧翻篇儿吧,不然这工作怎么往下干。

看着父亲吸溜吸溜地喝面条,孟九渊真想拍拍他的肩膀头,对他说,爸,你忘了,你熬过去了,接下来的都是好日子了。

我呢?孟九渊问自己,他忘了,我能忘了吗?

孟九渊又看了一眼父亲,父亲正好也在看他,父亲很快转过头去,他的目光却没有移开,盯着父亲研究了半天,像是要确认些什么,最终,他还是拿不准。

算了,算了,就当父亲是真忘了。

孟九渊孤身一人,再次出现在留州。

搬走多年的原住户回来了,年轻人也一下子多起来。空气中没有哀伤的味道,偶有几声叹息,疏远的,轻飘飘的,并不刻骨,隔着什么似的。的确,这片居民区早就不适宜生活了,也散发不出让人着迷的岁月感,在虚幻的美学意义上也毫无留存价值。

他撑着伞来到方今家门口,大门依然紧闭。

正是留州的雨季。他喜欢大雾、连绵的雨、缓缓降临的夜色，这能让世界失去现实感的一切。雾中，雨中，夜色里的景象，迷蒙，静默，线条柔和，不再明晰清楚到刺眼触目，不再贫乏得让人绝望，喧闹也消失了。他看着稍远处的房屋和树木，蒙蒙漫漫的，像淡墨在宣纸上一点点地晕开来，洇染出毛茸茸的轮廓。这片老房子被雨幕和烟气笼着，晴天里直白地破败婉转成了意味深长的萧索。

第二天，雨还在下着。狗的吠叫，人们的笑声，渐渐压过了雨声。孟九渊撑着伞走过一拨拨聚集的人群，穿行于大抵相类的议题中：为终于被看上而额手称庆，为资本恩主的雄厚实力而感到欣慰，为即将加入管急弦繁的盛宴而焦躁紧张。

孟九渊快步走过，为自己处在如此了无新意的场景中而暗暗感到羞愤。

来到方今家门口，大门依然紧闭着。他没有马上离开，而是站在紧闭的门前，望着这片在雨中绵延的老房子。老房子，她并非一个不服老的迟暮美人，她服老，什么都服了。无论出门买东西还是在家接待朋友，都不再穿腰身那里抠进去的连衣裙，不再抹上玉镯子，也不再点口红。她垮着一张脸，眼神空洞，衣服颜色褪尽，离远了看都辨不出是男是女了。

为了避开在雨中高谈阔论、满心等待改造的人们，他特意从河边绕了一下。他看到孤雁曾经停留过的地方，还开着一大片一大片的蓝桔梗花，每片花瓣都吸饱雨水，那蓝色越发饱满鲜亮，闪动着蓝色丝绢一样的光泽。

推开自己家的院门，他刚往里走了几步就停下来。

他看到院子里有一只鸟。绝不是他熟悉的北方留鸟，不是松鸡、锡嘴雀、白颈鸦，不是红嘴蓝鹊，当然也不是过境鸟，两年前，他还在河边见过孤雁，一只看一眼就让人心里难受的孤雁。

是一只天鹅。院子里有一只疣鼻天鹅，收着翅膀伏在地上，似一堆新雪，刚刚落到地面上的新雪。

在内蒙古的乌梁素海，他和赵婵见过几百只疣鼻天鹅，它们在湿地上悠游，飞起时像一朵云从水面上轻盈地飘起来。夫妻俩推迟了去下一站的计划，在半透明的蓝色湖水旁待了整整一天。傍晚，他半躺于湖边，赵婵撑着小船，从浑圆的落日前划过。有那么一瞬间，他看到赵婵进入了落日，浑然地嵌进一幅静物图画中。图画的一侧，一只天鹅正站立在水中突起的石头上，在夕阳坠入乌梁素海的前一刻，静静地低着头，羽毛洁白，神态安详。

他来到天鹅身边，却不知道该怎么帮助它。天鹅途经华北，降落在一处院落。这只疣鼻天鹅，它将成为一只迷鸟。

夜深了。灯泡昏黄的光从门缝里漏出，落在院子里的迷鸟身上。一年一年地，孟九渊对旧宅的感情越来越淡漠，早已能坦然地接受它的没落和消亡。他只是觉得，任何行将变成废墟的存在，都应落幕于悲壮肃穆的气氛中，不该如此仪态尽失。

幸好有了这只迷鸟，这只降落在废墟前身的迷鸟，它牵引生发出了各种想象，贫民区的上方氤氲起迷离的美感。

一千年前，这里是荒地、沼泽还是一片看不到头的森林？或者是有人烟的，人们在这里劳作、一日三餐、生儿育女，他们的生活里也会有春雨和满月。月落日升，雨下了多少年了？雨多少次地落在同一块地面上？从现在往后数，一千年以后呢，什么会消失，什么又出现了？他想得有些出神。

远远地，他看到方今正忙着卖废品。他预先演练过多种见面的方式，方今出现时，他竟然不敢走近了。他感到空虚，一阵阵空虚从心底泛上来，找到方今又能如何？或者说，见过了方今，又剩下他一个人了，后面该怎么办呢？他更加慌乱。

他犹犹豫豫地走到方今面前，刚想打招呼，方今转身进了院子，眼神只在他身上停落一秒，没认出他来。

他继续等着，直到方今卖完废品，把一沓黯淡的纸币塞进钱包。

方今抬起头来，在乍暗还明、迟疑不决的黄昏里，两个人面对面地站在衰弱的光线中。

方今问，你也回来了？

他点点头，说，都回来了。除了，除了……于家的房子怎么办，有人过来办手续吗？

方今扭身锁门，说，这类无主房按程序会登公告，也许有几个远亲看到。

他接着说，轻声细语的，你父亲身子骨还好吧，别到处丢人出丑了，那不过是个意外。谁也预料不到于劲松在监狱里会生一场出血热，劲松的父母呢，年纪大了，都有老死的那一天。生老病死而已。

那不过是个意外。就这么算了？难道就这么算了吗？

孟九渊呼吸变得越来越急促，攒了千言万语却一句完整的话也说不出来，一着急，眼睛睁开了，昏黄的灯光扑进眼里。惊醒后，他先从窗口往外张望，疣鼻天鹅还在院子里趴着。

他忽然想通了，他根本不需要寻找方今，从来都不需要，他需要的，是一个人独自面对这件事。

夜色漆黑，孟九渊沿着梯子爬上于家的房顶。多年昏睡不醒的院子张开了眼睛，在黑夜里晶亮如星。暴怒的劲松被他的父母一左一右夹着进屋，屋门从里头闩上了。院子中，一阵风刮过，粉白轻软的杏花落雨般撒下。父亲捂着流血的嘴，一脸不甘地站在杏树下，头发上沾着几片杏花。观战的人很快散去,只有方今捏着下巴,不住地摇头。过了片刻,方今诡秘地说,你这顿打,白挨了。方今凑到父亲耳边,孟九渊依稀听到一些专业而高深的词语,父亲如受神启,满面放光。接下来,他看到了青少年时期最让他迷惑的一幕,父亲的拳头在空中晃动了几下却曲线诡异地捣向自己的牙床,他的牙齿脱落了一颗,又脱落了一颗。窗台上的花猫尖叫,肚子一鼓一鼓的,身子弓起,尾巴也朝上直直地竖起来。

天快亮了,他沿着梯子下来,发现院子中央的天鹅已经不见了。他在天鹅待过的地方久久站立着,直到雨线又密密地织起来。

他坐了一上午车,来到离留州最近的海岸线旁。他用贝壳在沙滩上写下一首诗,然后,爬到海边的一座山上,看着诗行被海浪冲掉了。

她

关严房门，拉上窗帘，我是我自己的了。

身体像叠起来的被子几下抖开来，在床上摊平。攥紧的拳头变软，手指离开手掌，一根根分开，过了一会儿，并住的脚趾也松开了。在外游荡的神魂缓缓落回到身上。我依次感觉到额头、脖子、肩膀、膝盖的存在，它们作为我的一部分，此刻跟我一起，等待着沉入宁静。跟我一起等待的，还有一些本来不属于我的东西。比如，左边后槽牙里用来填充龋洞的白色复合树脂，大概十年前它成为牙齿的一部分。还有五年前到来的一小段镂空金属管，撑在胸口的动脉里，让血液得以顺畅流过。最近这几年，右眼增添了一样东西，来回飘动的黑影，并非实体，无法碰触，却始终跟随，如此真实。它来了就再没走，于是黑影也成为我的一部分。

所有这一切，一直属于我的，后来成为我的，都随我一起陷入细沙般柔软的寂静中，越陷越深，寂静的尽头有一个安全的小山洞，我终会到达那里。我翻个身，挪到床的另一侧。靠窗的一侧是她躺过的地方。我的小迷信，以为在她躺过的地方入睡会更容易梦到她，这样就能在梦里见个面了。这是相见的唯一方式。然而只是我的臆想，哪有什么规律，她偶尔出现，并且梦里我不知道这意味着什么，没有紧紧拉住她，也没有急切地倾诉。梦总是全然自由又毫无逻辑的。醒来时，梦境迅速退去，我重新闭上眼，反复回想，在梦的断壁残垣中久久徘徊。

在她躺过的地方醒来，有那么一个瞬间，又忘了，叫她的名字，声音从低到高。女儿在外头应了一声。我的心一沉到底，身体坐起来，把房门打开一条缝，问，这就上班了吗？

走出房间，看见女儿连芯子斜倚着墙，站着穿鞋。临出门时，她四下看看，钥匙，车钥匙呢？我说在沙发背上，边说边拿起钥匙，快走几步递给她。

姥爷再见！防盗门关上的时候，外孙女道别的声音传过来，跟关门声一样清脆利落。

早晨的匆忙和紧张也被关在门外。门合上的一刹那，我瞥见外头的白昼年轻明亮。屋里，纱帘只拉开一道缝儿，我站在柔和的光线中，搓搓手，准备开始我的一天。早饭是热面条配腌黄瓜，吃完我来到楼下的花园。

工作日的花园属于老人和孩子。会走会跑的孩子们荡秋千、溜滑梯、跳沙坑、坐跷跷板，哪知道什么叫累，一玩就是半天。小一点的孩子躺在婴儿车里，老人们推着车，沿着彩砖铺成的小路一圈圈散步。

我坐在一棵凤凰木下。

时值秋天，眼前仍是大片的碧绿。清晨的阳光照向菩提树的树冠，光线从心形的叶片间漏过去，充盈的光线中，绿叶更加清透，是毫无杂质的坦然的绿色。露珠晶莹，垂荡在菩提叶子细长的叶尖上，风吹过，一颗一颗掉在地上，滚动着滚动着，不见了。花坛旁的扶桑开着深红色的花，花瓣如绉纱，花蕊长长地向外伸着，几棵夹竹桃也还开着。到底是四季有花的南方。

园子西南角有几棵大叶紫薇，花期已过，树叶还密，叶子吸纳着阳光，看上去比春夏时分还要油润饱满。风雨连廊旁，冬青和红叶石楠被修剪成一个个圆球，细看过去，红叶石楠的几片叶子变红了，透出一丝淡淡的秋意。

不知道谁家的窗户里传来弹钢琴的声音，一开始若有若无，似林中小径起伏隐现，接着，小径出了林子，宽阔起来，向着前方伸展得越来越快，琴声逐渐激扬，最后一连串的敲击，为清晨的花园降落一阵骤雨。

一只棕色的巨型贵宾犬拖着一个老太太走。经过凤凰木时，我认出了他们。记得第一次遇见也是老太太牵着狗，慢悠悠走过来。离近了看，我的第一反应：这只狗是假的。全身羊毛般的小细卷，分明是一只玩具狗。狗摆动着四条腿往前走，我跟上去，心想难道是电动狗？细看上去，狗鼻子表面像黑色的荔枝纹皮，鼻翼潮湿，微微颤动，还是不确定，直到看见它抬起前腿去够老太太的肩膀，用侧脸蹭她的下巴，才相信这是活生生的小动物，只有真正的狗才会露出这般热切依恋的模样。

老太太头发雪白，驼背比前几年更厉害。她应该也能模糊记起我来吧，正这样想着，她转身冲我点点头，我也招手致意。狗在一棵龙眼树下细细闻嗅，然后拖着她继续往前走。

老连？是你吧。

循着声音看过去，看见一个穿枣红色坎肩的男人踱过来。我赶紧起身打招呼，也叫不上他的名字来，只记得姓王，住在三栋，心里暗自称呼他为"三栋的"。以前他总是一手推着婴儿车，一手擎着手机，音乐外放，曲目循环。不知别人作何想，曲子对胃口，我也就不怎么厌恶。这会儿他独自一人，看上去精神很好。

下来转几圈？孙子呢，上幼儿园了吧，真快呀。我感叹着。

太慢了。他笑着说。接着问，好几年没见，回老家了？

任务完成，早回去了，现在孩子都上小学二年级了。我伸出两根手指。

闲聊几句，他看看四周，这趟跟老伴一起吧？

我闭上眼睛又快速睁开，脑子里出现短暂的空白，漫长的几秒后，我说，一起一起，她出去买菜了。

他拍我的肩膀，说多住几天。

我点点头，说，她也该回来了，我往门口迎一下。边说边朝着东边的铁门走去。

东门旁边有一排木质长椅，我坐过去，不停地望向门外，像是在等人。等着等着，我以为还是以前，好像坐在这里等她就真的会出现，提着一袋子鲜菜水果，欢欢喜喜向我走来。我等呀等，地上的影子慢慢拉长，她怎么还没回来？心里有点害怕，手哆嗦着，从裤子口袋摸出手机打电话，提示音还没响起，我整个人一激灵，全身冰凉，只眼眶里暖暖的。等泪全部流下来，我用手背抹抹脸，又向门外望了两眼。

连芯子提前给我说，今晚末末有兴趣班，要晚些回家。九点刚过，她带着末末回来了。对了，末末就是我外孙女，这小名儿还是我起的。女婿姓周，他们刚结婚的时候我开玩笑，以后孩子小名儿可以叫末末。几年后孩子出生，旧话重提，两夫妻正发愁呢，当即采纳，连芯子人裹在被子里，声音传出来，末末，小末末。

末末头发高高挽起，身穿黑色连体衣，腰间围着短裙，是玻璃纸一样的蓬蓬裙。这是我头一回见末末穿舞蹈服的样子，恍然间想到另一个人。连芯子看着末末，忽然转头问，我妈那时候都跳什么舞哇？

我一愣,说,只知道跳得好,哪叫得出名字。

没亲眼见过她跳,但我妈的气质真是不一样。连芯子说着,不自觉地调整体态,挺直后背。

我点点头,思绪一下子飞走。所谓气质,并不玄妙,她明明穿的是睡衣,看起来却像身上挂着一件希腊式裙子。她早年的舞姿凝固在胶卷时代的几张旧照片上,照片没有放进相框摆出来,现在也不知道变成什么样子了。泛黄、虫蛀、变脆,一拿起来就碎成几片?

末末的身影从眼前掠过。今晚学的是爵士舞,末末一边说,一边踮起脚尖,五根手指向上伸直,然后她的头好像从一根长杆下钻过去,接着肩膀、胸腔、腹部依次向前送,再往回拉,我的眼前出现了一个柔软完整的波浪。

趁着末末演示新学的动作,我压低声音问女儿,小周经常出差吗?一出去就好些天,顾不上家呀。她说,刚带着项目转去另一家公司,开始会忙一点。她显然没有往下讨论的兴趣,这情况她也改变不了,我不好再说什么。毕竟,我真正参与她生活的日子已经过去了。气氛滑向凝重,她语气轻松地说,放心放心,幸福会遗传。你和我妈幸福了一辈子,我也尽得真传。

我笑笑,说,能有什么不放心的。一边又暗自打定主意,趁这几天在能帮她一点儿算一点儿吧。

这天晚饭后,我让芯子坐着,刷锅洗碗擦灶台都是我来。先让她歇歇,不一会儿又要辅导功课,孩子睡下她才能喘口匀和气。上周末一起去商场,我发现一处室内游乐场,眼睛一下子亮了,买张通票让孩子进去玩,换她一两个小时的清闲。后来在卖甜品的地方我买了两支草莓冰淇淋,一支给她,一支给末末。

厨房收拾完,我准备下去散步,芯子笑着说,爸,你越老越贤惠呢。我嘴上说，一直贤惠，心里说，你妈生病后我就什么都会做了。

　　花园里转了两圈，依旧坐在凤凰木下。这是老伴夸过的花树，说凤凰木开花不扭捏，成片成片地开，开满花的树冠在空中横铺，像一个跳舞的人正展开身体。躺在病床上的时候她还说过一句话，等我好了再去女儿家住几天，看看楼下那棵树。

　　凤凰木初夏开花，一树金红，是我见过的最热烈的色彩。

　　音乐声随风飘过来，听见这声音便知道三栋的老王也在园子里。二胡演奏的《汉宫秋月》回荡在夜色里，渐渐地，空气变重了，像含满水分一样含满惆怅。一想到老王家的孙子听《汉宫秋月》长大，我就哭笑不得。老王倒是个讲究人，早晨的时候是古筝曲，明快一些，晚上才是二胡。

　　月亮升起来，待在半空中，像是正好停在楼上一户人家的窗前。一天一天地，它瘦下来了。注意到月亮的模样，算算来这里已近半个月，我寻思着该去下一站了。

　　接下来几天，我为女儿家做大扫除。细细擦拭地板、台盆、镜子、家具，又收拾四处散落的玩具，码进几个收纳箱里。有整整一箱都是毛绒玩具，猫、松鼠、海豚、小熊、长颈鹿，还有一些有名有姓陪着孩子长大的人偶。

　　搬起收纳箱走进卧室，把箱子往松木床下面推，床下有东西挡着，推了几下推不进去。我跪在地板上往里够，手碰到一个毛茸茸的东西。看也看不清，心一横，拽了出来。

　　是个毛绒猴子，满脸尘灰，一只耳朵不见了。我用半湿的布把猴子抹干净，放在窗台上晒，等猴子全身暖过来，它没进收纳箱，住进了我的行李背包。

　　家事是无穷无尽的，接下来我在屋里转悠，看看还能做点什么。洗衣机上有一堆衣服，担心洗起来有讲究，拿起来又放下。阳台花架上放着几盆吊兰，是缺水的样子，我挨个浇了水。

这一天真短。很快到了下午放学时分，末末被专职接送的阿姨送回家。小姑娘迅速跑进自己房间，我站在门口试着跟她说说话，她不理我，沉浸在另一个世界里。嗯，这孩子具备专注的天赋，我因此心生感激，轻轻为她带上门，转身忙自己的事情。

跟女儿告别之前，先跟凤凰木道别。我走到树下，心里默念：我替你来过了。树枝间的鸟扑棱着翅膀飞走，几片叶子缓缓落下。

来之前，我在电话里对女儿说，想你了，来看看。别的什么都不提。若说是为她妈来看看凤凰木，白惹她一顿伤心。年轻人的力气全用在应付生活上了，不够伤心的。

明天我启程去往下一个地方。

车子在山脚下等候，客满后开始上山。沿着盘旋的山路，车子转过一个弯，又转过一个弯，随着山势逐渐向上攀升。路旁山间有一条小溪，时隐时现，树木稀疏处显现出一道白亮的溪流，到了植被茂密的地方，不见溪流，只隐约听到流水的声音。

目的地是一座建在半山腰的小镇，抵达的时候，黄昏已至。找到一家宾馆住下，洗把脸，向外看，最后几缕光线已然消失，天色暗了下来。第二天醒来拉开窗帘，窗玻璃上一层冰纹，推开窗户，漫山遍野白茫茫的，下霜了。

吃过午饭，我往镇子西边的小酒馆走，一路想着酒馆的名字，叫什么来着，想不起来了。走到了抬头一看：归林酒肆。

时候还早，酒馆里没几个客人。我在窗边坐下，让店家温一斤黄酒。等着吧，我要找的人深夜之时才会陆续到来。

傍晚时，山里升起青色的烟霭，两杯酒的工夫，天黑透了，远处的山融进夜色，几乎看不见了。不知道过了多久，外面传来一阵笑声，我往门口张望，见一条美人鱼正婀娜地往里走。她化的妆很浓，眼皮褶里嵌着两抹深紫色的珠光。黑色羽绒服敞开着，里面的上衣像一层闪闪发亮的鳞片，紧紧包裹住她的身体。她手里拎着长长的尾端开衩的蓝色鱼尾，进门后将鱼尾放在长凳上，店家马上为她端来热酒和几样小菜。

接下来进来几个侏儒。他们扮成外国人的样子，头戴假发，身穿黑色礼服。坐定后，他们摘掉假发，随便擦擦脸上的彩色颜料，大口大口喝酒。

夜渐渐深了，舞者、柔术艺人、拿着手杖的魔术师，还有一些游客，陆续进来，酒馆里越来越热闹。我找的人一直没现身。接近午夜时分，一个裹着军大衣的高个子男人走进来，他肩上站着一只鹦鹉，身后跟着一只孔雀。他在我旁边的座位坐下，点了半斤酒，配菜是花生米和酱猪蹄。他跟我打招呼，问我是哪里人。我说北边，这下才看清楚他的脸，半边脸上有一大块紫红色的胎记，灯光下看着颇为可怖。

聊了一会儿，我瞅个机会问他，你常年在这里，见过一个人吗？他马上说，啥样的人？话出口就觉得不对劲儿了，既无名字又无相貌特点，让他怎么回答。我往嘴里倒一口酒，环顾四周，回忆像一股流水从地底下慢慢涌上来。

说起来是六七年前了，我和几个刚退休的朋友来镇上泡温泉。也是晚上，也在这家酒肆。

泡完温泉全身放松暖和，加上几杯酒落肚，恩恩怨怨便开始泛起，又到了陈芝麻烂谷子时段。有咒骂单位领导的，大家跟着附和，有不满自己老婆孩子的，大家打哈哈，忽然有人夸起我的老婆来，夸她人善静，脸上总带着笑，说话不紧不慢的，气质还那么好。我心里得意，嘴上说气质什么，都一大把年纪了。不知道谁问一句，她年轻的时候跳舞吧，怎么后来也不上台了？我说，自己不愿意跳了，跳舞哪能跳一辈子。

我们说着笑着，后来也说不清到几点了，有两个人已趴在桌上睡过去。我强睁着眼睛，准备叫店家结账。这时候，坐在我们前桌的人慢慢回过头来。整晚他都安静地坐在那里，背对我们，一动不动。

我看见转过来的脸，酒醒了一大半。

一张戴着面具的脸。煞白的鬼脸，仿佛被一双手用力拽着，拉得长长的，脸部下方是歪斜的血红大嘴，嘴里两排尖利的白牙，再往上，一个带钩儿的鼻子，鼻子上面是两个不规则的孔洞。接着，一辈子再也忘不了的一幕要出现了。面具留下的孔洞后面是这个人的眼睛，我看见眼泪充满了他的双眼，泪水颤动着，颤动着，终于流下来，两行泪流过煞白的面具，一滴滴，落下来。

我别过头去不敢多看他，谁知道他主动走向这一桌，还醒着的人忍不住倒抽一口冷气，身体往后缩了缩。他说羡慕你们亲兄热弟，不像我孤零零一个人，父母妻儿都过世了。我问他是不是当地人，他说不是，接着解释所为何来——在哪里做表演都能糊口，这些年一直待在镇上是因为桥东住着个盲人。我们还是云里雾里的，他正正身子，低声说，那盲人能看到死去的人，知道他们在哪里生活，过得好不好。

我只觉得脊背冰凉，其他人脸色也变得青白。我们勉强陪他喝了几盅，他还想继续说，跟我一起的朋友朝我使眼色，说不早了，我俩把趴着的人拉起来，一起离开酒馆。我回头看鬼脸面具人，桌旁只剩他一人了，看不见他的脸但我注意到他的眼神，他留恋地看着我们这几个陌生人，见我回头，他抬起右手向我挥动。

胎记男人听我讲完，啜一口酒，问，你的什么人没了？我说，老伴，我妻子。他摇摇头，说，所以你又来到这里，也算个痴人哪，酒话也信。

我说，当年不信，现在信。

人就是一心盼着解脱得救，盼出些大骗子来。桥东哪有什么盲人，以前有几个摆摊算命的老头，这几年也见不着了。胎记男人说。

是，去看过，现在那里是一家奶茶店。

胎记男人沉默下来，神色变得黯然，半天才说，真有这样的奇人就好了，我也找他打听点事。

突地，他肩上的鹦鹉发出清亮的口哨般的声音，伏在地上的孔雀站起来，头上的羽冠一颤一颤的。我以为它要抖开尾屏，不料它左右看看又趴回地上，尾羽收拢在身后，泛起金属色泽的绿光。

青灰色的月光照着一座青灰色的石拱桥。我跟胎记男人来到桥边，不，现在我叫他老苗了。我俩互相搀扶着走到桥的最高处，倚住栏杆往桥东张望。

河水缓缓流过，小镇在夜色中徐徐铺展开来。青瓦屋顶一重重高低起伏着，一道道飞檐柔软地弯向天空，巷子曲曲折折，伸向前方的黑夜，路灯稀疏，站立在大树的身旁。

此刻，我站在半圆形的桥拱上，低头往下看，还有一个半圆映在水里。

老苗叹息一声，说，生老病死，谁也逃不过。一阵风吹来，我身体来回摇晃，那种感觉又来了，胸膛是中空的，就像脚下的桥孔。我重新回到那一刻：医生宣布她死亡，有什么东西硬生生穿过我的身体，我被开了个大洞。

一年过去了，那个大窟窿还在。

老苗拉我一下，唉，谁不苦呢，你看看我，打小没人疼，自己养活自己。你至少有工资，退休也能吃上饭。来，别闷在心里，说说她长啥模样，什么性格脾气，会跳什么舞。

我心里一惊，问，你怎么知道她跳过舞？

这就忘了，刚才在酒馆里你自己讲的。老苗双手举过头顶，扭动起身体来。

我推他一把，说别瞎闹。提到跳舞都是老皇历了，但这么多年来她的身姿始终挺秀，像清晨阳光下的一棵小松树。我说，她跳过一阵子，很多年前了，快记不清了。

后来呢？老苗问。

我说，还不是跟大伙儿一样找份普通工作，上上班，照顾照顾家里。是个贤妻良母吧，她一撒手你日子就难过了。

当然，她是个好人，好女人。我迟疑一下，补上一句，舞跳得也好。

那是我第一次看见她跳舞。也许过往的记忆都已模糊不清时，那个片段仍免于湮灭，随时能从一团晦暗中跳出来，放射异彩。

上世纪 80 年代，每到腊月，市里会举办一场迎新春文艺晚会。那年的晚会在工人文化宫旁边的礼堂举行，她的节目安排在相声后面。两个相声演员退场，大幕合拢，舞台上传来急促的脚步声，接着，红色天鹅绒幕布往两边拉开，灯光先是很暗，随即舞台上方打下来一束光，她出现在那束光里，闹哄哄的礼堂立刻安静下来。

记不清舞蹈细节了，但我一直记得那场舞给我的感受。一开始能注意到舞台两侧几束光柱的存在，还有她耳垂下方流苏耳环猛然闪出来的一道光，后来没人在意这些了，她跳跃、旋转、摇摆，她本身就是发光的物体，吸饱了日精月华，自行发光。

如果说舞蹈动作是一种语言，那我并未完全听懂，但我感觉到很复杂也很澎湃的情感，一波波撞击着我。我听见旁边有人议论，说她就是文汝静，跳舞上过几回电视，还在省里拿了奖。

音乐节奏逐渐加快，礼堂的气氛沸腾了。台上那是个野孩子，风吹，日晒，雨淋；天然，快乐，恣意。最后，我看到她在燃烧，像天地未开时一团混沌的火焰，渐渐地，那团火焰长出骨骼、皮肤和毛发，诞生，接近诞生了。就在诞生的前一刻，灯光熄灭，音乐戛然而止。我盯着黑暗的舞台，整个人像发高烧一般，从头到身子都滚烫滚烫的。

离开温泉小镇，我前往此行的最后一站，一处名叫青林泽的湖泊。

从高处看，湖泊像一个葫芦，住下的地方在葫芦嘴旁边。

门廊下坐着，四下寂然，恍恍惚惚地，以为自己待在墙上的一幅画里。近处的树木和房舍显得很大，远处的水和云不过寥寥几笔，比一场梦还要缥缈，我在哪里呢，大概是白房子旁边那个黛色的小点。

旅馆前台告诉我，湖边的篝火晚会还在葫芦下肚那里。我提前往那边走，沿着湖岸，走过葫芦的长颈、上肚、腰线，湖面变得开阔起来。岸边有片芦苇丛，这时节芦花已谢，清瘦的芦苇一秆秆站着，几只水鸟伸着细脚立在秆子上，看过去一派萧索冷清。

秋天欲走冬日将来，湖边没有几个游客，四处都安静，虫叫和鸟鸣清晰完整，还能听到黑夜一步步走近的声音。直到有人点燃一堆干木头，夜晚的火光照亮一小片湖水和天空，人们这才从四面八方走过来，会集到火堆旁。

我凝视湖水，如果湖水也看着我，不知它有没有认出来。那一年站在湖边的是两个人。

为了庆祝结婚三十周年，我跟文汝静来这里旅行，白天游湖中小岛，饭后在湖边散步，等篝火点起来的时候，很自然地牵手萍水相逢之人，一起围着火堆跳舞。

那天晚上真是她吗，我到现在还有些怀疑。那天晚上看到的似乎是另一个人，至少不像那个年纪的她。篝火正旺的时候，她从游人形成的大圆圈上把自己解下来，悄悄靠近火堆，等我注意到的时候，她正独自起舞。

原来舞蹈可以模拟流水。大水从高处落下来，涌向弯曲的河道，迂回蜿蜒地流过去，前进，拐弯，回旋，随着河道的形状和地势的下沉抬升，水流曲尽变化。不光四肢，她身体的每一个部位都在起舞，包括脊柱、血液和魂魄。她的身姿越来越柔软，好像快要化作雾和烟，乘风而去。眼前的一切让我感到震撼，同时又暗自盼望这震撼赶紧消散。我也脱离圆环，走过去拽住她的衣角，她没有停下来，挽起我的手，带着我旋转。我抗拒的身体渐渐变得松弛，跟上她的步伐，宛若随水漫流，涨涨落落。

那是婚后头一次看见她跳舞，也是最后一次。

此时，火堆驱走水边的寒意，烤热清冷的空气，乐曲声响起，人们拉着手，从成年人的忧愁和戒备中挣脱出来，不管左右两边是谁，一起享受这忘情无忧的短暂时刻。

我在湖区待着，每晚都来到篝火旁，回想我俩在湖边度过的日子。有一天，我在湖水里看到一个身影，是个倒背着手的人。吃了一惊，以前觉得真正的老人才会这样走路，转念一想，可不到岁数了，也该是这个模样了。

除了年老力衰，微薄的退休金亦不足以支撑漫长的旅行，房费一天天往上涨，再不舍，还是要回家了。

我害怕回自己的家。家里很挤，归置着多年生活的物件，满满当当没有缝隙，同时又萧条冷寂，仿若一间空房。在那处房子里，我历经了她的后半生，她看上去不胖不瘦刚刚好，她膨胀，再膨胀，迅速变瘦，干缩脱相，直到成为瓷罐里的一把粉末。

　　火车擦着一座座城镇的边缘呼啸而过，迎面而来的不只田地、树林、隧道，还有连绵往事。坐在火车上，仿佛正驶向时间的深处。

　　徐阿姨提到她的名字，我以为听错了，文汝静，她不是在南方跳舞嘛。徐阿姨没详细说，只强调人早就回来了，工作也找好了。我妈很快站起身来，前来说亲的徐阿姨只好也站起来，她心有不甘，似乎还有很多话等着往外倒，我妈妈轻轻说一句，女方大两岁呢，别忙活了，回去吧老徐。徐阿姨走后，我妈冲着我爸说，咱这里不知是第几家了，鞋底都磨薄了吧。她说给我听的，我知道。

　　那是我这辈子唯一一次力排众议。大姑上了点年纪，多次委婉规劝，拖着长音说，你这样老实，这样可靠，后面就没有话了，无尽之意全在空白里。我几次不接茬，她就直接表达个人观点了：搞文艺的女人，开放，不安分，哪有心思好好过日子呀。我妈见势也跟着说，长得好，又爱打扮，看她好像扎了耳朵眼儿呢，边说边吸气，不停摇头。

　　什么年代了！我气愤地说。

　　堂弟居然也捣乱，阴阳怪气地说，名人呢，见过她，在操场上跟几个不良青年在一起。别说你不知道，就是那几块料，烫着鬃头跳迪斯科，扭胯，抖啊抖，不知羞。

　　我胸口一疼，她何至于被人这样说。她舞动的身体，好像携带着难以尽述的罪恶。不光女性长辈不喜欢她，很多小伙子也只是远望她一眼，等她走下舞台就躲开了。我想起第一次约会看电影时的情景，她穿淡蓝色连衣裙，头发往后梳，在脑后用橡皮筋随意一扎，露出小巧明净的额头，我心里感叹，这是跳舞的人才会拥有的美好额头；她很腼腆，并不比别人更擅长调笑。想着想着，血气上头，这叫什么事呀，我越发想对她好一点。

图她什么，穿得露，会扭屁股？大姑神色鄙夷。

那是艺术！我高声说，额上的青筋暴起来。堂弟嘿嘿一笑，做了一个具有色情意味的下蹲动作。

大姑憋着一股劲儿，你是见得少！

我也憋着一股劲儿，相信我俩能和别的年轻夫妻一样，恩恩爱爱过日子。事实的确如此，我们勤恳上班，养育了一个孩子，住房从平房换成楼房，存折从没有变成几张，当然啦，渐渐地她也不再穿带颜色的内衣，大部分是肉色的了。粗看细看，这都是一个幸福的家。唯一的危机，是的危机，那时我脑子里的确闪过这个词。

女儿刚上幼儿园时，忽然有几个旧日的朋友来找她，我在里屋听着，似乎是拉她一起去排舞。他们走后，房间里还飘动着一股危险气息。我嘴上没说什么，心里其实不愿意她去，我们已过上安稳生活，我害怕她想起舞台上的自由和激情、荣耀和掌声，那些光鲜东西的后面，从来都潜伏着动荡、混乱和破坏。我甚至忌讳想起那两个字来，仿佛有剧毒，仿佛是洪水猛兽。

她不知道从哪里翻出来演出服和头饰，在灯光下翻来覆去看。我偷偷瞄一眼，发现服装看起来很粗糙，毫无光彩，头饰也不像在舞台上那么鲜艳，一堆廉价塑料。

她到底没去。年终岁尾的时候，单位有人撺掇她登台，她推说身上有伤，怎么也不肯。她也很少跟我谈起舞蹈和舞蹈家了，再往后，跳舞的经历绝口不提，有人羡慕她自然舒展的体态，难免问起来，她脸上的表情略显尴尬，复又坦然。后来演出服也看不见了。所有的痕迹消失，无人记得那些旧事。我们白头到老。

广播里传来报站声，下一站到家，我忍不住打了个大大的冷战。

最后的那段日子，她会突然叫我的名字，海平，连海平。我回过头去，她欲言又止，呆呆地看着我。我知道她又想起以后了，为她处理后事时我还能撑着，等后事办完我一个人回到家，剩下的那些日子，可怎么过呢。她强忍眼泪，艰难地用胳膊肘把身体支起来，说，一开始难熬，总会习惯了，看眉毛你准是个长寿的人，不知道还有多少福要享。我听了，几步走到她看不见的地方，捂着嘴哭一阵再回去劝慰她。我们互相哄着，哭哭笑笑，又苦又甜，直到，她永远合上眼睛。

那段日子，她身上柔软的脂肪和有力的肌肉都不见了，一层薄皮勉强挂在骨头上，像披了一件不合身的宽大衣服。夜里她侧身躺着，我从后面搂住失去水分枯瘦如柴的她，她挨紧我，都知道这是最后的相依为命。她病中的神情跟以前一样，脸上带着笑，安详满足，让人看见她的脸就觉得舒心。

那段日子，我偶尔回想起第一次见她跳舞的情景，那联结着爱意滋生的隐秘瞬间，一阵冲动上来，想谈谈越来越遥远的过去，临张嘴又觉得没什么可说的。我这个年纪，愿意把所有的事情归结为宿命了。也许每个人年轻时都沉迷过几样事，并误以为自己在那些领域具有神秘的才能，她也一样。

我打开背包，拿出一件东西抱在胸前，是从女儿家床下找到的毛绒猴子，它被遗忘在黑暗里，头上只有一只耳朵。这一路走下来，我琢磨着它要有个名字才好，一次在湖边漫步时想到，不如就叫"独耳大圣"。

在自家门口站一会儿，我对独耳大圣说，我们回家吧。

我的手，大圣的手，一起推开门，走进去。自她去世后我启用新的纪年方式，将这一年称为"分离元年"。门打开，分离元年的一幕幕涌出来。

保留她的毛巾、牙刷、拖鞋、杯子，一切生活用品，好像这个屋子里还是两个人在生活。

天变冷了，找到她常穿的一件棕色开襟毛衣，挂在门口衣钩上。

有时把枕头被子搬到床的另一边，在她的地盘躺下。有时待在我那一边，她那边也不空着，照样铺两床被子，躺下后，我的手从被子下面伸过去，抓着一角被单，好像握住她的手。

多少个早晨醒来，迷迷糊糊的，我的手去找她的手，那是幸福的时刻。每个误以为她还在的时刻都是我最享福的时候。

一开始，茶几表面的灰尘像一角硬币那么厚，眼睁睁看着，灰尘变成一元硬币的厚度，再后来，我从自己家逃走了。

站在灯下，看着地上的影子，我确信自己回来了。我让独耳大圣坐在沙发上，接着打开电视，不管什么台，只要有声音就行。

睁开眼，看见窗帘缝漏进来的阳光，听见外面传来电视广告的声响，这一年多来，我头一次庆幸自己活着。我走到客厅，抱起独耳大圣，一下一下摸它的头。我熬过了第一晚。

也许，可以去她的小房间坐一坐了。

小房间是她常待的地方。多少回了，我想把一件好玩的事情告诉她，推开门来，下一秒我意识到，她已经不在了。多少回了，我听见小房间传出声音，推开门来，她当然不在，是风把什么东西刮到地上。我总是站在门口看一看，不敢再往里面走。

一切保持原状。窗下一把木质靠背椅，那是她经常坐的椅子，椅背上还搭着她的衣服，一件绞花羊毛外套。小桌上放着一本书，拿起来，看到书签别在 157 页。我坐在她的椅子上，从 157 页开始看。

自然光渐渐不够，我合上书，转转脖子，活动活动酸痛的肩膀。猛然看见一个人，勾着头，弯腰驼背坐在那里。再一看，是镜子里的我。墙边立着一架穿衣镜，正好能照见椅子这边。看到自己在镜中的形象，我下意识地调整，收回往前探的脖子，打开背，挺直腰。

就在这时候，我忽然想到什么，过去的画面一帧帧快速从眼前闪过。

无论穿着睡衣还是戴着围裙，她始终身姿挺拔。她端坐在沙发上，头和背在一条直线上。她晾晒衣服，手臂在空中划出一道柔美的弧线，她剪脚指甲，抬腿，收腿，宛若仪式。隔一段日子她就把我的四季衣服找出来，细细检查一遍，将纽扣松动的放在一起，然后她拈起一根针，举到光线充足的地方，另一只手捏着搓细的棉线，对齐了，在清透的阳光中，棉线极富韵律地穿过针眼。

一幕幕黯淡的家庭场景逶迤而来，它们从没像现在一样清晰、优美、光华闪耀。

她无时无刻不在秘密起舞。

回到那一晚吧。我宽厚地一言不发，她反复摩挲演出服。多么平静的夜晚，无声的对话比能说出来的话意味更明确。

我走到瓷罐面前，想解释些什么，话哽在喉头，该从何说起呢。

盼望在另一个地方找到她。也许她还是生病时的样子，头发掉光了，黄黄瘦瘦的，我会用最热烈的目光看着她，我会如少年扑进母亲怀抱，如父亲将女儿搂进臂弯，不，以赤诚的情诗中丈夫热爱妻子的方式，不用她开口，我就自愿化作她需要的任何东西，腰间的一根银链，手腕上的一束飘带，一束追逐她的光，甚至是她足底的一双舞鞋，如果她张开双臂仰起脸庞，说来一场雨吧，我就化作一朵云彩，飘到她头上，为她降落一场温柔无声的细雨。

天 元

三个人也不知道怎么就来到海边了。

何知微回想起来,先是在餐馆,点了一桌子新派粤菜,接着看电影,电影散场了去超市闲逛。逛超市的时候,他妈在每一处试吃区流连,先后品尝了固元如意膏、酸奶、牛排、红提、酱猪肘、凉拌云耳、沁州黄小米粥,她一手捏住牙签,一手擎着一次性纸杯,审时度势,动作机敏。食物被切成极小的方块,饮品也只勉强盖住杯底,但何知微还是很疑惑,怎么还能吃得下呢。跟着母亲一圈圈地走,何知微没有叹息摇头,也没有不耐烦,他只觉得抱歉,一种不晓得该向谁说的模糊却广大的抱歉。带着这莫名的歉意,他张开手指伸进陈飞白的指间,很快,她温热的手指落在他的手背上,掌心紧抵掌心。

刚接到母亲时,他向陈飞白介绍着,我妈,夏,姓夏。他介绍得不太流畅,被介绍的人难堪地扯出一丝笑意,陈飞白有些惶惑,尽量自然地问好,夏阿姨好。

一次短暂的母子相聚,母亲随团赴港澳旅游,游完顺便到深圳探望儿子。已经不是头一回来了,但这次不一样,何知微提前向女友透露,她是为了看看你。陈飞白笑笑，还要面试呀？话一出口就低下头，仿佛失言了。他听见"面试"两字，心想这可是你先提的，有心抓住机会继续说，见她懊恼又回避的样子便退缩了，再说下去也是无趣。好几回，他刚起个头，她就往别的话题上引，他想拽回来，拔河一样，最后变成两个人你一句我一句，各说各的了。

三人沿缓坡爬上观海台，这里地势比海平面高十几米，是望海的好地方。深秋，天高水清，海边聚集了大群水鸟。鸬鹚、白肩雕、红嘴鸥、黑脸琵鹭，何知微一一指给母亲看。陈飞白补充说，迁徙鸟是从西伯利亚飞过来的，在这个海湾经停补充体力，最终的落脚地是澳大利亚。何妈感叹，真远哪，做只鸟也不容易。

他们准备往下走，不远处的海边聚集起一簇人，还有警灯一闪一闪的。何妈说，怕是有人出事了吧？溺水还是昏倒，要不要去看看。说着，她自顾自加快步子，两人在她身后跟着，一起往闪灯的地方走。

不是人出事了，是一头抹香鲸搁浅在海湾。它身上的渔网已被施救人员割除，据说专业人士也正赶过来，可以利用声学驱赶手段帮它游回深海。有人表示并不乐观，这种情况一般就只能等死了，不多打扰，让它安安静静地走反而更好。

鲸鱼庞大的身躯只有一小部分泡在水里，它一动不动，也没有发出任何声响，默然受苦，这景象触目便伤怀，一下子把人心里的软弱勾了上来。

围观的人来来去去，天色渐暗，这样看着也徒劳，出不上力，何妈提议，咱们回家吧。

沿着栈道走到头，再拐上柏油路走几百米就是海怡苑了。一路上没人说话，快到小区门口时，陈飞白突然停下来指着地面上的花砖，说，这里也是它的海。

何知微明白，话里的"它"是那头抹香鲸，何妈似乎也听懂了，没接话，也没多问什么。

何妈小住几天就回去了。何妈在的时候，厨房里三个燃气灶都繁忙，推拉门上的玻璃蒙着一层蒸汽，客厅的电视一天到晚开着，屏幕一亮一亮，屋里像聚集了很多人，人烟阜盛的样子。现在只剩他俩了，陡然静下来。两人如蒙大赦很是享受了几天清净，气氛也愉悦，两人之间存在的问题像被风和日丽的好日子融化了，又过一阵子，那道坎儿才实实在在地浮凸出来。

雪下得很大，扑在地上，地是一下子变白的。海水还没结冰，雪落在海面上，倏地被吃进去。雪不停地往下落，漫长如时间本身的大雪最终覆盖了海水，白色一层一层积起来，冰和霜和雪凝成的纯白向四周铺展，他从没见过如此安静又如此荒凉的白色。

醒来时，窗外的雨声正变得疏落。何知微半坐起来，拨开窗帘，看到桂树的枝丫挨着玻璃，叶子经了一夜雨水，青碧青碧的，是一种湿透了的带着重量的绿色。秋天的冷雨带来潮气和寒意，他把胳膊缩回到被子里，愣怔一会儿才想起来那是个梦。梦里，他侧躺在床上，看到雪花被风拂着，从半开着的窗户缓缓飘进来。

雨停了一会儿，又开始下。雨珠滑过叶片，沿着叶子尖滚落下去，不见了，耳边传来它们在地上摔碎的声音。接着是气味，食物香味充盈在空气里，提醒他今天是周末，枫木餐桌上照例会摆满新鲜现做的食物。

不对，现在她不该在家里，她该在盈泰证券的会议室面试呢。昨晚早早躺下，两人都没睡着，他又问她，两年前你机会很好，学历够，最难的几轮专业笔试都过了，最后就是问些程式化的问题，怎么会挡在这一关？

她说，你看看墙上，墙上落满树枝的影子，一晃一晃的，外头在刮风。

树影在墙上摇摇晃晃，风一大，树影就碎了。他看一会儿，下床走到窗前拉严窗帘，说，早点睡吧。他不再出声，躺着躺着，额头上那根静脉又凸起来了，从额头向上延伸到发际，接着往头发里走，走向和质感都无比分明。接着，他的头发站起来了。他不知道自己有多少根头发，但每到这样的时刻就能感受到每根头发的存在，它们跟静脉一起往上扯着头皮，头上像长出一只刺猬。

心里有事，头疼，疼着疼着睡着了，睡得并不踏实，做梦，下大雪，先是看不见路了，后来，雪把海都盖起来了。

你没去面试？坐在餐桌前，他忽然没了胃口。蛋挞刚端上来，烤焦的表皮下，蛋浆翕动，像在喘气儿，桌上还有牛油果三明治、冒着热气的茶和一束豆绿色的桔梗花。

坐下坐下，蛋挞，三明治，全是热的。

这些明天做就不行？不都下定决心了吗，跟于贝贝也说好了，等着她又要抱怨。

别说于贝贝了，你闻闻这壶果茶，有几层香味？

褪去水分和颜色的干果被滚烫的水重新叫醒，他辨识出树莓、蓝莓和橙皮的香气。外面，雨已经停了。他看看表，说，还来得及，我给她打电话让她把你往后排，现在就去，赶得及。

她站起身来，说，于贝贝是我同学，要打也是我来打。她走到阳台上，把手机放在耳边，很快她耸耸肩膀，他知道这是表示电话没接通。过了一会儿，她不见了，他探探身子，见她已经在一盆酢浆草前蹲了下来，他一口咬掉大半个蛋挞，跟生气一样地吃起来。

她在阳台上喃喃自语，据她自己描述，这是给每盆花草打招呼，遇到特别喜欢的还会多说一会儿，到木架最边上那盆玛丽玫瑰时她就改用英语聊几句。

电话真打了吗？隔着窗户，他喊一句。

真打了，没接通。贝贝是考官，没法接电话呀。她走进来，说，别想了，今天不就是休息的嘛，好好吃早餐，下盘棋，再去菜市场买买菜，优哉游哉多好。

为了好好吃早餐，为了优哉游哉就不去面试，值得吗？

她抚摸着餐桌上的花瓶，花瓶口浮雕着一圈梅枝，瓶腹到瓶底下凹着一道道风琴褶，她的手指沿着褶往下滑，脸色也一点点暗下去。

他没再往下说，安抚性地拿出棋盘，问，对弈还是打谱？她把皮墩子搬过来，说，你打谱，我在一边看。

依然是吴清源初到日本时跟濑越宪作下的那盘考试棋，每一手都很熟悉，他摆得却很慢，两人细细地玩味着每一手，享受着每一手。他俩都生在围棋热的年代里，从小学棋，一帮孩子谈论起"六超"来就两眼放光，死活、手筋、定式之类的词典也钻研了不少，后来才明白，围棋不可能也不应该成为普通人皆可追逐的时髦，渐渐冷下去是对的。而他们到了这个年纪也不再执着于棋力的精进，只是单纯地喜欢下棋的感觉，只有棋，没有别的，甚至没有自己，一念不生的时刻美妙珍贵，生活中还能让自己进入沉浸状态的事情真不多了。每次摆到黑棋往白棋那里一靠，两个人都要倒吸一口气，为如此奔放的妙手感叹，后面的呼应更加精妙，效力连绵不绝地涌过来，即使自己永远下不出这样深含韵味的招法，只要想到有棋手曾这么下过，就会生出特别的满足和喜悦来。

他忽然说，看看我们的榧木棋盘、蛤棋石，选的时候，你说一定要本榧的，棋子落下去声音才好听，要是咱俩都在公司里录文稿，只能摸着树脂棋子，在一块塑料布上摆一摆。

今天，他怎么也沉静不下来。

她以为面试的事情已经蒙混过去，没想到拐个弯又回来了。她不言语，他继续摆棋。她听到的落棋声，是在木头上弹了一下才落定的。棋子离开人手，立在棋盘上，温润生光，光是收敛着的，很端庄，恍若从棋子的深处向外透出来。有的光是带着响声的，这个光清净，一点儿也不闹，她想。她偏偏头，换一个角度看，柔和的光又浮荡成了一团烟气。

你不能录一辈子文稿吧。他坚持往下说。

她坐在一朵云的阴影里，听见雨声又响起来。

石榴、白菜薹、莲藕、芸豆，都收进了袋子里。她不知怎么就离开了家，走着走着，走出了雨天的灰色，走在通向菜市场的小路上，满眼的甜柿、绿甘蓝、红椒、紫茄子，明艳清鲜地从塑料袋和拖轮车里露出来，这些鲜妍的颜色显得街道和人脸更加黯淡。她进了菜市场，沿着一家家摊档走过去，遇到合意的就停下来，弯下腰挑一阵子，从市场出来时，她觉得自己是把一个富丽的秋天收进了袋子。

这些应季的蔬果跟鲜花一样好看，能把他哄高兴吧，想到这里，她是笑着走进门的，边走边喊，何知微。

屋空了，一种熟悉的带着凉意的孤寂感沿着脚背和小腿往上爬。每逢他出差，她一个人在家时，房子就不像房子了，像只剩残茶的杯子，从里到外冷透了，在屋里待上一会儿她的皮肤就开始发紧。

何知微走得很匆忙，取了几件衣服，衣柜门都没关严，棋子也没收起来。本该明天动身的，要前往的地方是榆林，有沙漠和古城的西北小城榆林，多年前，王家卫曾在那里拍摄过《东邪西毒》。

海边的夜晚总来得早一些，不远处就是跨海大桥，白日里刚健的桥身线条在夜色中变得浑浊，直到两排灯带亮起，勾出大桥的轮廓。入夜后，海怡苑的很多扇窗子依然没有灯光透出来，俗世居家的气息很稀薄。住户大都在附近的投行和证券公司上班，他们跟何知微一样，准备操作上市的公司在哪里，人就停驻在哪里，家倒像个临时居所了。

站在窗前往外看，能看见一大片海。眼睛看不见的地方还是海，海往更远的地方伸展。海上的云朵低低的，像撑不住随时会坠进海里的样子。看着看着，雨来了，开始是稀疏的雨点，越下越稠，直到织成细密的纱幕，风刮过来，雨丝斜着往一边倒，欲断未断的样子。小区旁边的空地正在修建大型城市综合体，快封顶了，横幅也打出来，红底白字的横幅拦在楼体上，被塔吊上的白光一照，上头的字迹清清楚楚。一串吉利的数字，是售楼电话，还有更醒目的加粗字体，是楼盘名字，陈飞白看在眼里，转头看看棋盘，心像被什么东西硌了一下。

陈飞白不知道该怎么描述于贝贝。她俩一起在英国读书，又一起回国找工作，常年合租房子，很多喜好也一致，都喜欢铃木保奈美的笑容，喜欢TVB 90年代的电视剧和情侣档，郑伊健和陈松伶，罗嘉良和宣萱，可陈飞白心里又清楚，除去这些契合的部分，她们间最主要的是差异，她跟于贝贝是完全不同的两种人。哪里不同呢，这样说吧，几个人一起练网球，陈飞白不知怎么回事就被挤到最边上，而于贝贝则是那个不知不觉就占据正中间大力挥拍的人。她们相处多年，热过，冷过，岁月蹉跎中终于把对方变成了自己的某种恶习，当然更多的时候，在这个人情淡薄的地方，她们要为彼此充当最后一个庇护所。

听脚步声就知道是于贝贝上来了，她的出现总是充满力量，让陈飞白产生出强烈的感觉：这是一个以半生牛肉为主食的人。

还没坐稳，于贝贝就连说好几个"量身定做"，你知道吗，不是业务助理，是项目经理，聘任条件比着你定制的，你来都没来，怎么了，又怎么了？

没等她回答，于贝贝已在房间里转了一圈，问，小何呢？

陈飞白说，出差了，闹着别扭走的，落地时报个平安，接着一周没有一个电话。

于贝贝叹口气，又是因为工作的事吧，别犯轴了，你好不容易才跟他凑到一块儿去，多少年了呀，人跟人结缘不易。

陈飞白第一次遇见何知微是九年前的盛夏，一个闷热的午后，在高三七班的教室，他是那场冗长的高考经验分享会仅存的记忆，所有关于他的画面她都记得清清楚楚，他说话的样子、拿笔的姿势，她都记得。她曾无数次地向于贝贝描述，鼻梁像竹野内丰，真挺呀，脸上的表情游游离离的，有一丝古意。于贝贝对"古意"表示茫然，她就换了个说法，一张少年的脸，眼神却是沧桑的，像在发愁又不是为什么具体的事情发愁。于贝贝只好点点头，佯作理解。那天介绍完经验，班主任拿出笔墨，其他几个人都写下劝学惜时的字句，只有他例外。她一直盯着他看，写"长恨此身非我有，何时忘却营营"时，他拧着的眉头间全是愁苦，写到"小舟从此逝，江海寄余生"，随着笔毫在纸上提按使转，他整个人突然就舒展了。就在那个瞬间，陈飞白看见了他，随之而来的是秘密的欣喜，她确信，她辨认出了一个人，她对这个陌生人满怀着贴心的理解，满怀着相识已久的亲密感。气氛压抑的教室里，老师同学都消失了，只剩下她和她辨认出来的这个人，她觉得他特别不容易，她想对他好一点。

何谓爱情，她说不清楚。那天回到家里，她对妈妈说，给我买一条新毛巾吧。她想要一条天蓝色的崭新的擦脸毛巾，不但如此，还打算以后要经常换洗毛巾。接着她走进自己的房间，把衣柜里的连衣裙拿出来，穿上，照镜子，再换一条穿上，照镜子。她把裙子细细整理了一遍，动作里都是爱惜，她心里忽然涌起一股强烈的冲动，想好好地、认认真真地生活。挂好衣裙,她往院子里看了一眼,发现菜圃里妈妈种下的种子已出苗,小油菜、芫荽、茼蒿,翠生生的,像刚淋过一场透雨。晚上,趴在桌子上做数学试卷,最后一道题照例只能写出前几步,发一会儿呆,在演算纸上写下了几行字,很多年以后她才意识到,那几行字到底是什么。

后来的事情,于贝贝就是见证人了。异国的一次留学生联谊会上,于贝贝突然发现陈飞白不见了,她去厕所时看到一个人在楼梯间附近来回地走,手里擎着一杯冰茶。借着昏黄的灯光她认出来,正是不见了的女伴陈飞白。哪里的中国人都多,何知微竟然也在考文垂读书。于贝贝很兴奋,赶紧走近仔细端详了几眼,发现此男并无让人一见倾心的特别魅力,也看不出哪里有"古意"。接着,于贝贝把神情慌乱的陈飞白拉回到场子上,不料她使劲儿看了何知微一眼,又走了。盯着她的背影,于贝贝脑子里一下子蹦出来一个词,劫数。

于贝贝的一句感叹,把两人都拉回到往事中。

半天,陈飞白才说,是,他觉得我不该继续打杂。

我也觉得你亏了,最低阶的劳动,业务链条上最末的那一环,工作最烦琐,年终奖最少。咱俩一起毕业一起去面试,我到现在也不知道你是怎么被咔嚓掉的。于贝贝边说边比画着。

你问问人力资源的同事不就完了。

都是大忙人,谁记得这个。

我更不知道为什么。

于贝贝凑过来,说,眼看就要修成正果,老为这个吵架,值得吗?

她猛然抬起头来,上周末,下着雨的那天,何知微也问过她,为了优哉游哉的早餐就不去面试,值得吗?当时她想表个态:早餐比较重要。虽是真心话,说出来却像抬扛,到底忍着没说。

她摆摆手，大于，别替我操心了。

话不投机，两人都讪讪的，强打精神温习了些旧事，其间没有一次对视，笑声干涩，笑完沉默很久。总算挨过晚饭，于贝贝起身走了。

空屋子。打开窗子，海的腥味扑面而来。那头搁浅的抹香鲸最终没能回到深海，它彷徨游弋几日，在深夜和凌晨交界的时分，庞大的身躯侧翻，死去了。

远处是海，脚下也曾是海。一寸寸填出来的土地上，很快生长起楼盘、体育场和造型充满未来感的写字楼，一点儿也看不出本来的模样了。潮湿的季节里，空气中蓄满水分时，她突然问过何知微一句，过年的时候，我老家有接神的风俗，死去的人会在这一天回到家里，死了的海呢，是不是在某些时候，海也会回来？何知微一愣，沉一会儿，他说，会回来，回来过，我做梦总是梦见海。咱们的楼，还有旁边那些建筑，都在海里漂浮着。

她拿起手机，又放下来。她想念何知微，不是对父母或朋友的那种想念，是女人对男人的最纯正的思念。这周太漫长了，一夜、一天、一夜、一天、一夜、一天、一夜、一天、一夜、一天、一夜、一天、一夜、一天，每一刻都无法集中精神，只能做一些机械的事情。时间多出来了。她把洗衣机里的衣服拿出来，一件一件地手洗，这样多出来的时间就能被她揉搓过去了。这跟赌气或示弱没关系，不是计较谁先忍不住跟对方联系，而是根本不知道说什么好，工作的事情把人噎住了。情绪不稳定的时候，她也不想跟他联系，她怕自己絮絮叨叨地说很多话，说出来的每句话都是蠢话。她也害怕，害怕他会动用两个词语指责她，那两个词，一个是神经，一个是无聊。

并没机会互相指责，出差回来，何知微就住公司里。在榆林的时候,于贝贝给他通风报信,说上次招聘有几个职位没招到合适的人选,飞白还有机会。她说,你想想办法,我也想想办法,合力让她走上正途。乍一听到"正途"这个词,何知微心里有点不舒服,嘴上却答应着,说,再想想办法。

这几天,他以加班为名,白天晚上都驻留在办公室里。办公桌上有一盆四季海棠,一盆石竹花,一盏铸铁台灯,看见这几样东西,他整个人就会松弛下来。

记得是个午后,他去茶水间接咖啡,前面一个女同事正在接,他便在后面等。女同事穿了一条裙摆到小腿肚的连衣裙,两条宽宽的带子在腰后系成一个蝴蝶结,他很多年没见过这种样式了,记得小时候流行过一阵,后来不兴了,现在又见到就觉得很亲切,好像这蝴蝶结里系着些邈远模糊的旧情。女同事接好了回过身来,他随即听到一声惊叫,女同事捂着嘴,脸一下红了,呆站在原地一动不动。他一时也不知道该说什么好,他注意到,她的耳轮都是红的,红了整整一圈。接着女孩转回身去,放下杯子,快步离开。他接完咖啡回到房间里,时不时朝着茶水间方向张望一下,过了一会儿,见女孩低着头取走了杯子,他的视线跟随着她,看着她坐下,忽地,看见了她座位上的花,细颈白瓷瓶,一枝山茶斜倚着瓶口。再看看别人桌上,一盆盆绿萝,没有花也没有铸铁台灯。他打开台灯,灯光不是冷白色的,是蜂蜜色的暖光,轻轻软软地照着办公桌。他心里一下子亮了,女孩的神情,海棠花,石竹花,台灯,他再迟钝也知道这意味着什么。下班时他特意从女孩座位前经过,她不在,他放慢脚步,眼睛往桌上瞅,除了高耸的文件夹,电话旁边放了一摞书,最上面那本,封面他看得很清楚,是《荒原》。

因为不在一个项目组,过了两天他才打听到,那女孩是个业务助理。接下来总是出差,手上有三个项目同时在跟,忙得心烦意乱时,她脸红的样子还是会猛然闪现出来，一圈耳轮都是红的。

后来，年会之夜的尾声照例有人喝哭了，他也去卫生间吐完了，几乎爬行着来到露台，倚栏杆坐下。某个瞬间，他感觉自己快要死了，他记得自己不停地说话，嘴里嘟囔着，想吃点甜东西，白糖拌西红柿，多放点白糖，渍出来的汁最好喝。他双手伸向空中，想抓住什么似的乱抓一气。

他的手被人紧紧握住，睁开眼睛，眼前站着一个穿红裙子的人，脸看不清楚，那团红色却鲜明，像是用红浆果的汁液刚刚染就的，红得湿漉漉的，把周围的空气也洇成鲜红色了。我叫陈飞白。九年前，你来高三七班分享高考经验，我第一次见到你。四年前，在英国，联谊会上我又见到你，斗争半天想跟你说话的时候，你已经走了。两年前，我来卓盛证券工作，第三天上班的早晨，你从会议室里走出来。一个月前，我在茶水间接了杯咖啡，转过头来，看见了你。

这些话他听不明白，只感觉有一双手把他从寒冷的井底拉出来，手很暖和，也很坚定，传递了明确的信息，抓住了他就不会放开。第二天，在海怡苑的枫木餐桌旁，他像听故事一样听她讲，她讲完了，他半天说不出话来，他完全不知道她的存在，也不知道该说什么去回应，最后，他说，这，这太古典了。想了想又加上一句，你受苦了。

她说，回头看，不记得苦，只记得自己是在活着，能量充沛地活着，也不一定非要认识你，想到世界上有这个人就已经很感激了。有些阶段会比较热烈，间歇性到来，于是就如痴如醉地、偷偷地、尽情地想一个人，想着想着还会笑，夜里就盼着第二天早晨醒来，醒来想到你的一瞬间也会笑，多幸福。

他问，那现在呢？

她笑着回答，朝闻道，夕死可矣。

他一点儿也不觉得浮夸，他相信她这一刻的真实、郑重和笃定，爱让一个人变得多单纯，多孩子气。在这样一个人面前，他所有的疑问都显得俗气和老气，都根本问不出来，比如说，你了解我吗，你心里的我是亦真亦幻的吧，比如说，爱一般能持续多久。他甚至不敢露出太丰富的表情，怕她觉得是质疑和嘲讽。她能爱，他羡慕她。他知道，眼前这个人是英勇的、充满生命热情的，若无一股愚勇，若无十足轻信，都这个年纪了，谁又肯爱上谁呢？

他一个人惯了，也没觉得有什么不好。慢慢地，才开始去她租住的小屋，两人一起吃饭、喝茶、闲聊、看剧。她的房间是自己买墙漆粉刷的，海蓝色，一进去就感觉干净清凉。她很少叫外卖快餐，只要不加班到深夜就自己做饭。虽是家常菜，做法却精细，不怕麻烦，不图省事儿。哪怕下面条也要配几种菜码儿，冰箱里常备着卤牛肉和肉丁炸酱，哪怕做个土豆丝也要淘洗干净淀粉，配着红绿尖椒丝一起炒。她做的荤菜，肉腥气很淡，格外美味，并不是买了什么高档有机肉，他注意到，只要是肉类，排骨、肉片、鸡块，她都先用温水浸泡几遍，把血水倒掉，再用流水冲，沥干，姜葱和黄酒腌半个小时才下锅炒。他发现她居然有一个电熨斗，洗好的衣服穿之前先熨烫一遍。她租住的房子楼间距不大，一天中阳光照进阳台也就一两个钟头，只要是棉质衣服她都坚持去顶楼天台晒。有时预报的不下雨，不料一朵云不作美就把衣服淋湿了，下班回来她就再把衣服洗一遍，送回天台，她说，阳光是不用钱的，只要你愿意走上开阔的顶楼。她的衣服还没有他的多，但都平平整整，衬衣没褶子不显旧，裤子膝盖那里没有鼓起来。也许是屋子小，他总觉得屋里的光和热是充盈的。有一天，她抱着一堆散发着阳光味儿的衣服走进来，把一件衬衣放在熨衣板上，喷水，领子放平，提着手柄，微微倾斜熨斗，用熨斗尖细致地熨过去。看她熨衣服的样子，突地，一个念头升起来，越来越清晰，他想跟她一起过日子，过体体面面的日子。两人商量一阵，差不多时，很自然地，他就把她的东西搬到海怡苑去了。

此刻，他打开台灯，蜂蜜色灯光让工作的空间都变温柔了，空气里多了几分安静的味道。他拨开百叶窗帘的扇叶，透过缝隙往她卡座上张望，她没在电脑前坐着，她的桌上有壶茶，用蜡烛保着温，小蜡烛的火苗紧舔着壶底，看不清壶里泡着什么，颜色浓浓的色调很暖。他在办公室里晃荡几步，又往外看，她依然不在。

只好坐下来继续工作，榆林的项目照例也很棘手，公司的社保公积金缴纳有问题，历次股权转让也不规范。会议纪要里列出来六个问题，都得艰难地推进解决。一家公司上市需经很多关卡，而券商能提供一条道路，你付给我钱，我让你在这里通过。行业不好看没关系，数据不好看也不怕，都可以做得健康红润且全部踩着规则做。这会儿他的心思不在项目上，一会儿坐下，一会儿站起来。

她终于出现。弓着腰，拖着一个大纸箱子，往座位上一点点移动。他几步走到门口，一只脚踏出去了，又缩回来。他多想走过去，帮她把箱子搬到座位上，他几乎都要走过去了，可看着她辛苦的样子，于贝贝所说的"正途"一下子就浮现出来了。一个项目从开始启动到最后做上市，她要把七八个大纸箱的资料分类筛选，再整理成电子目录和文稿，这不知道要加多少个夜班。他强忍着，退回到办公室。

关严门，他打电话给于贝贝。在英国时你俩是同学，现在你在盈泰都单独主持项目了，她怎么就沦落成打字员了，那时到底发生了什么事？

你又问？你问我我问谁，不知道。于贝贝说，我俩都进了最后"一面"，嗐，最后"一面"就是走走形式，她硬是没被录用。后来看到你们公司缺助理，其实就是缺勤杂人员，不用面试，她投了份简历就去上班了。

他说，辛辛苦苦上这么多年学，哪有干杂活的，还干得那么用心，总不可能是她的兴趣所在吧？她琢磨什么呢，我想不通。

于贝贝说，先别回家住，也别松口，再坚持几天，让她知道你的态度。

他说，本来想回家，不提这事了，今天看见她辛苦的样子又替她不值。逃避不了，终归要解决。我过两天还去榆林，你有空再跟她谈谈。

于贝贝说，有电话进来，先这样吧。

到底是真接电话还是借故推辞，他无从辨别。看样子于贝贝也是有心无力，他又暗暗抱着点希望，希望下一次从榆林回来时，于贝贝已经说通了她。

加完班已是午夜，他走出办公室，外头几排卡座都没人了，灯也熄了。他径直来到陈飞白座位前，在黑暗中站一会儿，又坐下去，坐在她的转椅上，就这么坐着。

不知坐了多久，依然没有困意，他拧开台灯，照亮这方格子间。她的格子间跟别人的不一样。桌上每样东西都未被怠慢，没有乱摊乱放，几十个文件夹按时间顺序排好，笔、便笺、曲别针、订书机分别收纳，一目了然。大小物件都无浮灰，经常擦拭的样子。电脑左边放着护手霜、相框、彼得兔和樱木花道的玩偶，一个细颈白瓷瓶插着雪柳枝，线条很婀娜。桌子角落是一壶一杯一底座，几个玻璃罐里盛着茉莉、白菊、竹叶、金雀花，还有一摞书，靠边整齐码放着。他把书依次拿起来翻了翻，翻到最后一本时，里面夹着一沓纸，对折着，纸很轻，触摸有植物纤维的感觉，展开来，纸张是淡青色的，上面飘雪一样撒着些金片。

这是他第一次见到陈飞白的笔迹。

迟

九岁那年，冬天

后山桃林里捡到几根半枯的桃树枝

沿山路往下走

见几株野杏，一间老屋

木窗朽坏，门半开

蛛网积尘，墙角歪着陶罐

掬来溪水随手插上桃枝，下了山

第二年的春末

山中春意，最后的滂沱

我无意中推门而入

眼睛被晃了一下

老屋里真亮呀

桃叶嫩绿，桃花浩荡，像在

等人

清水里的桃花

每一片花瓣都喊一个名字

我推开门就开始怪自己

怪自己来得太迟

一百多天里

山中流连多次，放学后，假日里，下雨的时候

空气清甜

蘑菇一眨眼就长高

我来迟了

何知微

念到最后，是自己的名字。名字旁边，纸的右下角，印着一枝粉白的桃花，摸上去似乎软软的，还湿润着。他又默读一遍，"诗"这个字眼才浮现出来。他一时有些惊讶，因为小时候学棋，陈飞白身上是有股静气的，没想到她还偷偷写诗。他小心往下翻，发现纸笺右下角的图案都不同，一丛墨竹，再往下一张印的是梅花，还有一种藕色的叫不出名字的花。墨竹和梅花的纸笺上也有字迹，他深吸一口气，准备接着往下读。

靠窗的一排卡座传来咳嗽声，是睡梦中咳嗽的声音，也许，咳着咳着就该醒来了。他折好纸笺，放回书里，合上书，关台灯，离开集中办公区。

陈飞白提前一天买好带鱼，洗干净切成小段，控干水分，放冰箱里腌制一晚才拿出来干煎。这是于贝贝最爱吃的一道菜。虽是家常食物却急不得，该花的时间要花，该有的工序一道也不能省，做出来才是那个味儿。煎完带鱼，尝一块，酥脆入味，她满意地点点头，接着炒藜蒿腊肉和青豆虾仁，凉菜是西芹花生米，砂锅里滚着红豆茯苓粥，这个季节正好去湿气。不管于贝贝为何而来，两人聚在一起越来越不容易，这顿饭吃什么她在心里是专门计划过的，以前时间充裕时，她还做过松鼠鱼和蒸碗小酥肉，一步一步来，也不觉得麻烦。

于贝贝看见干煎带鱼就笑，跟不好意思似的，她吸吸鼻子，说，干煎比软炸好，刺儿都酥了，真香啊，她幸福地耸耸肩。吃得差不多时，她才动情地讲述起"烧鹅的故事"。那会儿她们毕业回国在深圳找工作，周末结伴去香港，打算镛记烧鹅、Lady M、蛇王芬、Cova、新斗记一路吃过去，第一站直奔镛记烧鹅，兴冲冲打开菜单，即刻被吓傻，从头翻到尾又从尾翻到头，一道菜也不敢点，挣扎良久，还是一脸窘相地站起来，跑路了。毕竟一起拮据过窘迫过，每当两人的友谊经受考验时，烧鹅的故事都要被讲述一遍，最后还要加上一句，其实也不太贵嘛。

陈飞白没跟着她抒情，说烧鹅的故事也没用，何知微不回家，肯定跟你有关系。

我们不能眼睁睁看着你误入歧途。就算不谈钱不谈收入，把一个公司做上市也总比你打打字有价值感吧。于贝贝说。

陈飞白站起来收碗筷，边往厨房走边说，不用再劝我，真不想再被面试了，题目过不了。

于贝贝歪着头，什么题目，我都不记得啦，大概就是谈谈期望薪酬吧。

只剩下水流的声音，陈飞白在刷洗餐具。于贝贝走到门口，说，飞白，尽快把工作调整到位，下半年你们就可以办婚礼了。她语气里充满紧迫感。

陈飞白回过头来，是小何说的吗，要把工作调整到位，怎样才算到位？

他不是图你那点工资，是为你惋惜。你爸妈供你读书，不是为了让你回来做打字员的，好歹要有个职业规划。

这话我听过很多遍，还有别的吗？她把百洁布丢在水槽里，水珠四下溅出来。空气凉了。

别人我才懒得管呢。于贝贝走进厨房，为你着急呀，你没享受到实在的好处。多少人，稍微一不得志就急出各种丑态，你怎么就不急呢？你也知道，咱学这专业挺运气的，要不是亲戚懂行，自己哪有这个远见，真是赶上了，行大运。

她当然知道。很多人的境遇，跟努不努力没什么关系了。回头看，学什么专业，哪一年买房，竟然都跟机遇甚至命运等词语联系在一起，染上了些宿命的味道。好像再容不得随意和踌躇了，一不小心就会跌落，再转身，时过境迁，连一点儿修正的机会都没有的。

你歇着，以前也是你做饭我洗碗。于贝贝用肩膀一扛，挤开了她。

最近这几个月，两人的交流模式变得单调重复，会面，吃饭，劝说，抵抗，了无新意，挺亲近的两个人，越来越疏远，像隔了一层什么似的。工作这事本来谁也没放在心上，时间长了，事情就有点变味道，渐渐形成对峙之态，似乎是为了捍卫各自价值而刻意较劲了。一个蓄势待发，另一个早有防备，每次见面都不太自然。以前想到跟于贝贝吃饭聊天，她打心眼里高兴，关系恒温的朋友在一起多舒服哇，现在接电话心里都发憷，别说见面了。茶几上，棋盘一直没收，她翻开棋谱，从那天何知微停住的地方继续往下摆，直到光线隐没夜色合围，子儿都看不清了，她才从棋局中把自己拔出来。慢慢抬起头，哪还有于贝贝的人影，她又孤身一人了。缓缓神，她记起来，于贝贝看她摆了一会儿棋，临走时说，我只是希望你活得值，又不是不能，你唾手可得呀。

她拨通何知微的电话，何知微接得太快了，她看见秒数一跳一跳的，才意识到已经接通了。

你好吗？他的声音很急切，好像这个电话是他打给她的。

他接得那样快，是一直在等她的电话吧。听见他的呼吸声，心一下就踏实了，鼻子却酸酸胀胀的，她说，我不好，你知道。她只想跟他一起坐着，不用说话，一句话也不用说，就并肩坐着。他们之间，隔着两千多公里路，隔着黑夜笼罩下的无数个州府。

她有多少想念，他就有多少。想一个人，竟然能想得热血沸腾，火苗猛地蹿起来，比人还高，浑身上下都是灼烧感。他总算知道动情的滋味了,爱意突然上涌,瞬间直达顶峰,很强烈也很贪婪,仿佛这就是这辈子最后的爱了。原来爱是有颜色的,最正的浓得往下滴的红色,爱也是有声音的,是冷水浇在刚刚烧干的锅上,激出的那种巨大响声。原来不管持续一分钟、几个月还是许多年,爱情都是一种势必的、纯粹的、极致的发生,根本由不得人。既能称得上爱情的,便是明知它会来也必会消失却依然愿意全身心经历的,便是多少带着点沉水入火、自取灭亡的决然和勇猛的。他当然有过情史,前后跟几个女孩交往,感受到的是无可无不可的犹疑,是随时可以抽身的淡漠,彼此间没有黏性,没有火星噼里啪啦,她试一试,他也试一试,双方的姿态都太轻盈飘逸了。他从没见过她们脸红,没见过她们热烈迷乱的样子,当然他也不投入,若失去对方并不觉得害怕,也不会觉得万般不舍。他不会在想起她们的一刻,柔情在胸口翻涌,喜悦感激中又掺杂着无以名状的悲伤。这几天,他每晚都不关机,也不调静音,生怕接不到她的电话,手机响看到不是她的名字,心就被失望塞满。他回忆她认真做的每一道菜,想看一眼她干干净净的办公桌,她的桌子是甜的,像一块撒满白糖的方糕,也是散发出尊严感的,尊严,不知道为什么,他猛然想到这个很少想到的陌生词语。

明天我回去,不管这边有什么事,不管了,明天我就回家。

他一句话也不说,就只是抱着她。他收紧胳膊,再收紧胳膊,直到一个激烈的拥抱耗尽了他的全部力气。

他说,太难熬了,每一晚都太长。我只想搂着你,接触你的皮肤,听见你的呼吸。你该早点让我知道的,在我更年轻的时候。现在,我怕我爱不好你,爱不动你。

她说,我一点儿也不在乎这是你二十岁的身体,还是五十岁的身体。我只觉得自己浪费了时间,我现在要是二十岁该有多好。

她擎起双手，捧住他的脸，缓缓地，从额头看到眉毛，从眉毛看到眼睛，停住了，她的眼睛凝视他的眼睛，他的眼睛凝视她的眼睛，笑脸对着笑脸，他先闭上，她跟着闭上，额头抵着额头。

她盯着他闭上的眼睛又看了一会儿，接着，她认认真真地往下看，一点也不着急地看，每一眼都很深，鼻梁、嘴唇、下巴。她的手顺着他的两腮滑到脖子上，手指在他脖子后面交叉。

他睁开眼睛，说，昨晚又梦见下大雪，梦里有个人在两扇黑色的大门前站着，那个人的脸我还记得，就是我自己，还有一个人在路对面，是你。昨晚咱们就在同一场雪中了。

咱俩说话了吗？说的什么？

没说话，也没走近，好像都舍不得踩路上的雪，就隔着一条路各自站着。

站了多久？

一直到闹钟响。登了机接着睡，还是那个梦，还是那个很安静的场景。

我知道，梦也能接着做。好在是没有情节的梦，不累人。

不累。你下午也别去上班了，我们在家里什么都不做就一起待着，待到天明。

天明了呢，又得走。他焦灼起来，这点相处时间太宝贵，想到在睡眠中度过就觉得浪费了，转头看到棋盘便说，下棋也行，几盘棋天就亮了。

陈飞白点点头，接着指指外面，说，旁边的楼封顶了，脚手架拆了，横幅和 LED 也挂上去了，叫"天元"。

天元？何知微走到窗前，看到一道巨大的横幅拦在楼体上。一团云在天上飞快地走着，匆匆掠过"天元"二字。

他说，这名字还算文气，比常见的那些楼盘名好。

她摇摇头，说，不好，什么都敢叫。她走到棋盘前，指着棋盘正中央的黑点，说，天元在这里。

地产的名头，不是假洋鬼子就是蹩脚古风，这壹号那壹号，还有浪琴海，至少见过十几个浪琴海了，我倒觉得"天元"不算差。

陈飞白还是摇头，说，这里建成后是城市地标，以后的小孩子不知道围棋正中央的星位是天元，不知道吴清源跟本因坊秀策下棋，前三手是三三、星、天元。他们膜拜天元，因为对他们来说天元这个词的含义就是中心地段的豪宅。想到这个，心里不是滋味。

你猜，接下来会是什么广告词？她问。

他脑海里闪过一个个巨型广告牌，一根钢柱支起三面招牌，矗立在快速路两侧，车辆一路疾驰，招牌一块块扎到眼睛里来，"独占大湖""先生的海""成为森林城堡的主人""私享家的景观资源""少数人的美宅，所有人的梦想""名校环伺，尊荣世袭"……他没有刻意关注过这些宣传牌，此时说到广告词才发现有些字句不知不觉间已刻在脑子里，忘都忘不了。细细琢磨起来，他觉得有些不对头，境遇不好的穷苦人每天看着，心里会是什么滋味呢，也许不往心里去吧，大家早已认同，世界就是这样的了。

想到这里，他说，既然用这个名字，就要在中心上做文章，广告词？呼唤全球富豪，进驻宇宙中心，再加上几句双地铁、CBD、综合体什么的，也就这些陈词滥调。

天元，中心，她念叨了几声，围棋，围棋呀，哪能硬扯过来这么用。在她心里，围棋太神圣了，最早让她意识到自己渺小和有限的，就是围棋。极简的规则下，难以穷尽的繁复变化，让人入迷的同时也让人产生无力感，入门难，入了门更难，即使有充足时间和充沛精力，毕生专门钻研也未必能窥得神机奥妙，每多了解一分，除了喜悦，更会暗自心惊更加敬畏，越发觉出十九路棋盘是幽深无底的洞穴，也是浩渺无垠的星空。多少年了，诸神的传奇一个比一个绚烂，下法上还能不断地超越拔升，永远不要说对它的认知已足够，它通往无尽，而你只能抵达属于你的高度。每次面对围棋，就像面对无垠宇宙，她想的东西就辽远了，开阔了，不再是自己眼前的这点事。

他说，不关咱俩的事，我们在这里头头是道，其实什么问题也解决不了，别操这份心了，不如手谈几局吧。她还想继续说，觉察到他并不想往下讨论，就点点头坐在了棋盘前。两人都没再说话，下棋就是最好的聊天。一直手谈到傍晚，陈飞白下了一锅面条，配茄子肉丁和青椒鸡蛋，吃完了，两人又坐回到棋盘前。

第一局，陈飞白取势，棋都走在外边，下到中盘，感觉他的实空领先太多，自己的外势能围出来多少心里没底，要不要先做点实空追一追？正在犹豫的时候，他竟然对左边一块孤棋动手了，这块棋有问题吗？没有啊，刚才看过：虎一步是先手，然后托一下就渡过了，死不了的。糟糕，虎一步不是先手，他完全可以不应，漏算了。怎么办，能做活吗？空间太小，最好的走法也只是一个后手眼。断下他旁边的棋杀气？不行，气差得太远。逃跑，看不到出路，就算勉强逃出去，被他追杀的时候，自己的大模样也会烟消云散。她稳住心神，看看全局，思路干脆变了，何必纠结这一块的死活，就算这块被吃了，只要封住他的棋把自己右边的空围起来，局面未必差。她不断借用没被吃干净的这块棋，把他的棋封在里面，他看出了她的意图，但如果不吃下这块棋，自己的棋就变得七零八落了，也没法再下，只好跟着应，看着她把空围了起来，她的实空已经领先，后面的棋，他左右腾挪，她小心应对，他始终也没占上风。这局，陈飞白赢。

接下来一局，陈飞白下得有些心不在焉，到中盘粗略判断了一下形势，感觉后面不太好下了，布局好像中规中矩没犯什么错，怎么局面就差了呢？啪，何知微落子，直接打入。她寻思着，直接吃棋，还是缠绕攻击顺手把他的空也破了？直接吃的话有把握吗？要仔细算算才行。后边的变化似乎挺复杂，她算了算，也没算清楚，不想了，直接动手吧。她封住了出路，没想到他也不急着做活，应了几手就脱先了，打入的棋子不要了？她在二路走了一手破坏眼位，这块死定了吧？但他仍没顾这块棋，走了其他地方，他脱先的这两手涨了不少目，不过被吃掉这一块目数也不少啊，她又补了一手把这块棋吃干净了。她拈着棋子，忽然觉出不妙来，自己的棋有个断。他打入的棋子本来就没想要，而是瞄着这个断。果然，他直接断掉了。她收了几步官子发现不够，就认了输。

累吗？何知微问。

不累，下棋就是休息。

他俩下棋，心境上很纯粹了，在乎的不是输赢，也不像小时候，一上来就大杀大砍的，不管胜负，下一盘好棋最重要。下完一盘棋，醒过神来，跟过了半辈子一样，那种充实和满足的感觉特别好。

她站起来活动一下身体，说，你从外地跑回来，我也没去上班，好好下了几盘棋，好久没这么痛快了，就是，嗯，有件事我早就想做了，能陪我一起吗？

何知微也来了兴致，说吧什么事，今天我陪你，做什么我都陪着你。

你等着，我去换件喜欢的衣服。

她穿着一条很正式的黑色连衣裙出来，冲他笑笑，抻着裙摆原地转了个圈，接着又走进卧室，从柜子里取出一个双肩背包，她看看墙上的表，说，时间正好，咱们走，何先生。

刚走进电梯她又把他拉出来，说，先别下去，忘东西啦。她再走出来时，他看见她戴上了墨镜，手里还拿着他的墨镜和棒球帽。

他夸张地笑起来，没说话，意思却到了，到底想干什么？

她走在前面，他紧紧跟着，走了两三百米来到地铁四号线的入口，他问，现在坐地铁，去哪里？她说，跟我来吧。

差不多是末班车了，车厢里空空荡荡的。走到车厢中部，陈飞白指着一个广告镜框说，每天上下班都能看到它。

他看着镜框，是地铁公司自己的广告，主体画面是一个围棋盘，地铁的数条线路在棋盘上纵横交错，用黑白子表示站点，一只从西装袖口里伸出来的大手拈着黑子，正准备放在棋盘上。棋盘上方，是四个红红的大字"一步制胜"，旁边还有一溜儿字，"登上地铁媒体快车"。

她凑到他耳边说，一步制胜，下棋能一步制胜吗？再说，胜真的那么重要吗，大竹英雄宁可输棋也不走愚形呢。

他想起了那些绵延数月、意味悠长的著名棋局，也想起了大竹摆出过的无比俊逸的棋形。棋盘上不光是死活胜负，还有经纬、四季、阴阳。他知道她要做什么了。他左右看了看，没有人，他想用身体挡住她，他更想替她把这件事做了，出什么问题都由他兜底，全身肌肉却有些紧绷，还没迈开步子，她已麻利地摘下墨镜，塞在了背包里，说，下一站，我们就下车。

只坐出来一站，两人沿着路往回走。路两边楼宇强壮高大，衬得人很矮小，两人一路走着像穿过一道山间的峡谷。

她说，一天客流过百万，不管你愿不愿意每天都要看见"一步制胜"，强迫你看见和记住，慢慢地也就认同了，还以为是自己的想法。

地铁跟水流一样，你摘下这趟车的，还有其他的车其他的线路。他想说她幼稚说她义愤太多，话到嘴边硬咽下去了。

她说，说不定除了我，还有别的人也想摘下来。

无用功，什么也改变不了，地铁公司很快就补回去。

补回去，也可以再被人摘下来。

就像小时候做成了件逾矩冒险的事情一样，两人都很欢跃。有好几次他想趁着这欢欢喜喜的劲儿，把面试的话头挑起来，说不定这会儿她不躲藏呢，想来想去，还是更珍惜这个晚上，怕一句话就破坏了气氛，几番思量终究没说出口。

在岔路口，两人停住脚步，直走是家，转弯的那条路通向海。两人对视一眼，转身向着大海走去。

一弯瘦月似古时候的月亮，月光下的海像古时候的海。他们并肩坐在一块礁石上，看着夜，看着海，看着夜和海融在一起，混合出了让人百感交集的时间感。这一切，都像是前工业时代才可能有的景象。

小舟从此逝，江海寄余生。

她说，还记得吗，你在教室里写的那幅字，苏轼的《临江仙》。

记得，写得不好。咱们那时候的孩子嘛，都一窝蜂学毛笔字，就知道个颜体柳体，太粗陋了。

好不好我不知道，我一直记得你写字的样子，写"长恨此身非我有，何时忘却营营"时，你是个老人，写到最后一句，又年轻了。心里埋着什么事吗？

他愣一下，说，没深想过。上学，上班，这些年活得也算好。

喜欢你现在的工作？足以安身立命？

安身立命，大词，太空洞了。他说。他是个话不多的人，看起来沉稳，叫人放心。酒局上当一种奢靡放纵的气氛开始弥漫，人和人突然变得亲密时，他才会很膨胀地指点那些做实业的小老板，要有金融思维，上市之前做产品，累死累活，上市之后，找好企业并购就有赚不完的钱了。

从小到大,他经常收到一个评价:你是个很理性的人。现在想起来,竟有些厌倦这个评价了。去喝酒?大醉一场?他坐在石头上,想象着醉酒后披头散发、载歌载舞的场景。

那幅字被班主任收起来,也没装裱,八成是扔了,能再写一幅吗?她问。

他回过神来说,多少年没写字,手早就生了,一时也找不到笔墨。

他心里想的是,如果现在手头有纸笔,就抄录《迟》那首诗,还有没读成的两首,写在墨竹纸笺和梅花纸笺上的。海风带着些凉意吹拂过来,身上穿的是她在顶楼上晒干又熨过的衬衣,看上去没什么特别的,但穿的感觉不一样,花了时间和心思的东西,让人觉得庄重,让人打心眼里爱惜。

他爱惜跟她有关的一切。他突然有些担心,万一,他和她,把话都说完了该怎么办?会有没话说的那一天吗?不敢深想,只能珍视此刻,想着既有此刻,也不算白活了。

她的头歪在他肩膀上,他手臂弯成半圆,把她圈进来。月色清明,海风湿润,涛声一声比一声长,不知道过了多久,她打破沉默,明天你还要去榆林,回家睡一会吧。

他说,要是能在这儿坐一晚,等着天明就好了。说着他站起身来,把她也拉起来。

第二天,闹钟还没响,他自己醒了。爬起来,带上卧室的门,轻手轻脚走到客厅,一看表,才五点钟,现在去机场太早了。他泡了一壶红茶,热了两片面包,吃完简单早餐,把证件检查几遍,外头天色还是灰蒙蒙的。他两手环住茶杯,站在阳台上往小区里望,小区中央栽着一棵大菩提树,步道两侧是灌木带,错落着金叶女贞、矮紫樱、冬青、扶桑，西北角上是几棵黄花风铃木和桃树，还不到开花的时节，远看枝干有些秃。

看见桃树，他心念一动，有地方去了。

走进公司大堂时还不到六点半，上楼，整个大平层空无一人，灯亮的一刹那，长夜积聚起的寂静似乎愣怔了一下，缓了缓，才从敞开的门扇里消散而去。他坐到陈飞白的转椅上，轻轻翻开书，静静地看一会儿纸笺，然后一手托着，一手展平。桃花那一页下面，是印着墨竹的一页，再下面是印着一丛梅花。他把梅花纸抽出来，一打眼看到题目，就呆住了。

夏清煦

傍晚，夏清煦从街市的一头走过来
走近时
人们看见她菜篮子里斜插三枝粉百合
还有几种面目模糊的菜
忘了哪一天
夏清煦自己也不知道是哪一天
她从街市的一头走过来
菜篮子里是莴苣、扁豆和南瓜
还有一大块深褐色的咸菜
再后来，没人叫她夏清煦了
窗口办事员大声呼叫她的全名
她脸上会迅速闪过一丝羞惭
弓着腰，塌着肩膀，想把自己缩小了
她边点头，边讨饶似的说

是我，我是老夏

老夏

关于母亲，他对陈飞白说过什么吗？想了想，除了在一次闲聊时提到母亲的名字，其他什么都没有了。母亲在超市大肆试吃那会儿，他想悄悄告诉陈飞白，我妈年轻的时候，买菜从来不磨着人家搭一把小葱送，一点便宜她都不占的，但帮着母亲掸去嘴边的食物碎屑时，惆怅和苦楚一下子从心底泛上来，哽住了想说的话，最终他什么也没对陈飞白说，跟解释似的，然而又想解释什么呢，也说不清。这世间有多少无缘无故哇，不是什么都能追溯得清楚明白的。

他说出来的，还有没说出来的，细细碎碎的，混混沌沌的，陈飞白都懂，甚至理解得比他还要完整和清澈。他更糊涂了，这么灵透的女孩，到底被什么挡住了呢，既是挡住她的，他又能帮什么忙解什么困呢。

一时心里空落落，又乱糟糟的。《夏清煦》带给他的震动过于剧烈，墨竹纸笺上的诗，接连看了几遍，都是入眼没入心，像翻卷的细尘浮在眼前，抓不住，拢也拢不起来。

去机场的路上，他回想梅花纸笺上的诗，一句一句，熟习无比，竟像是自己写出来的。离机场越来越近，心却飘飘悠悠地回去了。挣扎一会儿，交通指示牌上"出发"两个字已近在眼前，这时也顾不上摇摆了，随着惯性入闸安检，等候登机。

走下飞机舷梯，何知微先抬头看了看榆林的天。模棱两可的阴天，不知道接下来是下雨还是出太阳。航程中，他闭着眼睛，也睡不着，《夏清煦》的字句和母亲的脸交迭浮现。中年以后，母亲面相里的书卷气就不见了。她脸上时常露出惊慌的表情，不惊慌的时候，又有些窘，总之不是一副舒坦滋润的模样。其实昨晚从海边回家后,他就没睡沉实,想起了父母的婚姻。大概他上大学的时候,父母停止吵架了,他们老了,累了,终于放弃了对对方的控制、改造和期许,允许对方在核心的问题上划定边界,他们都学会了说一句话,"你高兴就好",很平淡的一句话,但他知道这句话背后、这张息事宁人的脸背后有多少无奈和不甘,有多少含而不露的讥讽,有多少按下不表的怨恨,想到一对夫妻天天在一起又离得山高水远的样子,他就从心里感到累,感到难过。

他跟陈飞白还没结婚,一谈及面试和工作,两人就从热恋的情侣变成了相处多年的老夫妻,疲惫得连架都没力气吵,只能小心翼翼地绕开危险区域,她怕他,他也怕她,气氛森然怪异。一旦有了禁区有了块垒,怎么看,两个人都是隔着的。

这样不行。他好不容易有勇气相信一个人是真喜欢他,好不容易有勇气跟这个人共同进入生活的某个实在的部分,本来他以为爱情早跟他没关系了,也不可能爱上谁,自己根本不适合结婚,就算成家也是被长辈逼着,完成一桩不得不为的俗事而已。

候机时他向盈泰的招聘邮箱投递了简历,本来欲跟于贝贝打个招呼,转念一想,以他的工作履历进面试太轻松了,提前给于贝贝通气,话反而多,干脆什么也不透露,面试不见则已,见了再说。

到榆林是要打硬仗的,材料报上去后证监会已经反馈了,回答证监会的一个问题,有时就要用上四五百页纸。往常这个阶段他会把自己调动得很兴奋,这几天他的老法子都失灵了,在会议现场,怎么也没法集中精神,不停地刷邮箱,机械地刷。信用卡对账单来了,购物网站的库存匮缺提示也来了,还有几个广告邮件,他等的那份邮件,没有出现。

转眼又是两天,刚坐到会议室,手机振动了一下,瞄一眼,看见"盈泰"二字,未及打开细看,他已突地站起来,站起来时才发现自己已站起来了，他说，杜总，我得回去一趟。

现在回去？

有急事。

我们要回答问题了，回答问题的这个时候……

知道，我尽快赶回来。

他边说边往外走，大家抬头看着他，他顾不上别人怎么想，点点头，转身走出大家的视线。

到了深圳，他在盈泰总部附近找了一家酒店住下，第二天他将出现在面试现场，把陈飞白经历过的事情也经历一遍。能有什么难题呢，他对自己说，什么题目也不会难住我。

于贝贝的脸在微微抽搐，何知微知道，她控制得已经不错了，她负责问几个专业上的问题，何知微一一作答，她低头做记录时表情才自然了些。

轮到人力资源部门发问时，何知微忽然感到有些紧张。先谈了谈工作性质和薪酬，何知微松口气，耐住性子奉陪，该说什么话就说什么话，总算把这个了无新意的程序进行完。

最后，一个穿紫红色衬衣的男士问，你怎么看待我们公司的狼文化？

主动进攻，抢占先机，通过伟大的目标把员工凝聚成群狼，虎狼之师，枕戈待旦，常备不懈，时刻准备战斗搏杀。没有狼文化，就没有企业的快速成长，这是决定性的精神力量。何知微回答得顺滑而充满激情，他还能继续往下说，这时他瞥见于贝贝，她眼睛睁得很大，嘴巴半张着，刹那间他意识到了什么，脸色也是一变。

紫红衬衣男士发问时，没抬头，声音也很低，透着循例一问的随意，不过是个收尾的程式，他早等得倦怠了。而一听到这个问题，何知微几乎不用思考就做出流畅精巧的回答。

一切都挺对劲儿的。

何知微走出会议室，看到走廊尽头有一排椅子，他走过去靠窗坐下。看看表十点多了，在超级摩天大楼上透过玻璃窗往外看，外头的阳光既强烈刺目又虚空邈远，一时有些恍惚，像在梦境里，从进去到出来，十几分钟，却如隔了世一般。

又等了一会儿于贝贝也出来了，她招招手，何知微从走廊尽头走过来，两人你看看我我看看你，不知道该说什么。

在裙楼找到一家还算安静的餐厅，一直等到甜品上来，于贝贝才说，面试我几次在场，从没注意过最后这一问，根本不叫个难题。你觉得呢，这算难题吗？十个公司得有九个这么问吧，谁都知道该说什么，每个人都能答出来，怎么会过不了？怎么就过不了？说着说着，她捂嘴笑起来。

他看了她一眼，她笑得很勉强。他好像明白了什么，同时又感到一种从未体验过的陌生的痛楚，事情似乎搞清楚了也似乎更复杂了。

怎么办？于贝贝问。

怎么办？他觉得自己需要时间再想想，需要尽快离开面试的这栋楼，这栋扭着身体向上伸展的著名地标性建筑。他说，陈飞白不知道我回来，也别给她说，我们，我们再商量商量。

有什么好商量的。她指指脑袋，我的老同学，这里有问题，出了点问题。滑稽，虚伪，造作，不可理喻。真扫兴，太扫兴了。

他也联想到一些贬义的成语，又觉得用在陈飞白身上不太合适，成语是固定和明确的，可世上的人、世上的事哪有这么简单，总有常理和世故框不进来的样式。几千年了从来没有过相同的棋局，人和人也是如此，哪能整整齐齐都一样呢？

于贝贝继续说，不值，太不值了。咱俩一起去找她谈，一起把她矫正过来。

有什么好谈的，教她怎么回答最后的问题吗？用教吗，能教吗。他试着想象一个场景，他和于贝贝表情凝重，话语急切，而她坐在他们对面，眼神飘忽，不配合，不入戏。他和于贝贝说的话像一颗颗子弹在空中排列着，顶到她身上又弹回来，颓然坠落。她是一个最有情的人，这样的时刻却一脸木然，形如槁木。想着想着他说，我得去榆林了，回来再说。

都是同行，哪有这么紧急，紧急情况开电话会议不就完了，你这是在躲。于贝贝双手交叉抵住下巴，盯着他说。

他不作辩解，直接起身，小于，我去机场。

于贝贝摊摊手，说，你没开车吧，我送你到六号线，离这里也不远。

六号线从地下横贯大半个城市，一条恢弘流丽的机场快线。何知微靠在座位上，一直冒虚汗，天气并不热，他是心里发慌，好像做了一件窥探和打扰的事。显然关于工作面试，陈飞白并不想跟任何人分享细节，也无意于倾诉和寻求理解，就是一个很平常的选择而已，而他即使知晓了也是徒增怅然，掏不出灵丹一粒，怎么也使不上劲儿的感觉。

他闻到浓烈的青草气味，这是在哪里呢，没有青草，连明亮的光线也没有，他依稀看到，对面座位上，一个女孩在喝一瓶碧绿的野菜汁，瓶盖没有拧上，瓶口染绿了。迷迷糊糊地，他花了点时间确认自己身在何处，又花了点时间明确了一点，列车在黑暗的地下疾驰，正在离机场越来越远。

到站时没下车，坐回来了。他有些懊丧，很快便释然，就此回家不也正好。快该换乘时，他心里忽然一闪念，就疾步向车厢中央走去，没几步路，心情却忐忑，看见"一步制胜"，摘不摘呢，怎么摘呢。

还没挣扎出一个结果来，已经走到车厢中央了，地铁公司自己的镜框广告都挂在这里。

什么也没有，他抓住拉环上下左右地看，确实什么也没有。他的心狂跳起来。凑近车厢内壁，发现镜框的印痕还在。是广告更新的间歇期，还是，还是另有乘客把它摘下来扔掉了？

他更愿意相信第二种可能。

换乘另一条线路时，他径直走向列车中央。这条线路的镜框广告是安好的。乘客太密，没法动手，除非坐到终点站，趁人群往外流，下一拨乘客又还没上车时。他倚着竖杆看镜框旁边的路线图，还有十几个站才到终点。

快到终点时，他挪到镜框前面，四下看看，车厢很空，乘客零零星星地散坐着。车终于驶进最后一站，人们走到车门处候着，他抬起手来，抓住镜框下面的两个角，就等车门打开了。

到站提示音响起，车门打开。他赶紧用力往下摘，镜框不动，再使劲儿还是取不下来，已经有人进了这节车厢，他只好松开手，就近坐下来。眼睛盯着镜框，回想刚才的动作，是硬往下掰的，难怪镜框不动。他试着回忆陈飞白那晚的手法，似乎是轻轻往上一提，没费什么力气。

每站都有人上来，很快车厢里就挤满了人。坐在地铁上，他脑子里回响的都是陈飞白的话：强迫你看见和记住，慢慢地也就认同了。他决定再坐到反方向的终点，不管有多少趟列车，先把这辆车的取下来再说。

他提前几站就离开座位，守在镜框前，默默在意念中演习几次。

轻轻往上一提，果然摘下来了。正高兴，一个新问题砸过来，只有电脑包，没有大背包，怎么运出去。慌乱中，他把镜框夹在腋下，电脑包单肩背着，遮住一部分镜框。低头一看，露出来的是正面，顾不上多想，一手抓着电脑包，一手把镜框调过来。

只露出反面背板，又有电脑包挡着，找个人多的站点应该能顺利出去。

真往外走时，步子还是有点发飘，便在心里给自己鼓劲儿，不会有人注意的。

走到最近的出口，他定住眼神，尽量不去看别人，刷卡，出站，随着扶手电梯升上地面，悬着的心才放下来。天色初暗，已近傍晚，来来回回地竟在地下折腾了一个下午。

上了一辆出租车，他在后座上紧紧抱着镜框，像抱着一束鲜花，一份精心准备的礼物，没有比这更好的礼物了吧。

车经过公司大厦时，他临时改变主意让司机停下来。卓盛大厦三百多米高，尖顶，全玻璃幕墙，按设计方的说法，主体塔楼是一棵破土而出的春笋，但他远看近看，楼体都像一枚直冲天空的巨型炮弹。

下了车，走进炮弹，坐电梯上到三十七楼，他先在外面张望一下，办公区人不多，陈飞白的座位也空着，看来今天不用加班已回家了。

在工作的空间找一首诗，他心里涌起一股奇异的感觉。

今天桌上的瓷瓶里插着几枝黄月季。他抽出最下面的一本书，翻开来，里面什么都没有。他记得很清楚，诗稿就夹在这本书里，武宫正树的《星的威力》。也许不是这一本？也许夹着诗稿的书换位置了？他把每本书都拿起来，哗哗地翻，从头翻到尾，淡青色的宣纸确乎一张也不见了。桌板下是活动抽屉柜，钥匙就插在锁孔里，想了想还是没拉开，不管有没有人看见，他也不愿意乱动别人的抽屉。

走出炮弹，没再叫车，步行走了十几分钟，走到家门口，他在门前站了片刻，调整一下心情，取出钥匙又放回去，按门铃，等她来开门。门一开，他就举起了镜框。

没有笑声，没有尖叫，等了一会儿还没动静，把镜框放下来，他看到她在拼命眨眼睛，眼眶是红的。

盈泰是狼，我们公司是蜜蜂，还发明了"乐蜂"文化，面试的最后一道题目是：你怎么看待卓盛证券的蜂文化。但不一定每个人都当狼都当蜜蜂，我变成狼，可以让你不当狼，这大概也是我变成狼的一点意义了。他本想找个机会再说，不料屋还没进，就一股脑儿全表白出来了。

整个人松弛下来了，不紧绷着使劲儿了，他经常有个感觉，自己睡觉的时候都在使劲儿呢，醒来的一瞬间，牙是咬着的。现在松下来了，从来没觉得身体这么轻，这么软，像一大块儿蜂蜜蛋糕，摁上去，弹起来，掰开来，里面是细密均匀的针眼儿一般的小孔。身体里面透气了，里头能流水，能刮开风。自在，真自在。

他接着解释，我去盈泰面试了。

知道，为了谴责我，让我羞愧，贝贝下午给我说了，刚才又打了一个电话，可能酒多了，说我是个大麻烦令人难以忍受，要跟我面谈，不知道是不是酒话。

他摇摇头，说，不管她了。他牵肠挂肚的是陈飞白的第三首诗。他看着她的眼睛，开始背《夏清煦》，诗句徐徐拉开一幅画，画面里并不仅仅是他的母亲，他看见许许多多个被磨损的枯瘪的生命，不明不白地，就萎谢和流逝了。

他扩张和拉长了这首诗的哀伤，哀伤雨点一般遍地滴落，他叹息般地念出最后一个字。陈飞白害羞起来，你什么时候看到的？我偷偷写的。

他说，还有一首没记住，写在墨竹那一张上的，比赛什么的。

她找到一个不用的本子，默一遍，递给他。他接过本子，说，我想一个人进屋读。她侧侧身，说，正好，当着面读，我才难为情呢。

关上门，只开落地灯，他捧着这首诗，低声读起来。

瞄准，瞄准

年少时父母为我报名参加朗诵比赛、歌唱比赛、硬笔书法比赛
每次指导老师都拿着一页纸
一页写满评分细则的神圣的纸
对我说，一条一条细抠
瞄准一些，再瞄准一些
这些比赛的后缀一般是××之星
有没有成为星我已不记得

青年时因为是青年要参加单位的各类技能比赛
有经验的评委好心提醒我
瞄准评分细则，一条一条细抠
瞄准了，不偏不倚，正中靶心
他们说话时看起来很老练
他们微笑
笑得精明、内行、有把握
这些比赛的后缀一般是××人才
有没有成为人才我已不记得

我终于不是少年也不是青年了，
不再因年龄被强行划入一场场比赛
回望这些年，会从心底笑出来
我记得
在每一次能瞄准的时候我没有瞄准

我往左边或右边偏了一下
因为这不瞄准
我活得特别有兴致
因为这不瞄准
我觉得，我是一颗星我是一个人才
活着最有意思的，就是这一次次的不瞄准

读到最后，他也从心底笑出来。他最喜欢的是这一首，忍不住用手指肚摩挲着本子上的每一个字，摩挲着，他想起手从她的后背滑下去的感觉，她的后背上像敷着一层软糯的糖粉，小时候水果糖外面裹着的那种白色糖粉，他记得那个时刻，空气好像变甜了，让人忍不住大口大口吸着气。

咚咚的脚步声传来，这充满力量的脚步声两人都很熟悉，对视一眼：于贝贝竟然真来了。

于贝贝往沙发上一坐就开始数落，其间不断给何知微递眼色，意思是让他帮帮腔。见他没动静，于贝贝说得就比较直露了，多少高中同学羡慕我们选对了专业，羡慕我们踩对点儿了，大时代的幸运儿呀，你呢，你大概是混得最差的应用经济学硕士了。

接着，她又表示今晚依序试了三种葡萄酒，"有生命"的葡萄酒，她说，你没喝过真正的葡萄酒，你喝的那是色（shǎi）酒，你也没见过奥地利手工水晶杯，你用的是含铅的便宜货。

陈飞白没有被激怒也没有面露惭色。于贝贝继续说，你一点儿也不独特，也看不出有什么傲人的风骨和性情。如果没有何知微的收入，你哪怕每天早出晚归地上班，也一天比一天穷，衣服、包、鞋都透着劣质，你整个人看着也很劣质。不悔改就什么也赶不上了，再过两年，咱俩就彻底不能一块儿玩了。

燕雀安知鸿鹄之志。陈飞白轻声说了一句。

她说得轻声细语，但足以听清楚了。何知微一愣，于贝贝也一愣。

你说什么，谁是燕雀？

你是燕雀。

我是燕雀？于贝贝扬扬头，反了天了。

就是反了天了。

你说的是酸话。

我说的是真话。

陈飞白看着她的同学，看到的不是一个又胖又憔悴的女人，相反，她光彩照人。这两年，于贝贝越来越瘦，越来越好看，身形从壮硕蝶变为纤美，摒弃了学生时代民族风的审美，每件衣服除剪裁和面料讲究外，总会有一两个别致得让人心动的细节，彼得潘的衣领，精致的皱褶掐腰，凸面刺绣，贝母纽扣，她还请了前世界健美小姐当私教，再忙也要确保每周上一次健身课。她的瘦和美，她的富贵和自信，透出的，都是另一种生活的诱惑呀。陈飞白句句跟她针锋相对，但说到最后，竟有点心虚了。此刻于贝贝看她的眼神已没有多少期待，主要是嘲笑、轻蔑和嫌厌了，好像她很不识相，很败兴，好像没有她这个拖后腿的怪物加白痴，一切就都好了，都顺心遂意了。于贝贝的目光里，还有几丝居高临下的玩味，让她觉得很陌生。

何知微突然开口，她说的是真话，不瞄准和瞄不准，完全不一样。他边说边把本子塞到于贝贝手里。于贝贝扫一眼，摆摆手说，我觉得我才是一个诗人，上市之前，给它做出一个好故事来，美妙的叙事性，上市之后，无数个投资者一起抒情，十天都开不了板，荡气回肠。你看看K线，高低起伏，是史诗是戏剧是交响乐，也是山水长卷。

预报的今夜有暴雨。云带着浓郁的雨意在低空盘桓，海上来的风吹得窗棂叮叮作响。陈飞白默默把本子拿回来，于贝贝的话确实羞辱到了她。她来到窗前，背对着于贝贝和何知微，头发乱舞，衬衫也鼓起来。

她的背影看起来很落寞。何知微走到她身边，跟她并排站着，于贝贝也踱过来。陈飞白转过头来，看着于贝贝，说，贝贝，真想再给你拉一次连衣裙的后拉链。

于贝贝穿一条青金石蓝色、厚西装面料的连衣裙，背后一道长拉链从腰窝到后脖颈。这是她们两个人才知道的典，一起住的时候，每次帮对方拉裙子拉链就会说，以后咱俩分开，一个人住了，再怎么穿拉链在背上的连衣裙呢？多费劲儿，一不小心就把袖子扯破了呀。听她突然提起旧事，于贝贝站着，一时不知说什么好，脸上有几分怅然。

陈飞白从餐边柜里拿出柠檬片和茶杯，洗好柠檬片，放进杯子，先倒凉白开，加两勺蜂蜜，再续温水。她把柠檬水放在茶几上，说，晚上就不给你泡茶了，喝杯柠檬水吧。说完，她拉着何知微往外走。

你俩要干什么？于贝贝问。

他俩一起下楼，来到"天元"的工地旁。简易的出入口有保安把守，整个工地用一圈浅蓝色围挡围着。何知微大概知道她的想法，LED挂网发光字不好拆除，但总还是可以做点什么吧。

两人绕到后面，何知微开始爬，围挡两米多高，他试着爬几次，太滑上不去。他说，你等着，我去家里拿椅子，再叠上个皮墩子，高度应该就够了。他往海怡苑方向跑去，跑得像个小男孩的样子。望着他的背影，陈飞白想，过一会儿，他们找到楼梯，爬上二十几层合力把条幅扯下来时，如果没被人抓住，她要立刻告诉他一件事。

就在今天下午，于贝贝告诉她，何知微那么忙还是偷偷回来面试了。挂了电话，翻看手机里他的照片，她一下子就软弱了，想了一会儿下定决心，等他回家时她要告诉他，她准备好了，准备好回答最后一问了，她会让他放心，她要跟所有的经济学毕业生一样，不再浪费时代赐予的幸运。

结果，开门时，她看见一个高高举起的镜框。那一刻她知道，她什么也不用再说了。不用再说了。

伶 仃

黄昏的时候,卫巧蓉走进一片水杉林。通往树林深处的小路逐渐变细,青苔从树下蔓延到路边,她快步走过时,脚步带起了风,缕缕青色的烟从地面上升起,蜿蜒而上,越来越淡,越来越清瘦。她停下来,等烟散尽才俯低身子凑近看,这些日子阳光好,苔藓干透了,粉末般松散地铺展着,细看起来如一层毛毛碎碎的绿雪,她小心喘着气,担心用力呼出一口气就会把它们吹扬起来。

刚出林子的一刹那,天空似乎亮了一下,像头顶响过一声短促清亮的口哨。接着,走上一条布满沙砾的小径,小径尽头就是马路了。街道,楼房,不远处的海岸,浸没在薄暮柔和的光线里,声响也似乎被夜晚悄悄吸附了,四周显得很寂静,是傍晚时分特有的暖金色的寂静。她身后,遥遥的地平线上的山丘只剩下含混的轮廓,挨着山体飘浮的云彩在暮色中显得格外白,她抬头看时,一朵云正翻过山头,翻到山的另一侧,消失不见了。

剧院伸向天空的几个尖角先露出来。很快,一个透明的多面体完整地出现在视线中。福海剧院到了。跟老家那座蚕茧形的剧院相比,她更喜欢福海剧院的外观,就像不同形状的巨大积木堆聚起来的,一道道利落的几何线条,阴天的时候看起来平淡无奇,一有光线就活了,晴朗的天气里,阳光穿过大块玻璃拼成的斜坡,透视出一个个宽敞开阔的空间,晚上,灯一亮,如海边漂来一块熠熠闪光的宝石,每一个反光面都粼粼地映着海水的波纹,从远处看过去,宝石像浮在水里,被晃荡着的水波抬起来,又放下去。走到剧院门口时,她看看表,离开演还有半个小时,她照例绕到剧院后面,这里有一条木头栈道通往海滩。

海滩的西边是码头。三个月前,她在轮渡买到船票,上了船,找了个靠窗的座位坐下。初春的海风从窗户缝里挤进来,像一蓬细细的针扎向脸上的皮肤,她从背包里取出围巾,把头和脸裹起来。一直等到渡船靠岸,围巾也没摘下,她蒙着脸,踏上这个初看起来有些荒寂的小岛。那天,海上刮风,天上也在刮风,云彩纷乱,单薄的云身子后面拖曳着一个长尾巴,尾巴的末端已是丝丝缕缕的,像蘸着白颜料的毛笔在蓝天上疾扫而过。

演出快开始,她推开后门,找到座位坐下,顶上的灯光正好变暗,舞台的帷幕向两侧徐徐拉开。过了一会儿,眼睛适应了厅里的黑暗,她伸头四处看,在前几排中央的位置找到了徐季。接着观察徐季身旁的人,左边的男人跟徐季差不多年龄,右边是个高中生模样的女孩,他们没有东瞧西望,都专心地看着舞台。有经验的观众已经准备好了,她也把头转回来,望向舞台。

剧院不定期地上演话剧、音乐剧和演奏会。第一次来剧院的时候,她选择的也是最后一排的座位,整场演出她都盯着徐季,徐季也像今天一样脊背挺直,端坐在朱红色的软包座位上,即使只看见他的后背,她也不难想象出他的神情,一种沉入到另一个世界的完全的平静。而她不明白台上的人在唱什么,为何流眼泪,怎么又拥抱在一起,从头到尾她的脖子都拧向徐季座位的方向，眼睛在徐季和徐季邻座的身上转来转去。一直到演员谢幕，徐季也没跟邻座的人有任何交流，他似乎还在静静地回味，演员转身走向后台了他才站起来鼓掌。大多数观众还待在座位附近，她低着头推开后门，顺着螺旋的楼梯往下走，来到门口时，她看到柱子上张贴的海报，有出剧的名字叫《吉屋出租》，海报上印着几个异国年轻人，相貌各异，表情都是生动和热烈的，眼睛睁得很大，满怀希望又带点天真地直视着海报外的世界，她站在海报正对面，他们就眼神热切地看着她，好像想对她说点什么。

　　此刻，她的视线离开徐季，转向正前方。舞台上空无一人，只有幽蓝色的灯光在说话，几秒钟后，乐声响起，泠泠的琴音，悠来荡去，她恍惚看见几竿枝叶稀疏的瘦竹，在空旷的庭院里摇动着，接着琴声变稠，如雨点密密层层地落下来，地上的雨水似越积越多，光一掠而过时照出一汪空明。琴声断绝的地方，更多的乐器走了进来，音量逐渐攀高，水流加快，太阳光轰泻而下，翻折的星空豁然打开向着无限的虚空延伸，她呼吸急促起来，大水没过头顶，人快要窒息了，乐声终于冲至顶峰，渐次低回，末了只剩下几个零落的音符，像余烬中一闪即灭的火星，最终乐声全部隐去，突然降临的静谧中，一个绿色皮肤的女人出现在光束里。借着乍然一现的亮光，她忍不住把头转向徐季，光线勾画出他清晰的侧脸，脸上表情跟她之前想象过的差不多。

　　全部演完总要两个钟头吧，她坐不住也看不进去，一群小猴子在胸口乱窜，胳膊交叉在胸前也压不住它们。曾坚信不疑的事实，正变得越来越失去底气，虚弱得站立不稳。头脑中设想过无数遍的画面，即使每个细节都已被磨得发亮，也不会就此变成现实中真切的一幕。

　　再说，已经这样了，她是对是错又如何，不重要。

　　舞台上，几个人正围在一起说话，你一言我一语，声调很高，身披大氅的卷发女郎似乎说了一句幽默话，观众席上传来笑声，笑声夹杂着小猴子们奔跑杂沓的脚步声，耳边所有的声响，混合着她脑子里那个也许永不停歇的声音，让她感觉身体随时会从内部爆开，碎片四处飞溅。她摇摇头，欠身离开座位。

巧蓉，下午出门吗，我跟老吴想去你那里坐一会儿。吴太太站在树荫里，冲卫巧蓉喊道。

卫巧蓉刚从菜市场回来，手里拎着一个塑料袋，袋子口露出白萝卜的绿缨子，萝卜下面隐隐能看出是一条鱼和几块姜。好哇，她答应着，来吧，来吧，说着把口罩摘下来，连房东都能一眼认出自己，还自欺欺人地戴什么口罩。

你们逛，我去买包洗衣粉。她拐上一条小路，往小区西门方向走，那里有一家便民超市，一般的日用品都能买到。超市到了，她没进去，径直出了西门，又往前走了一里路，来到岛上的养老院。

上午阳光不毒的时候，护工会把椅子搬到平房的门口，让老人们出来晒太阳。她来这里是为了看看其中的一个老人，通常这老人坐在一排平房中间的位置，她跟别人不太一样，一般的老人坐一会儿就困了，头一点一点地打瞌睡，忽地醒来时，一脸受了惊吓的模样，不打瞌睡的就不停地搓弄衣角，看起来难免有些愚蠢，而这位老人面前摆着小桌儿，桌上是一堆乐高积木的零件。

乐高老人太像她的母亲了。

有一次路过，不经意间瞥见老人，她马上被眼前这副面容钳在原地，惊骇之后，喜悦和感激迅速占了上风。一样的方脸形，相似的五官，甚至连五官被重力拉拽后的走向都是一致的，还有同样的用黑色发卡犁过的银发。那一刻她真希望乐高老人就是她母亲，母亲没有离世，只是换了一个地方生活,她不是好好的吗,还会玩乐高呢。

这会儿六月份了,有的老人头上依然戴着毛线帽子,抄着手坐在阳光里。乐高老人穿白色的亚麻长袖上衣、黑裤子,看上去清爽干净。前几次,她只是远远地望着乐高老人,也看不懂她在拼装什么,这次走近了看,老人手里摆弄的似乎是个摩托车。她弯下的身子在桌面投下阴影,老人抬起头,把老花镜往上推推,看了她一眼,她冲老人笑笑,老人也笑了,接着垂下头去,用手指捻动着一个转轴,说,你看,能动的,后面连着一个车轮子呢。她也试着拨弄一下转轴,轮子转起来,老人笑得更开心了。她问,在这儿过得挺好吧?老人不说话,拿起一个L形的小零件继续往车子上装。

临走的时候,她看到护工推着一个老人过来,轮椅上的老人像是刚刮完胡子理完发,这让他显得年轻了一些。她走过去跟护工搭话,打听乐高老人的情况,护工说,那位呀,也没什么大毛病,就是儿女没工夫伺候,送到这里,隔几个星期过来瞅瞅她。她问,老人家有什么特别爱吃的吗?护工摆摆手,一口假牙,什么好吃的也吃不出滋味了。

回去的路上,她在超市买了东西,回到家里,东西随手往地下一丢,她习惯性地走进北屋,坐在窗前的椅子上往对面看。楼间距不大,窗户又都是落地的,不用望远镜,肉眼看对面就看得清清楚楚。她的目光扫过阳台、客厅、朝南的卧室,不见徐季的身影。也许他是出去了吧,她想。

下午听到敲门声,卫巧蓉知道是房东夫妇来了,心里也猜到他们为何而来。管他呢,反正她喜欢见到这两个人,至于换房的事情,能拖就拖。

一看老吴手里拿着一兜儿瓜子,她悬着的心放了下来。老吴嘴里说着又来喝你的好茶了，一边把瓜子倒进果盘里，吴太太也笑嘻嘻地靠着茶几坐下，一条白玉珠穿成的链子绕了两圈，钩在她纤长的中指上。

哪有什么好茶。卫巧蓉打开抽屉，往外拿杯子，手在冰裂纹的瓷杯上放一下又弹开来。她微微叹口气，为什么大老远地把这个瓷杯带过来，上面的裂纹会让她联想起自己现在的生活。

她取出几个玻璃杯，每个杯子里放一大把茉莉花茶。她说茶叶不讲究不是谦虚，跟老吴夫妇比起来，她确实不懂喝茶，就是吃完饭嘴里觉得油腻时，泡杯茶解解腻而已。

老吴夫妇喜欢跟人交往，与邻居、房客都混得很熟。这之前，卫巧蓉并不习惯外人有事没事地造访，奇怪的是自来到岛上，也不觉得这种邻里日常的交际对自己构成打扰了。她寻思着，可能身处与陆地隔绝的小岛，人们很容易变得亲近起来，说起来岛屿也不大，起一场浓雾，这小岛就从世界上消失不见了。

老吴他俩待人亲切，态度始终是自然的，这有别于她过去的经验，微笑的同事，问长问短的亲友，热情的服务员，在某些时刻，她会在他们脸上捕捉到一闪而过的游离和厌倦，那种实际上对你不感兴趣的疏远，那种掩藏不住的对周围人事的漠然。

而且有他俩坐在身边讲故事说闲话，她会暂时忘记此行的任务，脑海里喋喋不休的声音也会逐渐减弱，直至听不见了。

上次讲到养殖户的腿瘸了。她提醒老吴。

老吴呷一口茶，说，对，瘸腿的养殖户还惦记着他的海参苗，没日没夜地在池子边守着，知道守着没用还是守着。养殖场就他一个人，他寂寞了就跟海参说话，念念有词：你们别化了别跑了，好好长，长得肥肥大大的，过些日子咱们就能见面了。这天晚上，海上刮来一阵阵凉风，温度总算降下来了，养殖户炒了几只螃蟹，打开一瓶白酒，对着大海坐下来，喝了几盅，越喝越烦。

他爱人呢，那个抹开面子去娘家借来钱的姑娘。

跑了。老吴说。

卫巧蓉捏着一粒瓜子正往齿间送，听到这话她放下瓜子，不对，怎么就跑了，这俩人轰轰烈烈的，多不容易才聚在一块儿，就这么散了？

散了。老吴一语带过，似乎这没什么好说的。他接着讲，养殖户跟海参说完悄悄话，又开始对着大海瞎想，精卫、哪吒、八仙这些人如今在哪儿呢，能出来一起喝杯酒就好了，哪怕钻出来一只海妖，他也愿意敬他三杯。

吴太太端起茶杯递给他，笑着说，你喝口茶吧。

卫巧蓉很不情愿地往下听，心里还在想：那俩人为什么不能一直好下去呢？故事的主角是老吴年轻时候的一个朋友，她听了几个章回了，曲曲折折的，总不叫人如意，以为后面大致上就是养殖户跟他老婆通过养海产挣来了好日子，谁知道海参被热死一大半，老婆也走了。她耐着性子继续听，到这里好像就该分岔了，她也只能转个身，跟上去。

养殖户自己喝闷酒，偶尔抬头看看四周，欸，不远处的礁石上好像坐着一个人，他揉揉眼，似乎是个女人抱着膝盖坐在石头上，天黑也看不清楚。又过了一会儿再看过去，周围哪有什么人，海鸟都不知道藏到哪里去了，他吮着螃蟹腿，也许是刚才眼花了。

老吴忽然压低声音，说，他正想着，有只手拍拍他的肩膀，身后响起一个声音，你这里有孟婆汤吗？

卫巧蓉的心怦怦乱跳，脸色煞白。吴太太赶忙说，别怕别怕，听他乱讲呢。

怎么成了乱讲，你说我讲的对不对？卫巧蓉看见老吴边辩解，边向太太眨着眼，夫妻俩脸上同时荡漾开笑意，笑意从嘴角漫到颧骨，最后笑的，是眼睛和眉毛。

毕竟世上也有这样的夫妻。卫巧蓉觉得宽慰。也许两个人一直待在小岛上，一辈子轻松平顺地过来了，没尝过多少疾苦，暮年时又赶上除了外星球哪儿都能开发的好时候，几套楼房在手，日子安闲舒心，也就更容易体会到一些细微柔软的情感。

反正不是鬼啊魂啊，我猜是个女人吧。卫巧蓉说。

老吴点点头，是个一时想不开的女人。人活一世，坎坷是难免的，过不去的，跳海了，更多的人还是过了，人总有办法让自己生活下去。

还是你们两个好，一辈子没发过愁，没经过什么变故，这神仙般的逍遥日子。说完她起身去厨房，打算再烧一壶水，身后传来珠子相撞的清脆声音，吴太太跟进来。

老卫，还是那件事。你都这个年纪了，非要住四楼，有什么好的，每天爬上爬下累得呼哧呼哧的，二楼那套房子是小了点，你一个人住不也够了。

一对学画画的学生情侣计划暑假来岛上住，说陆续还会来几拨朋友，嫌一房一厅的那套太小，老吴夫妇试着跟她提过，说她要愿意的话就帮她搬下去，房租还便宜不少呢。

她跟往常一样说考虑考虑，心里却清楚自己是不会换房的。刚来的时候，她在岛上的旅馆住着，来来回回找了几家中介，把小区的各种户型差不多摸透了，最后终于找到这套位置绝佳的房子，从北面的居室望过去就能望见对面住着的徐季。

吴太太看了一眼北居室，说，你别嫌烦，我再唠叨一句，海边的房子潮湿，你最好把床挪回向阳的卧室里，让太阳多烘烘床铺，北面这间随便放点杂物，住人哪行呀。

住惯了，在老家也是住北向的。她怕这个话题再继续下去，就问，还喝茶吗？

　　老吴在外面说，且听下回分解吧，你歇歇也该做晚饭了。

　　送走房东夫妇，她坐在窗户前面，定睛看着对面的三楼。这两年，只要闲下来，过往的一些画面就像过电影一般在脑子里走，大风大雨，石子儿接连打在湖面上，涟漪一圈儿赶着一圈儿，她细数着一个个错误的选择，重新回到一个个不愉快的场景里，她翻箱倒柜，她披头散发，她会突然在窗玻璃上看到一张狰狞的脸，自己吓自己一大跳，扭头转向窗外，月光苍白，月亮变老了。

　　她宁愿一动不动地看着对面，至少这个时候她还能感受到一丝平静。看着看着，天色暗下来了，对面楼上的灯渐次亮了。其中一盏灯下面晃动着徐季的身影，他来回走动了几次，然后坐在茶几前，边看电视边择菜。屋里再没有其他人了。

　　水泥地很凉。卫巧蓉先是觉出凉来，接着眼睛看见灰色的地面，才发现自己扑倒在楼梯台阶上。周围没有人，静得能听见自己的呼吸声，时间变慢了，几乎像锈住了一般不再往前流动。

　　她不敢贸然起来，等了一会儿，小心地动动手掌和胳膊，每根手指都能活动，胳膊也没事，只手腕子擦破一点儿皮，无大碍。她用手和膝盖撑住地面，慢慢地掉转身子，坐起来。知觉渐渐恢复了，也没觉出来哪里不适，她庆幸腿没有骨折。她试着把掉出来的鲳鱼、小葱拢过来，重新放回塑料袋里，另一个袋子她还攥在手里，里头是买给乐高老人的猕猴桃和鲜牛奶。

　　坐在楼梯上定了定神，她看到脚下有水迹，本来应该是一摊，现在有被她踩过一滑的明显痕迹。胡思乱想什么呢，怎么就没看见这摊水呢，她抱怨着。

歇够了，站起来准备继续往上走，刚迈一步，她"啊"的一声，身子靠在楼梯扶手上，脚踝传来一钻一钻的锐利的疼痛，额头上立刻渗出一层细汗。她紧咬牙关，弯下腰，扯起左边的裤脚，一个陌生肿胀的踝关节露了出来。

她抓住扶手，右脚先向上迈一个台阶，踩实了，再蜷起左腿，依靠右半边身体猛一用力，把落在下面的一半身子也带上来，就这样慢动作般费力攀爬着，到家门口时，外面的太阳已经升高，一个早晨来过又走了。

躺进沙发，后背还没放平，脚踝深处涌上来一阵剧烈的撕裂感，像一根筋扯着，几乎要扯断了，疼痛从脚到头，向上贯穿，她猛地一激灵，像突然意识到自己还有一具身体。

愣一会儿，她站起身来，小步小步地挪进厨房，接了半盆水放进冰箱冷冻室里。水冻成一坨冰后，她用毛巾裹住冰块，贴着脚踝放好。阳台的门开着，风吹进来，窗帘下摆一荡一荡的，桌上的塑料袋唰拉唰拉响。

慢慢地，融化的水透过毛巾疏松的孔洞往下淌，冰块越来越小，伴着血管的收缩，痛感也似乎有所减轻。

集中全副精力应对脚伤，还没到饭点，肚子就饿了。

头几顿还好，炖了鲳鱼，拌米饭，分两次吃完，冰箱里存的西红柿、豆角也分别充当了一餐，第三天早晨，她打开冰箱，里面空荡荡的，仿若一个心虚的人在冲她讪笑。关上冰箱门，她从袋子里拿出给老人买的猕猴桃，捏了捏，已经变软，这天就靠猕猴桃应付了过去。

天黑了，她躺在床上，透过拉开的窗帘看见一小片夜空，一弯细月嵌在天上，像一个精致的伤口。月光里，踝关节高高耸起，疼痛依然在，变得钝了、闷了，沿着神经线隐隐传导着，她能感受到它，也在学习承认它，跟还没离去的它一起待着。前几天早市上，她不知道该给乐高老人买点什么吃，大鱼大肉不好消化，坚果咬不动，甜点心也不行，逡巡一会儿，买了点水果和牛奶。来到养老院，见一排老者沐浴在晨光里，没有了乐高老人的踪影。她掉了魂一般，好像老天爷第二次把她母亲带走了。她来回找了几遍，又拉着一个护理员问，描述老人的样子和老人的玩具，护理员是新来的，说不知道，我刚来两天。

接着，她就崴了脚。

她坐起来，挪动到床沿上，往对面张望。三楼的灯亮着，徐季还没有睡。这几天她时不时往对面瞅一眼，有时看见他闪过的身影，心里就踏实些。

她扭伤了脚，困在屋里，一个人，寂静地，目送着日影从东走到西，听见小鸟聚集起来欢叫又忽地散去，感觉到脚部的疼痛由汹涌巨浪化成一脉细流，偶尔看看对面，也是因为突然想到他在岛上，这里还有一个熟人呢，离得这样近呢。她一个人住，他也是一个人住。他的生活简单、孤独，看起来，他享受这一切。

她拿起手机，找出徐季的号码，瞅了半天，手一滑，屏幕暗了下去。

早晨醒来，恍恍惚惚双脚着地的一刹那，她几乎忘了有只脚受了伤。干脆，她心一横，左脚着地往前走了一小步，疼痛变弱了，若隐若现的，一跳，隔了很久，再一跳，像清晨发白的天空上星星即将淡去时的微弱闪光。她走到门口，想到还有三层楼梯等着她，就算走完楼梯，去超市的路也还长，心里就泄劲了。犹犹豫豫地打开门，往楼道里迈步，关门的时候，她看见门把手上挂着东西。

一个袋子，里面装着挂面和鸡蛋。

怕是谁放错地方了？四下看看，不见人影，叫一声，没有回应。她拿起袋子回到屋里，赶紧给自己下了一大碗面条。一直等到晚上又吃完一顿,她仍然猜不透食品的来历。房东夫妇刚来过一次,短时间内不会上门,再说他们也不会留意到她脚伤被困。徐季呢,他应该不知道她在岛上,刚到岛上的时候,她尾随着他去早市去剧院去公园,一直都很小心,戴口罩撑洋伞,遮着挡着,并且总是保持一段距离,往对面楼上窥看的时候她也很警惕,他猛然抬头时,她就赶紧缩起身子,蹲着走出北屋。

难道是乐高老人,明知道不太可能,她心里还是一热。

徐冰倩是几天后赶到的。电话里卫巧蓉说,已经快好了,快好了才随便说几句的,没事了。徐冰倩说,用药了吗,应该没有,你自己挨着不会去医院的,以后落下病根怎么办。这么多天,你一个人没吃没喝的,光下面条怎么行。对了外卖,先叫外卖对付几顿。

她不会叫车,也不会叫外卖。

不管她怎么说,徐冰倩还是立马买了票。女儿快来身边了,她嘴上反复说不用跑一趟,心里不知道多高兴。说起来,她们也有好些日子没见了。

女儿坐上渡船,卫巧蓉就一直在门边站着。终于听到楼梯上有响动,她赶紧打开门,往下张望,徐冰倩也正抬着头往上看。随着女儿的脚步声越来越近,她竟有几分紧张,不知道为什么,鼻子还酸酸的,有点想流泪的感觉。女儿刚到门口时,她不敢仔细看女儿,每次隔一阵子又见面时,就觉得女儿身上少了或多了点什么,跟记忆中的样子总有些许出入。

她有些客气地把女儿让进屋,女儿放下行李,她递上茶杯说喝口水,两个人这才互相看一眼,也互相适应了一下。

刚扭伤时就该告诉我的,毕竟出门在外,不比在老家。徐冰倩环顾着简陋的房子，又提起这一茬。

她说，以后身子骨儿越来越糠，小病小灾不断，哪能每次都通知。她知道女儿也有一堆烦心事儿，各人生活在各人的苦里，谁也替不了谁。

生病、碰上意外，都该及时给我说，我请个假就出来了。徐冰倩在屋子里转悠，来到北面的居室，她停下来，先看看对面，又转头看着卫巧蓉，嘴动动，却什么也没说。她不是第一次来岛上了，有一年临近春节的时候，她来这里探望过父亲。

过了一会儿，两人坐在沙发上，先说了几句无关紧要的闲话，徐冰倩才问，妈，你打算什么时候回家？

怎么还要劝我？卫巧蓉有些抵触。

我说爸爸独自在岛上生活，你不信，臆想出来一些事情，到处跟别人说，有鼻子有眼的，我只好把地址告诉你，你自己来看看，也当出来散散心，之后这事也该过去了。妈，你信不信，这事终归会过去的。

你说得简单，几十年夫妻说散就散了，任凭谁也想不通呀。一辈子过来了，两个人加起来一百多岁，该相依为命了，他无情无义翻了脸，一句解释都没有，铁了心要走。她还记得那番情景，本来没放在心上，以为徐季不过是哪里不顺气，说几句疯话罢了，后来她才发现，这个看起来没什么个性、无可无不可的人，坚决起来是如此可怕。她慌了神，想死命抓住点什么却被一股陌生的力道抛出来，跌落在局外，眼睁睁看着一条熟悉又安全的路线突然断了头，死去了。她和徐季，曾是彼此在世上最亲近的人。这么久了，再回忆起来，愤怒、屈辱、自怨自艾都淡下去了，但她的心还是会疼一下。

徐冰倩叹口气，妈，一个人突然想过另一种生活，于是什么也不要了，什么也不管了，这样的话每天给你解释一遍，有用吗。他是另一个人，跟你想法不一样的人，他发明不了一个完善的解释来补你现在的残缺,再说到了今天,你还需要一个解释吗?对于爸爸的做法,我既不赞同,也不理解,我只是接受了。

卫巧蓉身体抖了一下,像打了一个冷战。她拉紧衣服,小声说,我不是一个糟糕的妻子,我想不通,我来岛上只是想知道为什么。

妈,现在知道了吗?

她看着女儿,女儿也在看着她,她心头一震。女儿看她的眼神,没有厌倦和不耐烦,也不是那种睥睨低微生命体的轻蔑眼神,她从对方的注视中接收到很复杂的信息,鼓励,期待,真心盼着她好,还有,她认得出,爱。

有几分熟悉,她想了想,女儿还是小孩子时,她看女儿的眼神也是这样的。

有点明白过来了,她回答道。她的明白里其实掺杂着说不出来的茫然,她不想让女儿失望。回答完了,终究还是不服气,马上又加了一句,这事要落在别人头上,别人说不定什么样子呢,还不如我。

女儿笑了,那当然,我妈挺棒的。

去医院的路上,她对女儿说,在岛上遇见一个很像你外婆的人,我经常去看看她,最近这一次没见到她,你说,她会不会去世了,老人家,说没就没了。

女儿会假意宽慰她吧,说老人可能是被接回家云云。

她听见女儿在耳边说,妈,真羡慕你,好比你又多看了外婆几眼,多少人只能在心里想念亲人啊。

她先是愕然,转而欣喜,一转眼的工夫,出租车从窄道里拐出,下了一个坡,半月形的海湾出现在眼前。车窗外面,一排排红房顶的度假别墅轻快掠过。海里,渔船上的人正在撒网,身体一旋,两只手臂抡出去,把张开的网送向空中。这多像记忆深处的一幅旧画。卫巧蓉忍不住喊女儿看一眼,女儿放下半截车窗玻璃,偏过头去往外看。卫巧蓉偷偷瞅着女儿,跟小时候一样,女儿的鼻梁和下巴还是那么秀气,她的脸庞看上去是甜的,甜如成熟的果实,还有她皮肤上散发的光泽,卫巧蓉只在牛奶结成的奶皮上看到过那么温和细腻的光。出租车从两排樟树间开过,到了更明亮的地方,她注意到女儿眼角的一小簇皱纹。

并不为女儿脸上现出的老态感到忧虑和惋惜。她多么喜欢女儿现在的模样。

明天上午的票对吧?卫巧蓉帮徐冰倩把碗筷收拾到厨房,徐冰倩一边点头一边说,别动,出去坐着。卫巧蓉给她系上围裙,提议道,一会儿咱俩去沙滩上走走。别担心,脚好多了,就在最近的沙滩,几步路而已。

这是一个很秀气的海滩,地势平缓,沙质松软。两人沿着海潮退下的一道水痕往前走,被阳光晒了一天的沙子现在还是暖热的,走了一会儿,脚底像被小火苗远远地烤着一样舒服。

到底女儿能不能看到呢,卫巧蓉并不确定。此前,她在这个海滩上遇见过一幕奇景,一幕不属于人间的景象,说不出来的美,短暂而神奇,她悄悄地记在了心底。那会儿,她也像现在一样在沙滩上闲逛,忽然,海水的边缘出现一条闪着蓝色荧光的带子,随着波浪一前一后地摆动,她走近几步,看到海水里浮动着珠子形状的团团蓝光,不像灯光,也不像珠宝的光,那蓝光分明是有生命的,正活着的光,很快,也说不清是水还是光,一波波漫上来,漫过她的脚。星星从天上掉下来了吗,她恍若站立在流动的星河里,喉头一哽,想叫又叫不出声来,整个人呆住了。星河消失,她如梦醒,旁边拍照的人告诉它,这是夜光藻聚集引发的现象。她回想刚才那一幕,更愿意相信是繁星掉落海水,嬉戏片刻又飞回天空。

可遇而不可求吧。她挽着女儿的手臂，往更开阔的地方走，背后有风吹拂，很轻柔的风，像踮着脚尖跟在她们身后。

再往前就是地质博物馆。她指着不远处的建筑物。女儿停下来望着前方，说，这博物馆外型很奇特，像上冲的海浪在半空中被定住了，是空间，但更像一个瞬间。她点点头，第一次见到博物馆的外形，她首先感受到的也是时间。在这个"瞬间"里，陈列着岛屿地层的主要构成，一亿多年前的早白垩纪的火山岩，还有小岛各个地质时期的动植物化石，层层叠叠地凝结着亿万年的漫长时光。

已经闭馆了，等你再上岛，我陪你进去看看。

回到家里，两人都觉得有些困，早早躺在床上。楼下散步的人陆续回来了，人们的说笑声夹杂着小狗的吠叫声，卫巧蓉说，隔壁单元有人养了一只串串，博美和蝴蝶犬的混血狗，样子特别漂亮。说着说着话，徐冰倩那边先没声了，她睡熟了。

卫巧蓉听到耳畔传来缓慢深长的呼吸声，有多少年没听过这样的呼吸声了？听着听着，眼角一热，赶紧背过身擦了擦。眼泪不听劝，继续往外涌，无声无息，顺着脸颊流下来，滴在枕头上，黑暗中静悄悄洇湿一片。听着平稳的呼吸声，她感到时间嘀嘀嗒嗒善意地流逝过去，万物沉默地生长，山脉，海水覆盖下的岩石圈，还有不远处伸向海滩的铁红色岬角，那长满地衣的寂静而热烈的火山风景。在一些艰难的时刻，她以为自己肯定要完了，结果她没完。日子呀，慢慢就磨过去了，再过几年，女儿生了孩子，她要当个好帮手，帮女儿熬过最忙乱的两三年。再往后，不知道多少年以后，总有这一天吧，她得病了，去世了，她的魂魄也会循着这酣酣的呼吸声，在人世里找到女儿，不呼唤，不打扰，只远远地看看她，守着她。

她多享受和眷恋这普通的夜晚啊,平和的夜,熟睡的人,还有此刻不在眼前但她知道会站在那里的一棵树,楼门口种着的一棵夹竹桃,月光下几片深红的花瓣正缓缓飘落。

窗玻璃上渐渐起了一层雾。

天快亮的时候,下起了小雨。卫巧蓉跟往常一样醒来,睁开眼睛,先看见女儿侧过来的头,心里顿时满是安慰和满足,脸上的表情也一下子变得温柔起来,连带着心头涌起了对整个人世的淡淡的温情。她凑近了,端详女儿熟睡的样子,端详一会儿才起身,轻轻关严屋门,走进厨房,熬上杂粮粥,煮了两根鲜玉米。

吃过早饭,她忙着给女儿检查行李,钥匙,证件,钥匙,证件。女儿呢,忙着检阅冰箱,里面满满当当的是蔬菜、鱼虾和水果,冷冻层里也塞满水饺、猪肉包和带鱼段。临走的时候,女儿还把几瓶药油分别放在茶几、床头柜和窗台上,嘱咐着,没事多搽搽,在关节上不停划拉,划拉到发热就是起效了。

她换下拖鞋,跟在女儿后面要一起去码头,女儿摆摆手,说,你的脚还要再养养,别跟我去码头了,有空了我就来看你,很快的。女儿向外走几步,忽地又闪身进来,揽住她的脖子,说,妈,还记得吗,我十几岁的时候咱们一家去旅行,去南方的一个海岛,那几天玩得可真好。

女儿的本意是让她开心,"一家"这个词却短暂地刺痛了她,疼痛来而复去,倏忽而逝,她清晰地感觉到疼痛的发生和消失。不过,快乐的旅行,她有点记不起来了,只能装作想起来的样子,用力点点头,说,等你再来,我的脚也好了,我们一起在岛上逛逛,很多好地方呢。

晚上,卫巧蓉把白色塑料瓶里的药片倒进垃圾桶。自从徐季走后,娴静端庄的夜晚也一并失踪了。她躺在床上,翻来覆去,枕头里的荞麦皮儿沙沙响个不停,像深秋的雨在耳朵边下着。夜深了,她一点困意也没有，圆睁着双眼，全身火烫地想象着跟徐季理论的场景，她整夜整夜处在战斗状态中，凌晨时才在一边倒的胜利中疲惫睡去。再后来，母亲去世了，她白天呆呆地流眼泪，夜里躺下就蒙住头，想忘了已发生的一切。一切的一切，争相往外喷涌，她揭开被子，眼睛在黑暗中盯住天花板，感觉到有什么东西迅速流走了，萎缩，干涸，焦枯，她如一副空空的骨架，在月光的照耀下又冷又白，森森地闪着寒光。

她倒掉安眠药，准备重新学习睡眠。

细软的沙子里插着柠檬色的太阳伞，伞下面是躺椅，躺椅旁边的野餐垫上摆满面包、烤肠、冰汽水、椰子、西瓜，几块浴巾平铺在细沙上，接受夕阳的照耀。海水里浮动着五颜六色的泳帽，卫巧蓉戴着一顶红泳帽，徐冰倩紧挨着她，双手攀住蓝色的救生圈，徐季在旁边不远的地方浮着水，不时游过来看看她俩。温柔的海浪一波波涌来，身体不用使劲儿，顺着海浪就可以一起一伏，渐渐地，身体好像要跟海浪合为一体了。

徐冰倩不肯戴泳帽，高高扎起的两根辫子被海水打湿，头发一绺一绺地贴在脸上，她毫不在意，咯咯笑着，说，回家了我要学游泳。徐季答应着，我给你当教练。

上了岸，徐季歪在躺椅上，卫巧蓉陪女儿堆沙子，饿了，吃几口面包，渴了，抱起椰子来喝。天黑透，三个人仰面躺下，看银河，认北斗七星，直到起了很重的夜露，海风吹到身上觉出凉了，一家子才起身收拾好东西往宾馆里走。回去的路上，徐季给女儿讲故事，前半段讲塞壬，后半段讲忒修斯，两个人一直说说笑笑的。

深色丝绒般的夜空下，卫巧蓉沉默不语。她不停地回想白天游玩的顺利和完美，隐约有些不安，明天还会像今天一样顺、一样快乐吗？不知不觉地，眉头拧紧了。想什么呢，妈。女儿突然问她。她勉强笑笑，没什么，有点累了。

到了宾馆，女儿和徐季陆续冲了澡，她进去的时候，发现热水时有时无，调试了一会儿还是不行，心里就很烦躁，打电话让服务员过来，服务员大概知道这是年久失修的老毛病了，装模作样查看一下就走了。她匆匆洗完，拿起吹风机，风量不太够，费了半天劲儿勉强吹干了发梢。躺在床上，她对徐季说，明天咱们换家宾馆吧，徐季嗯了一声。

第二天，她在雨声中醒来，心有些慌。透过窗户往外看，一片白茫茫的，外头的树都看不清了。浴场肯定关闭了，海边那家著名餐厅也不营业了。怎么就突然变了天，昨天还是大太阳呢。怎么办，她拉紧睡袍裹着自己。徐季翻个身，说，下雨了，多睡一会儿吧。

在宾馆里吃完午餐，徐季和女儿铺开棋盘纸开始下跳棋。她看他们下跳棋，只觉得一步一步好像踏在她心口，乱腾腾的。眼睛转向外面，雨势正猛，雨水从高处扑下来，天色昏暗，恍若傍晚。她无聊地坐着，打开电视，连换几个台，没有什么好看的，屏幕里的画面越来越模糊，她意识到自己实际上在望着空气，便扭过头去问徐季，你说雨会停下来吗？

天知道，徐季笑着指指上面，别想了，正好在宾馆好好歇歇。她嘟囔着，我们明明是出来旅游的。

那是十五年前的夏天，卫巧蓉想起来了。隔着十几年的漫漫烟尘，她看见回程的路上，徐季拿着相机拍照，女儿远眺着海里的怪石作诗，她不愿破坏他们的兴致，嘴上没说什么，心里却默默复习旅行的细节，到底是哪里不对，造就了这不圆满的旅行？

雨早就停了，大海平静，闭目养神。

她看见一个表情严肃的女人斜倚在船舷上，看见一团灰白色的影子从她身躯里脱离出来，一飘一飘，飘回到昨天的那场暴雨中，在雨中孤独地游荡。

清晨，厚厚的云层覆盖着岛屿的上空。云层散开的瞬间，浩荡的光涌进树林。光线穿过树冠，化作一道道光柱，光柱和高矮错落的树木共同设计着林子里的空间，风吹来的时候，叶子哗啦哗啦响，树摇晃，树影摇晃，林子醒来，小动物也醒来了。

早市海鲜区堆满了刚从海里捕捞上来的梭子蟹、海虹、毛蛤、爬虾，地面上水淋淋的，空气里弥漫着一股腥鲜的味道。卫巧蓉停在一家商户前面，阳光倾洒，落在一筐筐海货上，她看见有个筐子里叠满纯银。条状的银子，在晨光中闪闪烁烁。卫巧蓉挑选了一条，她叫不上名字来，鱼身形曼妙，没有鳞片，细看起来像鎏了一层厚厚的银粉。市场外面，渔民举着筐子走动，螺，青口，海蛎子，碎石头一般擦着碰着。明亮的光线透过筐子，有的鱼看上去几乎是透明的，一片片鱼形的玉，里面纤细的骨头犹如玉石内部的天然纹理。

蔬果区里似乎集结了世间所有明丽的色彩。在里面转了一圈，她回到熟悉的摊位买茼蒿和蒜苗，隔壁的摊上，一把把粗壮的西芹码在台子上，她想起徐季。每次跟随徐季来市场，他似乎都会买一把西芹。以前她总说徐季像个孩子，离了她准不行的，她观察着他，看他怎样配齐一餐饭的原料，他东走西走的，就把该有的材料都买齐了。而且，她从来不知道他喜欢吃西芹。回想过去几十年的生活跟回忆一场梦境有些相似，一样的模糊不清，一样的零碎混乱，任意流淌，没有形状，而且，你能记起和描述出来的都不是全部，总会漏掉点什么。

往回走的时候，她看到老吴夫妇正沿着环岛步道散步，两人身上的红色运动衣在清湛的天空下显得分外鲜明。她向夫妇俩招手，心想，世上总算有几个好运气的人,能一直得到命运的厚待。

吴太太小步慢跑起来,老吴也加快步子,一群白色的海鸟从石头上飞起,抖着翅膀飞向海面。两个人时而并排行进,时而一前一后错开了。

老吴的腿怎么了?卫巧蓉看着他俩的背影。老吴紧赶几步时,身体有点失去平衡,一条腿拖曳在后面,吴太太回头说着什么,脚步已停下来,两人原地歇了一会儿,吴太太挽起丈夫的手臂,慢慢往前踱步,两人的身影消失在步道拐弯的地方。

卫巧蓉想着吴太太的南方口音,忽然明白了过来。

经过码头,正赶上一艘渡船靠岸,先是甲板一阵咚咚乱响,接着,拖着行李的人们沿着跳板走下来。她也是这样抵达小岛的,只不过没有游客的欢快好奇,她来的时候,随身携带着一座地狱。

海上的晨雾尽数散去,碧清的海水豁然出现在眼前。近来,她时常忘了自己为何来到此地,好像她原本就生活在这里,或像很多外地人一样,来岛上是为了观光和疗养,为了享受这里的阳光、空气和海味。

回到家,她顺手拿起一瓶药油,拧开盖子,把气味辛辣的药油倒在手心里。作为孤居之人,她时常提醒一下自己,你要多保养多锻炼,腿脚得利索点,不利索没法独自生活下去。她打着圈搓脚腕子,直到搓得皮肤越来越热,药力缓缓地往下渗,蜿蜒着向里走。脚踝深处的疼痛沉睡了过去,只在阴天下雨的时候,丝丝缕缕地往上爬。今天是个晴朗的日子,她来到自己的卧室,南向的卧室,把床上的被褥摊开,等着丰沛的阳光把棉絮里积攒的潮气一点点赶出去。

下午的时候,被子已变得温温热热的,摸上去像一层柔软的皮肤。手抬起来时,那种软软的感觉还停留在指腹上。

又该出去活动活动手脚了。她在门口拿起一个东西,散步最好有个伴,这就是她的伴。女儿给她买了一根拐杖,铝合金材质,防滑手柄,高度可以调节。一开始她有些羞恼，说不用不用，还没老到用拐杖的份儿上，女儿说有个拐杖稳当，等脚好了再把它扔掉。脚好了，她每天出门还是顺手拿起拐杖，跟她做个伴。

走进公园时，光线正变得黯淡，灌木和花丛低低地伏在朦胧的暮色里，像通过一面未磨的镜子映照出来的。有好几次，她在公园里见到徐季，他有时在跟人下象棋，有时和老人们一起坐在路边乘凉，有时在跟孩子们聊天，她悄悄绕到后面，能听到他在说什么。他给孩子们讲木卫二，讲珍珠的形成，最近的一次她听见他说：麻姑是谁，她是个仙人，有一天下凡参加宴会，宴会上她对另一位神仙说，自从上次和你见面以后，我亲眼见到东海三次变为桑田⋯⋯

他们至今没有碰过面。她设想过面对面遇上的情景，这辈子该说的话已经说完了，她不知道该对他说点什么，但她还是会迎上去，向他问声好。

岛的西面是连绵的山峦。群山在渐渐稀薄的岚霭中站立起来，缓缓伸直了脊背。她抬头望过去，正巧又有几朵云飘到山头附近，一纵身，翻了过去，云朵们看见山那边有什么了。

夜色像宽大的黑斗篷一样罩下来。经过小树林时，身后传来窸窸窣窣的声音，也许，人在落叶上走，也许，小动物正穿过草丛。回过头去，是看见松鼠、野兔、狐狸，还是看见一个跟她一样独行的人呢。不管怎样，她都决定转过身去看看。就在她转身的一刹那，环绕在身旁的黑暗变轻了。

净尘山

一

岭南，四月，梅雨懒懒下了十几天。夜色随着细密的雨丝一起落下，天地万物笼罩在迷蒙的雾气中。

在这样一个幽静的雨夜里，张倩女的父亲会唱昆曲。

劳玉说，教曲儿的时候，你爸穿松身的白色麻纱上衣，前襟绣着细长的银色竹叶，裤子是拷绸，烟灰色，那颜色真显干净。你爸站起来，像一缕轻雾升起，坐下去，是慢慢卷起的一幅水墨画。他端坐在讲台上，一把素折扇，一枚鹿角扳指，一板三眼地拍曲。

你爸最喜欢《孽海记》的《思凡》一折。他倒吸一口气，"小尼姑年方二八"，寂寞有多长，"二"字拖得就有多长，声音化成了水，流出来，一滴连着一滴，叫人听得心里直哆嗦，不敢打断，也不忍打断。末了一个滑腔，这音马上要断的时候，又放一点儿精华出来。独角戏难唱，上来就要把观众勾住了，吸紧了。

他还喜欢《玉簪记》的《琴挑》和《秋江》，他说，男女间的情事，隔着一块毛玻璃时最美,看得见,又看不清。演潘必正的巾生最好是长脸盘,眉清目朗,有股坦荡之气。你父亲清唱起来:"伤秋宋玉赋西风,落叶惊残梦……"下头一群爱好者,粗声大气跟着唱。他摆摆手,"'梦'字的意境不对,是书生残梦。"他抿着嘴,"'梦',收一收,音要蜿蜒到鼻子里去,昆曲的发声讲究清扬,不兴扯着嗓子使蛮力,不能有'火气'。"

世界变了,梧桐和青鸟的生命,气若游丝地在字面意义上延续,已是一缕余绪。梅雨柔韧,从未过气,每年由虚构步入现实,遮天蔽日,连月不开,将现代世界笼罩在它古典婉转的气质里。恍惚间,张倩女觉得,天上的雨是一直没停。连串的爱情传奇像晶莹的雨珠,渐渐濡湿了她的心。二十七岁的梅雨之夕,父亲偫傥地摇着素纸扇,用一出出浓情缱绻的折子戏,注释着爱情亘古不变的魔力。艳丽的红尘卷轴在她眼前妖冶地铺展,她的心思,一下子活泛起来。

劳玉松了一口气。虽然此时父亲远在留州,但这位异乎寻常的父亲,对女儿有一种微妙的影响力。多年前的某个夜晚,他潇洒又决绝地宣布一项重大决定,那孤胆英雄般的姿态,被年幼的女儿铭记在心。这些年,女儿不黏爸爸,不跟爸爸靠得太近,或许就因为心里有敬畏。

电视开着,一个韩国男演员正在综艺节目里撒娇,雪白的脸,眼波潋滟,红唇微张。张倩女看得艳羡,不由叹一口气。在这个连男色都要消费的时代,她的个人形象却出了大纰漏,分辨不出年纪,甚至模糊了性别。人群中,她极易脱颖而出,那身架那膀子,在拳击手里也算强壮的。胖能把一个人完全变成另外一个人,把秀气的葱管鼻变成蒜头,让纤巧的瓜子脸化作面盆。

几年来,她吃过不少药上过不少当,也尝试过各种怪异的瘦身食物,仙人掌、葡萄柚、酸得倒牙的泡山楂,均无传闻中"越吃越瘦"的神奇。她经历了炼狱般的断食,辅以高温锻炼,肉掉得越快,反弹就来得越剧烈。去年,她满怀希望地来到针灸美容店。她垂手而立,技师摸着下巴审视良久,决定先针对胸部进行针灸。作为未婚女孩儿,胸部和臀部最碍眼,太过硕大笨重了。半个月下来,效果显著而惊悚,张倩女在镜中看到一大一小两个乳房嘲讽般地挂在胸前,所幸,屁股还未遭毒手。

又一个大泡泡破灭,尚在妙龄的张倩女把自己掼在地上摔成了碎瓦片。最后的防线失守,接着一溃千里,大吃大喝了半年。美丽,以及跟美丽相关的一切,都已彻底背离她的人生。

今晚,父亲和戏曲释放出的爱情气息,像初春的柳絮四处飘舞,粘了她一身,带来细碎又真切的希望。她想,这次减肥可能会不一样,说不定真能减下去。她信誓旦旦地对母亲说,必须改变了,去商场买衣服,服务员连试都不让试,光憋着气没用,我要瘦。

这个夜晚是恶战的前夜。在越来越结实的黑暗中,张倩女的记忆像高热的温泉水一样喷涌翻滚,她孤身游荡到过往的减肥史中。熟悉的战场,熟悉的下定决心和志在必得,还有,毫无悬念的战败。

趁着夜色,肉味儿攻过来了。

那晚,在单位的聚餐上,肉味儿攻过来了。那味道,心机深沉、不动声色地往孔窍里钻。张倩女感到身体深处急促剧烈地震动着,震动声在虚空的胃里遽然响起,她清醒地感知到,有什么东西崩塌了。餐桌托举起斑斓的感官盛宴,金红色的化皮乳猪,粉艳的腊肠,洁白的鱼肚儿,鹅黄的芝士焗生蚝。酥脆,柔韧,甘美,滑嫩,果木香,柴火香,鲜香,焦香。胡椒,豆蔻,豉汁,月桂叶,芫荽籽。垓下之围,四面楚歌。食道里伸出一只手,充满绝望感的手,没命地往下拽。她专拣肥腻、油炸、麻辣的食物往嘴里填,报仇般大力撕咬着,直到嘴角淌下油滴。坚守和隐忍被融成碎片继而化为齑粉，疼痛感和负罪感像发大水一样灭顶而来，与此同时，销魂的饱胀感传送到全身，腾云驾雾，灵魂出窍。多日挨饿的辛苦、多次饭局上呆坐讪笑的尴尬，都化为乌有，全是无用功白折腾，接着，迎来新一拨不可餍足的暴食和无法逆转的复胖。

张倩女的手在黑暗中划过，像在驱赶邪恶叵测的肉味儿。

第二天清晨，劳玉战战兢兢地端出麦片粥和白煮蛋，特意用鲜艳油润的彩陶餐具盛放，营造出丰赡可口的假象。张倩女边吃边说，还是麦片健康，刮油涮肠子，太适合我了。

吃完早餐，她来到公司。走进公司的一瞬间，她恍然生出时空错乱之感。玻璃门上映现出她第一天上班时的样子，身姿轻盈，笑容明媚，对世间美好心怀憧憬。不过三年时光，那身形健美的女孩儿已如梦境般杳渺，现在的她，是充满歧义的存在。她感到一阵惊惧，从头到脚浸漫下来的惊惧，呆立半天，还是走进去了，像被某种无形而澎湃的强力吸进黑洞和旋涡，她走进公司，坐在电脑前。

电脑是被锁住的，机箱后面有个盖子把接口封死，不能插U盘，也不能上网。一坐在电脑前，她就把自己凝固成一块顽石，除了debug[①]，什么都不想。墙上贴着一张纸，上面写着一个日期，这是寒光凛冽的最后期限。对电子产品来说，时机就是钱。作为项目经理，进度就是一切。市场上的竞争对手多，电子产品的价格又往下走，早一步赚钱，晚了不仅赚不到钱，还要亏。她管理的研发团队，成员大都是刚毕业的大学生，氛围还不错。每次接到项目，她先鼓吹团队集体的荣誉感，失效后开始描绘年终奖的诱人愿景，冲刺阶段就不得不亮出梯度考评的必杀技。她本人也是个不可忽视的感染源，用勤奋感染着大家，全然不顾劳心者治人的古训，仍在研发一线解决着具体的技术问题，是项目组里最

---

① 指排除程序故障。

能坐得住的人。

她把自己锈在了机器里。

连着三天她都在 debug，连着三天晚餐也都是蔬菜，圣洁寡淡的蔬菜。她挑起一根捅进嘴里，扯动起咬肌，艰难咀嚼着，跟吃草一样，跟吃牲口草一样。焯过的菜心，丢失了水分和弹性，口感软塌塌的，干抽抽的，是剔去筋骨的空洞感，像糠了的萝卜、絮了的柑橘。

窗外是四月的黄昏，雨刚停住。植物枝叶焕然，鲜亮簇新的翠色，水意从里往外弥漫，上等翡翠般莹绿透亮。

晚餐时段的空气是热闹的，似乎随时会爆出噼里啪啦的声响。它涵藏住家家户户的饭菜香味，彰显着世俗生活的喧腾可亲。饱满滞重的油烟混合着南方傍晚沉甸甸的潮气，形成了凝胶般的质地。不知谁家蒸了新米，被水汽唤醒的新米散发出稻花的清香。楼上的四川少妇又做回锅肉了，先用花生油爆炒辣椒，生辣椒有股四下窜动的冲劲儿，接着，五花肉从锅边溜进滚油里，白滑如玉的脂肪痛苦而欢快地皱缩起来，逼出一股来自动物油脂的、悠久的地老天荒的香味。

香味越来越稠厚，一波波潮涌而至，极具分量感和挑动性。香味里伸出毛乎乎的小爪子，撩一下，又撩一下。劳玉看到女儿皱起鼻子，长长地吸一口气。她警戒地站起来，似乎要用肉身抵挡住这次奇袭。

张倩女没动摇，她只是默然走到窗口，伸长脖子，就着空气中婀娜的香味，在转化挪移的幻觉中，吃掉整盘青菜。

劳玉拉她坐下，搂着她的肩膀说，倩女，再忍一忍，忍几天胃就饿小了。

张倩女说，现在还好，晚上最难熬，光盼着明天，盼着明天吃点儿东西。

她眼睛忽闪一下，问，除了昆曲，我爸还会什么？给我讲讲，转移一下注意力。

劳玉笑道，这几年没有新学什么，他的圈子也散掉了。

张倩女说，那就讲讲你们年轻时候的事吧。

劳玉说，讲过很多遍，还想听？

张倩女说我爱听。她在心里默念：说起来，我俩都是爱美的人。

劳玉开始了，她把语气调整得很沧桑，说起来，我俩都是爱美的人。

年轻时，我的辫子跟别人编得不同，我把辫子里编进一条蓝底白碎花的飘带。那天早晨，我去医院上班，他在街上看到我的背影，辫子里有碎花飘带的背影。为了找我，他跑了几条街，跑得脸上汗涔涔的。他是降落在我面前的，真的，从天而降，拦在我面前，说，我可找到你了！

每次说到最后这句话，劳玉就陡然提高音量，仿佛祭出一句梦幻动人又饱含着宿命感的咒语，仿佛有此一瞬，人生便已了无遗憾，日后诸多苦痛，有这份狂喜打底，便足以让她保持缄默了。

张倩女配合地露出神往的表情，虽似戏文里的故事，但她从未怀疑它的真实发生，正因为相信那华丽而薄脆的美，才越发惋惜，格外伤怀。母亲幽幽缅怀的语调又一次把她拉回到留州的家：一栋青灰色的二层小楼，一座花木摇曳的院落，一个沉静松弛的窗下人。少女时代的张倩女拥有一扇二楼的窗子。她喜欢独坐窗下，先花点儿时间和自己相处，再眺望窗外的世界。她熟悉院子里每一只雀鸟，知道傍晚时分远处的屋顶上会起一层淡淡的薄雾，后来的日子里，她再未像那时一样敏锐、充满灵性和容易喜悦，她和万物心有灵犀，能察觉到任何细微的变化，她一片痴心地牵挂着天空的阴晴雨雪，她时常伸出手去，抚摸广玉兰叶片上厚厚的、滑溜的蜡质。那时，她饶有兴致地窥探院子里的父母，大部分时候，他们是各安其分的一对夫妻，偶尔，他们像各自怀有什么秘密，沉思，叹气，在对方的眼皮子底下瞒天过海。她朦胧地意识到，生活自有其晦暗不明的某个部分，混沌、庞杂、幽深，甚至惊心动魄，让她思绪纷乱，似懂非懂。

那阴影斑驳之处，依旧未被照亮。饥饿感蓦然袭来，她赶紧喝下一大杯水。

若是往常，劳玉的讲述会到此为止。不料，今天她多说了几句。

多少年了，我们一直想去留州西郊的净尘山住两天。山顶上有一座湖，有一尊释迦牟尼像。山上的房子是乳白色的，窗前垂下镂空的米色纱幔，推开窗子，是一大片绿色的湖水，湖面上落满花瓣。去过净尘山的人，都这么说。我们也不知道在忙活什么，始终没去成。

这是张倩女第一次听说净尘山，她记得留州西郊有片荒山，想必这两年被人看中，开发成旅游区了。应该是个旖旎迷人的地方，母亲说到净尘山时，眼睛里像有晶亮的水银珠子在滚动，像缎子面在灯光下刚刚展开，忽然有那么一下，亮得晃眼。

这种珠子般的亮光，她也曾在父亲的眼睛里看到过。唯独她没有，她一点儿都不像自己的父母。

她暗暗叹口气，说，妈，我工作后反倒没让你省心。要不是为了照顾我，你和老爸也不用分开，别说净尘山，你们的时间足够漫游全国。

劳玉摇摇头，什么都没说。

淡淡的惆怅弥漫开来。她们同时想到，减肥才不过三天，这跟食欲较劲儿的日子，真熬炼人啊。

减肥减到一周时，张倩女的身体和意志正无限接近着溃散。她稍微一动就头昏眼花冒虚汗，肚子里没有一点儿油水了，她不断在幻想中大嚼辣子鸡块、香酥羊排、脆皮烤鸭，不停地吞咽丰沛的口水，她想把胃整个儿泡到油里，油津津地发光才过瘾。

这晚，张倩女坐立不安地捧着一台平板电脑，在美食论坛间切换，浏览着红烧带鱼、粉蒸牛肉、油焖大虾的图片，她迷恋这些颜色和味道都很浓郁的食物，镜面屏幕细腻的分辨率显得菜肴越发诱人，酱汁闪耀着天然珍珠般的光泽，上头仿佛笼着一圈柔和的红晕。她的脸和美食越贴越近，劳玉听见很响的咂嘴咂舌的声音。

她暗叫不妙，怕女儿故态复萌地哀求她，妈，行行好，给我炒两个鸡蛋去。她赶紧提议，孩子，睡觉去。

黑色平板传出嘀嘀的响声，张倩女说，等等，高中同学群里有人说话，这群好久没动静，今天怎么活了？

提示音一声连着一声煞是急促，她点开看一会儿，脸色变得很凝重。

她说，高中毕业整十年，大家都想聚一聚。

劳玉说，高中同学聚齐了，不容易吧。

她说，都四海为家了，很难聚拢。除了留州的一拨人，剩下的分散在几个主要城市，初步决定按城市各聚各的。她想起自己的模样，身体稍微一动，肉就像水一样起伏波荡，不是清新的汁液，而是质地浑浊黏腻的脓水，好似内瓤沤烂了的冬瓜，她不禁打了个大大的寒噤。

劳玉却精神大振，她闻到一股气味，天赐良机的气味。对减肥来说，再没有这么好的契机了。之前一直减不下去，或许就少个如此重要、逼得人毫无退路的聚会。她说，高中同学情分最厚，十年又是整数，倩女你得参加。

两人一算时间，离聚会还有半个月，微弱的近乎衰竭的减肥动力忽地强劲起来。劳玉面露喜色，她心里有一种隐隐的感觉，好像减肥得到神秘力量的加持和庇佑。张倩女也感到能量成块成块地涌过来，重新注入她的体内。

此后的日子，军心如铁，气势如虹，张倩女满足于各类低卡而富含纤维素的蔬果，毫无怨言，她甚至很少坐下，看电视也站着，扭腰，抬臂，半蹲，踢腿。

半个月后，重要的时刻到来了。量体重无异于一次审判，张倩女赋予其庄严的仪式感。她先排空体内所有的废液，再不停地高抬腿跑，最后，除去衣物，近乎全裸地站上电子秤。她垂下头，怯怯地张开眼睛。

跃动的数字扎疼她的眼睛，她虚脱般靠在墙上，颓然道，三斤，才三斤。直到现在，她都不能接受这身肉是属于她的，好像只是携带着它走来走去。但一说减肥，身上的肉似乎就收到警示的讯号，它们变得沉默、眼神诡异、蹑手蹑脚，态度却越发强硬，不是临时驻扎，而是永久居住。

劳玉扶住她，宽慰道，是个好开头！记得有一次你饿了好几天，一称还重了呢。

晚上，张倩女掩耳盗铃地穿了一袭黑色长裙，惴惴地来到酒店。大堂里站着一个年轻男人，男人的眼神冷淡地在她身上掠过，继续往外张望。可她一眼就认出来了，她叫道，李凌飞，副班长！

她的声音没有变。李凌飞眨着眼，张倩女？他叫出名字前几秒钟的犹疑，他欲言又止的惊疑又玩味的样子，让张倩女好不容易积攒的信心，刹那间散成一把细沙。

高中同学的分化本就严重，何况又在异乡相聚，总共凑起来七个，大都是当年班主任宠溺的红人儿。所以潘舒墨出现时，气氛陡然一变。张倩女心里也咯噔一下，真没想到会遇见他。说起来，潘舒墨也算个人才，会说相声，会弹吉他，会写毛笔字，可惜成绩一直徘徊于中下游，后来听说只上了大专。众人的眼神里，带了点审查和透视的意味：他不该出现在这里。

男同学为聚会精心准备了这几年的"履历"，于不经意间透露一二，又有知情人做的托儿，顺势吹捧一番，一时其乐融融。女同学甫一听说聚会，就兵临城下般地节食、美容、配衫，并在当日化好烦琐的妆，在水晶吊灯的照耀下依次亮相，容色鲜妍欲滴，像刚刚完成了一次精细的抛光。

他们表面看起来还好，溜光水滑，没有硬伤。这晚，张倩女的伤口却一次次被掀开，等不到干结成痂，又一掀到底。往日的同窗一打照面就说，倩女，你怀孕了呀。不是发问，是笃定的恭喜语气。

她对此不置可否，唯恐引发同学们探询钩沉的兴致。她勉力维持笑容，浆洗过的笑容，腮帮子渐渐感到酸胀。聚会进行到一半主食还没上，她就想逃走了。

是潘舒墨让她稳住阵脚。

她和潘舒墨是神似的，表情和动作里都敛藏着缺陷、短处、禁忌之类的东西。后来，她注意到，大家提议交换家庭住址时，他全身一僵，借故上厕所，回来时又在门口踟蹰片刻，确认转换了话题才重新回到餐桌，并暗自舒了一口气。

酒意和夜色一起变浓，大家开始撮堆吹牛，她和他也自然而然地坐在一起，互相掩护着对方。她内心升腾起强烈的预感，他和她不会到此为止。两人没有故作热络地聊天，却悄悄完成最深层次的沟通，满怀着并肩作战的相知相契、相依相靠，似在共同对抗某种难以名状的压迫和伤害。

二

聚会后，张倩女对自己的要求更加严苛，在单位吃午饭也不碰淀粉和肉类。劳玉喜忧参半，一会儿觉得女儿成功在望，一会儿又担心她方式峻急伤了元气。

周末，张倩女在柔和的晨曦中醒来，是个淡蓝色的清明的早晨，雨季过去了。她走到窗边，看见一只长尾白鹡鸰轻盈地在空中滑过，纤细的双足一钩，落在树枝上，树枝荡了几下。

早晨的空气有几丝淡淡的青草香，她拉伸身体，感觉四肢轻盈，双臂舒展如缀满羽毛的翅膀。这美好的幻觉促使她拿出电子秤。她排空体内所有废液，除去衣物，近乎全裸地站上去。

数字梦幻惊艳。她不敢动，唯恐那数字是露水，轻吹一口气就滚落进尘埃，灰飞烟灭。她用眼睛盯紧数字，轻轻蹲下，用手抹抹表盘。

她听到一声欢呼。四下无人，半天她才反应过来，这颤抖的欢呼声是自己发出的。

正在阳台晨练的劳玉走进来，凑近表盘看了看，一看，这位素来冷静的女医生竟蹦起高来。

从八十公斤到七十五公斤，整整十斤的战果，堪称大捷。

时机正好，劳玉顺势提出，倩女，要不去相个亲吧。男孩儿研究生毕业进了深圳的一家研究所，老家也是留州的，知根知底。牵线的阿姨磨叨好久，我一直没回话呢。

张倩女皱紧眉头，说，才减下来十斤，基数太大了，现在就出去吓人，行不行？

劳玉说，先见见面，当交个朋友。不顾女儿还犹豫，她赶紧打电话联系，把约会定在周日晚上。

张倩女吸取同学聚会的教训，那条黑色长裙穿在她身上，营造出了乌云压城而来的末世灾难感。唯有高挑削薄的女孩，才能空荡荡地挂着长裙，挂出仙风道骨、飘飘林下风致的韵味。她仍然没有凹进去的腰身，却鼓足勇气系上一根腰链，勉强粗勾出模糊的曲线。

她早早来到约会地点，靠窗落座，利用光可鉴人的玻璃，摇头晃脑地对自己进行审查。胖女人没有磊落，穿衣镜前所有的努力都为隐匿和掩藏，为制造"显瘦"的错觉。桑蚕丝、雪纺、塔夫绸，任何轻盈飘逸的面料，接触到她雄健的体魄，都是一次血肉模糊的相撞，绷在身上一点儿都流动不起来。她驾驭不了简洁时尚的紧身衣物，更不适合繁冗拖沓的民族风。她致力于达成科学般精密的"可体"效果，又技巧地选择了拉长颈部的V领。正拨弄着头发，忽然在玻璃上看到有人朝这边望过来，她猛然意识到自己的失态。

她只好端坐在座位上，不一会儿电话响了，一个年轻男人张望着走进来，应该是徐辉。她拼命吸着肚子起身打招呼，并在微笑时紧紧收住下巴。

她特意将约会地点定在光线迷离的咖啡厅，也自认为向徐辉展示了个人最好的形象，本来，她对这次相亲抱有谨慎的乐观，她却发现，徐辉的脸被冻住了，迅速挂上一层严霜。这表情，她太熟悉了。失望、惊愕、受了冒犯般的自怜，以及已无法控制的嫌恶。

点完饮料，徐辉把头转向邻座。邻座的两个女孩儿猛然一看，长得竟是一样的，密实的假睫毛、羊脂玉般的肤色、粉嘟嘟水光釉面的嘴唇，虽落窠臼，却依然赏心悦目。她们都穿着娇俏的蓬蓬短裙，露出弧度优美的小腿和玲珑的脚踝。

为了不冷场，张倩女只好不停说话。徐辉不跟她做任何眼神交流，只使用简短的语气词应和，他看起来相当不兴奋。张倩女并不生气，是分内的待遇：胖子都没脾气，胖子都是烂好人，胖子谈不上性别，胖子心里敞亮，胖子无论被同伴怎样冷落或埋汰，都不能介意。

趁她低头喝咖啡，徐辉伺机从裤兜里掏出手机，一惊一乍地说，哎呀，忘了单位还有点事。他拿出一百块钱，快而用力地捻了捻，这才放在桌上，说，不好意思，真不好意思。

张倩女久久摩挲着这张纸币，受宠若惊。以前见过的男孩儿，有不到三分钟就借故先走的，有莫名地得了理让她请客的，相形之下，徐辉真是忍辱负重，涵养过人。徐辉起身离开时，她想厚着脸皮对他说，我自食其力能挣钱，也愿意匀出精力来照顾家庭，把方方面面兼顾好。到底没说出口，看样子他又是个"唯美"的实用主义者，不会看在收入的分儿上和她相处一段日子，发现和享用她的贤良。不到三十岁的男人，大把光阴，机会无限，精明也是有骨气的精明。

还顾不上为自己伤感，她倒替牵线的阿姨担忧起来。之前几位介绍人，事后都曾用一种貌似隐晦而又确凿无疑的方式向她表功：为她挨了骂、落了埋怨云云。

然而，今晚的打击注定接踵而至，它们早已潜藏在意想不到的地方，等着完成最后一击。

咖啡厅细长的水晶花瓶里插着几株洁白的姜花，当张倩女从姜花旁走过时，正好有几片花瓣簌簌落下。她一愣，魂飞魄散，急忙快步离开。

她想，肯定是胖子身上的人气特别浓浊，熏坏了柔弱的姜花。

她回到家里，怏怏地给母亲打个招呼，就躜到卧室里掩上了门。她胖大的虎躯里是无所凭依的委顿，将近一米七的个子，像被什么东西坠着，顿时就矮了下来。结果无须多问，劳玉在女儿卧室前站了良久，心想：可惜我陪不了你一辈子，不然，真不愿意让你去受委屈，反反复复地受委屈。她发一会儿狠，又劝着自己，不得不顺下这口气。

夜里，劳玉睡得很不踏实，模模糊糊听到开灯和开门的声音。不知过了多久，一种极力压低又凌乱不堪的声音，长驱直入她的耳朵，她猛然坐起来。

是吞咽的声音。

厨房的灯，白晃晃地亮着。张倩女像个慌乱的小动物，瑟缩着身体大口吞咽。劳玉哎呀一声,闺女,这速冻水饺都过期了!

倩女说,没事,冻得好好的。说完,她像猛然意识到什么可怕的事情,木木地说,妈,减肥又失败了。

她失神地说,流食吃够了,我想要咀嚼的感觉,中午在公司里,人家吃包子吃油饼,我喝稀粥,看着,只能干看着。我想吃点实际的东西,给个馒头夹两片咸菜,我也知足。全身没劲儿,饿极了,饺子一下从喉咙滑下去,半盘子没了我还不知道什么馅儿的。

女儿不求甚解地吞下半盘饺子,这让人心酸的事实劈头砸过来。作为历次减肥行动中严厉的监督者,张嘴就是名言警句的智慧母亲,劳玉再拿不出什么高明的手段,她本能地说,吃吧,吃吧,难为你了。

张倩女猛烈地摇摇头,霍地放下筷子,跑进卫生间。劳玉紧跟过去,接下来看到的一幕,令她有一种身体被拎起来倒控的感觉,血液全部冲向头部。她看到女儿把食指和中指伸向喉咙,又是抠,又是捣,从嗓子眼里发出一声声干呕,嘴角撑到耳朵根,脸都变了形,跟怪物一样。

劳玉冲过去抓住她的手,说,不减,不减了。

张倩女挡开母亲,咕嘟咕嘟吐出来一堆糜状物,狭小的空间里弥漫起酸腐的热臭。她嘴角流出带血丝的涎沫,佝偻着腰,呼哧呼哧大口喘气。劳玉拍打她的后背,眼圈不觉间已红了。

张倩女用水漱漱口,说,妈,不能就这么败了,我下去跑步,把没吐出来的热量消耗掉,你接着睡。

她沿着小区的绿道奔跑起来,她觉得自己出的不是汗,是一层油,每个毛孔都在往外分泌着油脂。她真想把自己点着了,让赘余的脂肪尽情燃烧。突地脚一软,她跌坐在地上。身处密匝匝的居民区,她却感觉到可怖的空旷,她被这浩瀚而精彩的世界孤立了。

伸出双臂环抱住自己。

她不想成为母亲的拖累,更不想让父亲知道自己如此狼狈。眼下,她需要另一种意义上的亲人。她和那个人在气氛微妙的社交场合上,曾建立起某种秘密的亲缘联系。

她冲动地拨通潘舒墨的电话,不铺垫也不客套,她问,你住哪儿?

潘舒墨住在下沙村的农民房里,高贵富丽的深圳在这里急刹而止。潘舒墨打开门时,一脸窘迫,像被人撞破了什么见不得光的丑事。单房里的家具粗陋不堪,贴木纹纸的两门衣柜,浸透了历任房客汗液、看不出原色的床垫,床头挂着几个铁丝衣架。然而,张倩女注意到,饭桌的矿泉水瓶里塞着一蓬血红色的火焰般的野花,窗下又挂着一串手工编织的风铃。显然,小屋的租客在困顿之余,依然对生活有所期盼,有一颗热爱和讲究的心。

张倩女回想起那个如坐针毡的聚会之夜,两人谨小慎微,连呼吸都不敢尽兴,两人都是某种意义上的 loser,眼巴巴地看着别人比赛幸福。

几只小飞虫在撞击吸顶灯,为玻璃罩子里暖热的光亮,一下一下地撞去。他们默然而坐,莫逆于心。他们已准备好诉说,告诉对方,自己到底为生活付出了什么,那是孤身一人时不愿爬梳的记忆和不敢直视的现实。

潘舒墨用赞美打破了沉默,你学历高,发展得好,不像我,刚够吃饭。

张倩女摇摇头,说,代价太大了。我这辈子都忘不掉做的第一个项目。一毕业就签了华跃,先分到机顶盒的项目组,负责开发硬盘接口,设计完做测试,才发现对硬盘进行读写操作时有数据错误,不同厂家的硬盘出的问题还不一样,也就是,我要 debug 了。没日没夜地攻关,夜里加班时吃消夜,越吃饭量越大,不到半年就明显看出来胖了,跟蒸馒头一样,忽地就发起来。回头一看,我的身心里,也有一个无法解决的 bug。

怪不得她胖成这副模样，潘舒墨唏嘘道，深圳人都羡慕华跃待遇优厚，我也曾痴心妄想，想成为华跃的一员，其实，钱哪是容易赚的。

张倩女说，催命一般，实在扛不住时就想吃东西，吃大鱼大肉，每顿都吃撑，有东西在嗓子眼堵着才舒服。

老同学，你这是病，是情绪性的暴食症。

是，管不住自己，吃再饱也没用，还是想吃。

张倩女无奈苦笑，潘舒墨投桃报李了，我更惨，在一家小私企上班，什么杂活都干却攒不下钱，像机器在空转，根本买不起房子。你知道吗？今天，没房子和没朋友之间发生了必然的联系。因为自己没有家，我就不愿去朋友家做客，他们熟练地领着我参观房间，介绍采光多好，储物空间多巧妙。他们温婉贤惠的老婆势必露两手，忙活一桌子丰盛的酒菜，有老火汤，有海鲜，鲜得发甜的蛤蜊，肉都是充满弹性的。我心情低落，还得赔着笑脸，赞美他有品位，艳羡他有福气，享受人生神仙日子云云。聚会那天，我是最后一个到的，不敢进去，比进沙场还怵头。

张倩女想起聚会上他张皇而游离的模样，当听同学报出自己住在某花园时，他如遭电击，面如死灰，旋即出去躲了半天。

她安慰道，房子不都贷着款吗？再说，朋友间的家庭聚会很正常，没恶意。

不是稳定频率的家庭聚会，一般只有一次，再没有第二回了。当然不是恶意，我也不怪他们。人熬到一定阶段就要集中释放一次、展示一次，然后，各奔各的前程。也许他们下次展示是十年后了，不知我还有没有去当道具的资格。

两人的神色都变得黯然起来。生活的本质是庸常、脆弱而不容异端的，一条衣食住行、生老病死的既定轨道，稍有偏差，你跟人群的交集就会越来越少，很快就被隔绝在外了。

他偷偷地看她一眼。年轻的她竟有一副慈祥之态，令他想起姑姑婶子等长辈女性，令他想起孕妇、奶娘之类的女人。她身上的温馨和蔼，仿佛轻轻一动就会洒出来。他忍不住向她靠了靠。在深圳这几年，他经历了诸多无法宣之于口的伤害，格外厌烦那些嗅觉灵敏、嗲声嗲气的女孩儿。

张倩女察觉到，他的身体靠了过来，越挨越近，她感觉到他的鼻息和体温。

雨季明明走了，外面却好像在下雨。在这间狭窄到让人无端亲密的小屋里，他们若有所待。

张倩女的身体暖烘烘的，像一点点鼓胀起来的面包内瓤，越来越松软，像藕粉冲过水，渐渐苏醒了鲜藕的颜色和芳香，仿若一块通体晶莹的流动的琥珀。潘舒墨的口气很清新，令她联想起甘笋青柠檬汁的气味。他的手拂过她的后背，像用柔滑的奶油裱花，像融化的乳酪四下流淌。他身上男性的体味，令她想起肉类炭烤烟熏过的特殊香气。他凑在她耳边低声曼语，是经秋霜打过的小白菜，甜甜的，糯糯的……

水乳相融，骨酥肉烂。她的干枯和饥饿，以奇异的方式得到疏解。她终于不再是一坨死肉了。

小屋里的黑暗，光滑得像一匹丝绢。她深深渴望，天空落下来一滴灼热的松脂，紧紧包裹住两人，她和他，扭绞、缠绕、交错，从此天长地久，直至化为尘埃。

不知过了多久，当她起身离开小屋时，为墙角纸箱子里堆放的杂物感到惊愕。对20世纪80年代中期出生的男性来说，它们的存在着实突兀。几十个二锅头的空瓶，红标签绿瓶身，还有哈德门瘪瘪的烟盒。这分明是属于上一辈的，粗糙浓烈、直击感官的口味，这廉价的口味里，有人生难以言传的快乐。酒精、尼古丁，都是好东西，足以抵偿白日里遭受的痛苦，是苦干一天的至高奖赏。

潘舒墨一脸沉醉，我喜欢喝醉的感觉，酒劲儿总在一瞬间发作，千军万马地来了，接着天昏地暗，能好好睡一觉了。小时候，我讨厌我爸喝大酒，我爸那种男人在北方一抓一大把，就着一瓶桃罐头能喝一斤白酒，喝得吐绿胆汁，喝得快死了挺尸般躺着，下次还是喝。现在，我特别能理解他。我爸喝酒时，又哭又笑，说他活腻了。

他停顿一下，重复道，又哭又笑，说他活腻了。没人信他，也没人理他。他的话音忽然变了，他发出了变声期男孩才有的凄厉声音，声音破碎成几股，每一股都像带着锯齿的箭镞，在空气里乱窜。

张倩女回到家就瘫倒在床上，耳边始终回响着他碎玻璃般的哭腔。他多像雨季里阴干的衣裳，没有一丝阳光的味道。他怨气重，经济能力有限，目前已可预见到中年的一事无成和脾气暴躁。作为婚姻亲情和妇女美德的一部分，她势必要忍受丈夫的不得志。可这又有什么好怕的？她心底深藏着一个秘密，连母亲都没告诉。两个月来减掉了十斤肉，同时，她的月经也停了。

她的气味盘旋在小屋，潘舒墨依然沉浸其间。是的，她从视觉上摧残了他，五花三层的身体让他不愿多看。她的后半生将在徒劳的减肥中度过，永无成功之日。然而，他试探着拥抱她时，蓦地起了个念头，也许，他抱住的，是人生的另外一种可能，这感觉让他怦然心动。她温厚善良，透着工科背景的沉稳朴实，她在全球著名的通信公司担任项目负责人，她将带给他梦寐以求的真正意义上的城市生活。想到这里，他立刻变得很软弱，在审美上毫不犹豫地变了节。

他们翻来覆去地想，到最后，几乎是怀着必然牺牲的悲壮感，毅然决然地、热烈地接纳了对方。

这晚，劳玉站在窗前，直到看见女儿开车进了小区才躺下。对减肥这场旷日持久的战事，她感到疲倦了。跟最基本的生存需求开战，取胜何其艰难。接下来，是僵持，胶着，甚至还要反复。她的神经绷得紧紧的，早暗自渴望一个痛快的崩断。每次女儿宣布减肥失败，她的沮丧都是假装出来的，实际上，如释重负，云淡风轻。

三

华跃技术有限公司位于深圳的西北角，它是个生殖力惊人的母体，扩散膨胀，在周边衍生出环状排布的居民区和购物中心。华跃的总裁很少出现在公共场合，作为庞大的高科技商业帝国的执掌者，他太过神秘低调了。几年来，只有公司开大会时，他才惊鸿一现。他是活着的传奇、商业时代的偶像，这几年，他在全国及海外布局，摊子铺得很开，在各大名牌院校招聘毕业生，欲把计算机、电信精英一网打尽。他身上向外辐射出一种强烈的危机感，也许，都快变成强迫症了。

华跃批量制造出城市中产乃至于富裕阶层，这家公司对员工的勤奋程度有极高要求，同时在金钱回报上也绝对慷慨，很少有公司会大方地把股份（利润）与员工共享。对华跃人来说，工作区和生活空间并无明显界限，搅和在一起了。张倩女居住的社区离公司只有几站路，楼盘定位准确，两年前刚一开盘就被华跃员工抢光。每天，她行驶在"居里夫人"大道上，过两个红绿灯，一拐弯便是公司。偶尔，被汹涌翻腾的厌倦情绪驱使着，她会刻意绕远路，拉开一段距离遥望华跃圈。

它像一只巨大的灰白色的茧，风雨不透，固若金汤。

周一晚上，照例还要加班。张倩女和她的团队，秉持着华跃人特有的习性，熬夜，不运动，亚健康，性格偏内向，信仰埋头苦干和不请假，习得的麻木忍耐，适应高强度工作，以加班为核心价值观。

研发房里多是小伙子，阴气却一直很重，无论春夏秋冬总让人感到一丝凉意。生铁般的冷光灯下，这群脑力劳动者脸色青白，似一群忙忙碌碌的鬼。对这代人来说，拿知识和健康换钱很正常，在其他公司，牺牲了健康也换不到钱，而在华跃，遭受多少痛苦，相应就收获多少甜头，让人食髓知味，欲罢不能。这份工作糟践了你也愉悦了你，它包含着某种魔鬼般的魅惑成分，令你的人生有所附丽。它像一袭穿厌的华服，毕竟镶金错玉，不能说扔就扔。

夜里九点半，大家从座位上起身，幽灵般晃荡到休息间，准备补充能量。公司厨房供给各类美食，烤串、乳鸽、炒花蛤，只要加班的员工想吃，鲍鱼海参也照样提供。

一个个加班的深夜里，张倩女吃掉了难以计数的曲奇饼、蜜三刀、烤鸡腿、卤汁牛肉，各种高热量零食，疲惫和焦虑激发起强大而原始的肉食欲望，祖先的基因程序重新启动，只有甜品和肉食才能给予她力量，让她浑身有力气，让她实现从菜鸟到高手的地狱式成长。自那个雨夜决定减肥，她就清空了零食抽屉。别人加餐时，她躲得远远地咽唾沫。现在，减肥已来到瓶颈期，肉都带着吸盘，嘬在骨头上，再往下，是以克为单位计数的。

今晚，消夜的香味格外热情，飘散得到处都是。她烦躁地踱来踱去，有好几次都蹭到休息室门口了，又咬住嘴唇转身离去。她提醒自己，没志气，没毅力，还说什么瘦身？你不想再穿魔术收腹裤，不想再穿黑衣服，你想穿酒红、雪青、柠黄、芥末绿，想穿印花、棋格、镂空，穿月光一样的薄纱裙子。

她走到窗边，推开窗户，把头伸出去。纤弱骨感的月亮，斜挂在研发大楼的一侧。大楼的玻璃外墙是绚烂的金属蓝色，月光下闪着粼光，像一片海兜底一掀，直立而起。

在这栋布满服务器的建筑物里，她身体内部的服务器正无声瘫痪。她强提一口真气，奋力支撑起一副空壳，试图用意志来对抗身体内部的紊乱。

饱嗝声从休息室传过来，悠长、畅快，似召唤，又似诱引。她觉得自己全身上下只剩一个胃，她在用胃感受和认知整个世界，一个干瘪和异常敏感的胃。不知哪根神经一松动，她忽然就泄了气。她绝望地跺跺脚，心想顾不上那么多了，带着放纵一回的快意与痛楚，她奔向休息室。

接下来发生的事情，完全偏离了她的设想。

她冲进休息室准备纵情狂欢，凶猛的油膻味冲着腰一头撞过来，毫无预兆地，一股酸水从抽搐的胃里泛上来，她失控地呕一声，液体涌上喉咙又被她强行咽下去，她捂住胸口，拼命往下压。

同事们目瞪口呆地看着她，她平复呼吸，背对着门，慢慢退出去。

经此哗变，她惶惑不已，不知该表扬坚贞不屈的身体，还是为它的自行其是而羞恼。她亲自败坏了自己的胃口，烤串之流，已非她的补给。最近一次，她体验到饱足感，是在潘舒墨的小屋里，某种甜蜜而异样的饱足感。那天之后，借着她难得的空余时间，他们又在茶社清吧等处约会过几次。

小屋和小屋里的男人，正隔着雾气迷蒙的深夜，脉脉凝望她。

她的身体又不听话了。

她撇下工作溜出研发大楼时，是梦游般的不真实感。好孩子，好学生，好员工，一路走来，她身上有一种被驯化的优秀。在公司这些年，她从没翘过班呢。想到项目组的同事，她有些惭愧。他们实诚、一根筋、肯下力，这都是年轻人才会具有的美好品质。年轻的工程师们也面临着各自的困境：发量可疑、颈腰椎病、在重复劳动中深陷和坠落、既无时间也无热情葆有和发展一点儿自己的兴趣、被富足安稳的生活牢牢控制而一点儿都不敢动……

无论如何，她逃出来了。去下沙村的路上，父亲仿若与她同行，今夜的她，正向着流逝的时光，接续上父亲的骨血和根脉。

潘舒墨的住处，门虚掩着，里面传出音乐声，是许巍的《水妖》。

那段磅礴激越的吉他声响起了，瀑布一般凌空而下，轰然落地。她从背后抱住他，像对着一盅酥皮海鲜汤，把层层叠叠的起酥轻巧地卷起。他回过身来。她又把自己铺成一张金黄色的蛋皮，妥帖地包住肉泥。她预热、升温、焗烤，让青花鱼充足的油分从容地渗出，在皮肉之间鼓胀充盈。她是浓稠繁复的酱汁，耐心地完成一次入味的腌渍。

肥白的汤圆在热腾腾的滚水里浮浮沉沉，糖浆越熬越黏稠，火锅欢腾地冒出白汽，娇软的鹅肝化成玉液琼浆。终于，一口细细的白牙，温柔地咬开酒心糖、灌汤小笼包、奶黄流沙点心。一把秀气的小刀子划过牛排，脂肪的芳香刹那四溢，被猛火锁住的肉汁缓缓流出，露出水红色的嫩肉。石榴开裂，宝石般的籽粒飞溅出新鲜清甜的汁液。

世界沉沉入眠，静谧而甜美。

潘舒墨突然从小床上弹起，踢踢踏踏地跑进卫生间。

这个时候，好比喝下一杯好茶，正回甘呢，他跑去做什么了？张倩女用床单裹住身躯，好奇地跟过去，她看到，他竟然在搓洗一件短袖衬衣，忧心忡忡，直到把衬衣抻平晾好，神情才放松下来。

他什么都不说，面有惭色。张倩女约莫猜到了，也不点破。

过了一会儿，他发觉如此卑微的自尊毫无认领的必要，解释起来，深圳这天气，一天下来衬衫全湿透了，一股酸臭味，而我只有两件衬衫，意味着每天都要洗一件。赶上阴天下雨，替换的那件干不了，就使劲儿拧,哪拧得干哪,最后还是湿答答地穿上,下摆紧贴着肚皮,用身体的热乎气一点点烘干。

每年都有那么几个月,湿气成为南方的主宰,湿气蠕蠕地爬进人的四肢百骸,骨缝里似要渗出水来。青苔在背阴的地面绵延出厚而密的一片冷绿,又沿着树干向上生长。在阴湿深入骨髓的夜晚,张倩女做过一个梦,梦见全身垂下流苏般的长长的绿毛。

潘舒墨说,所以,五件短袖衫是在深圳生活的底线,这样就能拥有一个从容的工作周,不用上班时记挂着家里的衣服能不能干。

她明白了,难怪总觉得外面下着雨。此地居住的人,衬衫怕是不够,一下班就洗好晾出去,水珠从一个个窗口滴下,砰然落地,恍如雨季。

他问她,你有没有想过,为何要这样活着?为谁活着?急于被什么承认?你,我,李凌飞,杨菁,王磊。

她一脸倦怠,说,没细想,顾不上细想,就一步步被逼到了这里。

他失神地说,乖,擅长和解,默默挣钱,训练有素的隐忍,我本来不是这样的人,太压抑了。他盯住她,说,你也不是。

她能听懂他的话,心像被蜇一下,疼得她捂住胸口。她想起父母来,想起他们眼睛里偶尔闪过的、水银珠子般的晶亮晶亮的光芒。

她皱着眉头,我讨厌自己,讨厌那份工作,我训练自己热爱它,把它当成人生的寄托,可你不知道它有多无趣!说完很解气的样子,她接着问,真的没有选择吗?

他说,少数人的选择不叫选择,是败退。我想过回留州,父母能照应我,小地方日子也舒服。可到底差了点什么,白天还好,夜深人静时难免后悔不甘,也许这辈子都过不好了。依循本心地生活,就真能幸福吗?真会满足吗?说放下就能放下?我没把握。他向外看去,说,深圳就在我对面。沿着他的视线,她看到远处是剧院,充满未来感的造型和色彩,宛若银河系里的天体。

他一脸迷醉地说,我经常查看剧院的演出信息,上周是林怀民的《九歌》,这周是瓦格纳的《指环王》,太丰盛了。

他猛然抓住她的胳膊,摇晃着,倩女,你不知道我心里有多急!我多想混出点儿名堂!

张倩女想起自己的羞耻。相亲的男孩用指控的眼神看着她,好像她是不洁的、有罪的,他们的神气里,透着唯恐被她黏上、被她缠上的机警、冷淡与小心翼翼。有个男孩儿怕她不自觉,还敲打她说,在动物的世界里,雌性过于肥胖,是对所属物种的犯罪。

足够了,羞耻就是她和潘舒墨的信物,他俩的山盟海誓,远比众多城市男女精算得来的婚姻更经得住推敲。

想到这里,她说,你不会焊在这里的,下周见见我父母,咱俩定下来。

潘舒墨表现出一种恰到好处的惊诧,随即握紧她的手,用力点点头。

本来,张倩女想扎扎实实、慢词长调地谈一场恋爱,听了潘舒墨的话,她感觉事情突地紧迫起来。这个坎一下子就迈了过去,倒也凝练。

周末,张倩女去机场接到父亲张亭轩,这是他第二次来深圳。前年他初到深圳,发现女儿变得如此肥胖,震惊痛心,问了一通,骂了几遭,终也无能为力,他住了一星期就闹着回去。

父亲迫不及待地逃回留州的小院,也遁入到旧日的生活中去。小院里,时光逆流而上,停驻在可堪温习的某一段日子。那时,他每天坐在庭院里,气定神闲,虚位以待。宾客结伴而来,或擎着两包桃酥,或拎着一网兜橘子。寒暄过后,宾客环绕着石桌坐定,父亲开始高谈阔论。他是杂家,是通才,是天赋异禀的民间奇人,会聊天、会讲笑话,周身充满磁力。从历史到宗教，从诗词到音律，他博闻强记莫测高深，时有精辟之论。宾客们如沐春风，作倾听状，作顿悟状，作陶然欲醉状，频频颔首，间或插话。

渐渐地，这批宾客是空手而来了，表情里多了几分亲昵的轻佻。父亲的兴致也不那么高了，演讲时，观点和金句经常重复，终于，这茬宾客竟渐至零落消失。父亲的叹气声，在大片的寂静里缓缓流动，又被风传得很远很远。好在，很快又有另一拨人找上门来，父亲坐而论道，重展风采。

二楼窗下的张倩女震惊地发现，父亲居然是背出来的，他太熟练了。

已然烂熟。这使得他的演说流畅生动，从不磕磕绊绊，洋溢着充沛的自信，上天入地，光彩四射。他的听众是小城的各色闲人，无业、自由职业或病休在家，共通之处在于爱好文艺。母亲出于医生的洁癖，曾厌恶地指出，那梳大背头的似乎不是什么雅人，是个名声不佳的神棍。父亲摇头，哪是神棍？是本城堪舆界的名人。他又提议，客人在时，你也一起坐坐，你就凑个趣嘛！她蹙紧眉头，说，去倒一圈茶吧，我可没工夫闲聊，还得做饭呢。

固定而频繁地与父亲来往的闲人，只有戚叔叔一个。张倩女从窗口望下去，发现他俩像古画上的两个人。两人一坐就是半天，静物般沉默。偶尔，戚叔叔的话音儿随着穿堂过屋的微风，飘进张倩女的耳朵，她听见戚叔叔说，风雅委地，时运不济啊。

有段时期，两人找到一个可持续讨论的话题，那就是《红楼梦》。他们谈论无才补天的贾宝玉，互相恭维对方是"留州甄士隐"。戚叔叔特别喜欢谈秦钟的遗言，说一个正值韶华的妙人儿临终那么挫败，为什么？因为没实力，没有立足于世的实力。父亲点点头，道，秦钟遗言，说不定正是宝玉一生悔恨之处。他若功成名就，家族兴旺，也就保住了众姐妹的大观园。戚叔叔说，大观园永不凋敝，这是他的理想啊。殊不知，功名利禄那条路，才是滋补理想的唯一的正途。父亲说，那么美好的生命在末世挣扎，要救她们，只能自己跳进泥淖，他不愿跳，就眼睁睁看着，再一个个地哭着纪念。

二楼窗户里，张倩女从书架上取出《红楼梦》，按回目翻查到秦钟去世的段落，她反复将遗言读了几遍，只觉平淡无奇。

这时，她听戚叔叔说，年轻时读《红楼梦》，秦钟去世的一段没引起注意，年纪大了，才咂摸出味道来。父亲附和道，浪荡子秦钟临死时大彻大悟，说错的是自己，格外让人觉得沉重。

戚叔叔走后，父亲独自坐在阴凉的丝瓜架下，鉴赏着庭院里的日影、花木和鸟声。他像一件古老的旧物，蒙着厚厚的灰尘，轻轻一碰就嘎吱嘎吱地响，一阵风就七零八落。他的眼睛，像两孔黑魆魆的山洞。张倩女知道，只有把各色闲人拢到家里来，才能为他带来一丝光亮。那段日子，她时常替父亲担忧，前方那些庸常的日日夜夜，他该怎么度过呢？

很快，她读寄宿高中了，接着离开留州去上大学。她断断续续地听母亲说起，父亲学了太极拳、旧体诗、昆曲，而且，父亲是留州第一批学会喝工夫茶的人，学会后鄙夷地把大茶缸子扔进垃圾堆。母亲的讲述拼接起父亲这些年的生活，看来父亲对自己陷入到那种机械而可鄙的圆熟中去也早有不满，于是勇于跨界不断研习新才艺，推陈出新以维持上座率。

此刻，阳光穿过机场透明的顶棚，照亮了来来往往的旅人。张亭轩说，倩女，还在减肥吧？瘦些了！瘦了好，我不怕别的，就怕糖尿病三高什么的找上你。他的头发像落了一层薄雪，灰白色的脏雪，比起同龄的男人，他更显萧索衰老。

快到家时，张倩女朝父亲诡秘一笑。她推开门，身子立刻闪到一边，满怀期待地看着父亲。一套崭新的骨瓷餐具，亭亭玉立在餐桌上。白底釉下彩，明艳的黄绿色，那颜色仿若刚点上去，还水灵灵的呢。图案是蝴蝶呼扇着翅膀落在水仙花上，用手轻轻一弹，便发出清脆悠扬的响声，这是为迎合父亲的审美情趣，特意添置的新餐具。

张倩女一直记得，某个夏日的黄昏，父亲赋闲在家一年有余时，他忽然毫无征兆地发难，伸长食指，指着石桌上的几个搪瓷盘、不锈钢盆，说，无论多好的菜，用这些家什一盛放，就叫人毫无食欲了，真是破败潦草！不能用好看点儿的盘子吗？母亲说，一样吃，还能变了味？父亲摇摇头，拖着长音道，夏虫不可语冰，朽木不可雕也！

这话似乎蕴藏着可怕的杀伤力，张倩女看到，母亲的脸霎时紫红肿胀，她的嘴唇不受控制地哆嗦，想辩解什么，又说不出来，母亲拼命眨眼睛，把眼泪生生憋了回去。第二天，她从百货商场买回整套五十六头的骨瓷碗碟，她把晶莹剔透的瓷器在餐桌上铺陈开来，一件件细细玩赏了半天，看起来，她比父亲还要喜欢这些美丽又脆弱的小玩意儿。

父亲的言行举动，为日常生活增添了幻境般的戏剧效果。他或午后高卧或焚香静坐，每逢彼时彼刻，母女俩就不再高声说话，走路也蹑手蹑脚，如履薄冰地供奉着他的优美和诗意。有时，闲人们翩然造访，母亲袖筒卷得高高的，正在院子里晾晒衣服，一条褴褛的红内裤还往下淌着水呢。蓦地，她从粗鄙的生活场景中抽离而出，像登上炫彩的戏台，生疏而做作地说，不巧啊，他踏青去了。不巧啊，他赏雪去了。不巧啊，他钓鱼，不是，他垂钓去了。母亲拙劣地拿捏着声腔，张倩女很替她难为情，但父亲每次出门的时候，的确是这样跟家人告别的，我踏青去了，我垂钓去了……

作为高雅新餐具试图取悦的对象，张亭轩神情复杂，显然他不知该如何反应。他视而不见地靠坐在沙发上，从茶几下面拿出塑料纸杯，给自己倒了一杯凉白开。

四

　　这是南方盛夏季节特有的暴雨天气，黑夜瞬间驱散白昼。雨下得如此酣畅，整个城市恍若在大雨里漂浮起来，积木般晃晃荡荡。几道银亮的闪电不时划过，像天空疼痛地裂开几道口子。

　　早晨一起来，张倩女就给父母叨叨，说潘舒墨在公司上班，坐办公室的，家庭也是留州的小康人家。她反复强调，你们放心，他不图我什么。我俩很早就认识，又交往了一段时间，是有感情基础的。想到两人共有的羞耻感，她又加上一句，是牢固的感情基础。张亭轩欣慰地表示，先同学再恋爱，有缘分。劳玉的狐疑并未消散，只是不便露骨地质疑女儿的女性魅力。劳玉满腹心事的样子让张倩女有些不安，母亲年事已高，减肥又跟着受罪，精神高度紧张，有好几次，她感到母亲濒临爆发，谁知母亲毕竟内功深湛，自个儿又消化了。

　　潘舒墨赶到张倩女家中时，衬衣粘在身上，新做的发型岌岌可危，手里的烟酒糖茶却没被淋湿。张倩女接过礼品，拨拨他的头发，说，想不开，东西是小事。

　　张亭轩站起身来，冲潘舒墨满意地一笑，小伙子斯文白净的相貌深得其心。劳玉的脸上却露出医生惯看悲欢离合的淡漠表情，转身去了厨房。张倩女跟过去，大声说，妈，我给你打下手。旋即凑到母亲耳边说，和气点儿，他又不是你的病人。劳玉点点头，嗔怪道，瞒得紧，我都没有心理准备，你急火火地就把你爸叫过来了。张倩女说，也没想到这么快，不过话说回来，年纪到了，人又可心，还拖着干吗？

　　这顿饭启用雅致的新餐具，以示隆重。潘舒墨极力赞叹餐具的精美,张亭轩没接话,岔开话题,说,吃菜吃菜,凉了不好吃了。

张倩女自律地夹起几根青菜,潘舒墨体贴地说,倩女,你胖瘦都好看,中午这顿也没关系,来点儿清蒸鱼。张倩女架开他的筷子,笑着说,自己受用,别来招我。你别不信,我是一定能减下去的。只有她自己明白,如今,减肥的坚决里糅进了几丝柔软,不光为重建自身的生活,更因为心疼他。连着两次,她都看得很清楚,当激情退却他的视线落在她身体上时,如灼伤般迅速移开,并痛苦地闭上了眼睛。

席间,劳玉不冷不热的,张亭轩和准女婿倒甚是投契。趁两人在热聊围棋,张倩女说,舒墨很有才情,全身都是文艺细胞。他连手指都那么漂亮,会吹笛子,会画山水,对了,还会变魔术。他聪明着呢,下棋一下就是一天,连饭都不吃。

夸着夸着,张倩女看到,母亲的脸,母亲的笑,像突遭奇寒的瀑布,水流着流着凝成长长的冰凌,尖尖地向下戳着。父亲也像被人掐到痛处,热乎乎的气氛忽然就冷下来了。张倩女心一沉,本来,她以为父母会世故而心照不宣地接受这个男孩儿,并演技精湛地表现出对他的关爱。

劳玉蓄势待发,她讥诮地说,呵,这一身的本领,够吃饭吗?她又板着脸问,除了会吹笛子、会变魔术,你会做家务吗?

她的口气令人很不舒服,潘舒墨保持着风度,说,阿姨,你是指做饭洗衣服吧?会一点儿,会做。

妈,哪有问这个的!

劳玉一脸严肃地说,倩女,你不了解家庭生活,这很重要。她接着问,舒墨,你会带小孩儿吧?我是说,你以后会学着带小孩儿吧?

这不合常规、近乎刁难的提问令潘舒墨更加尴尬。劳玉像变了个人儿,老巫婆般逼视着他,发出阵阵冷笑。

张倩女扶住桌子,说,妈,太过分了。张亭轩也责怪道,你,你这是什么意思，荒腔走板，太失礼了。

潘舒墨站起来，用拇指钩住裤子口袋，他小声说，我还是先走吧。张倩女瞪母亲一眼，说，我跟你一起走。这时，张亭轩也跃跃欲试地站起来，似乎也想往外走。

你们谁都别走。

说着，劳玉疾步走到门边，顺手抓过皮包挎在肩上，她用身体挡住门，像在守护一个出口，一个可以逃出生天的出口，她说，我走。

没人能预料到这个后果。在往昔岁月里，情绪变化无常的张亭轩曾多次摔门而去，闹脾气的张倩女也曾夺门而出，去街上游荡或去同学家倾诉。

劳玉幽幽地说，这么些年了，我不止一次地幻想，想你和你爸消失掉，哪怕消失一两天也好。

剩下的人都愣住了，仔细一回味，这话里有一种平静包裹下的惊天动地，一种不断滋长、无从化解而日趋深沉浓重的痛苦，让人悚然心惊。这话也挺伤感情的，但张倩女无比清晰地感觉到，这不是一个伤不伤感情的问题。

劳玉接着说，每天最高兴的事，似乎就是忙活完了，把自己扔进沙发里。她的话不见刀锋，却分明已划破了什么。

张倩女对母亲的习性印象深刻，母亲确实有一个投掷的动作，把自己痛快淋漓地投掷进沙发里，然后蜷起身体，半张着嘴巴看电视。本来，张倩女以为母亲完成这个动作时身心舒畅，现在她才领悟到，这个动作里隐含着的放弃与屈从，本来，她以为沙发里的女人快活圆满，现在她才体会到，这幅家常画面里暗藏着的惨烈、销蚀和幻灭，这里头，有一种绵密、隐蔽而阴险的力量，有一种无底深洞般的腐蚀性的快乐。

她又想起自己透过小窗看到的一幕，下了班的母亲久久站立在家门口,她抬起脚来,又后退几步,迟疑地逡巡着,当她终于迈进自己家时,即使相隔一段距离,张倩女还是看到了,她的肩膀在战栗。接着,她走进厨房,再出来时,蓬松如雾的发卷已塌陷。最早,她进厨房前会戴上白帽子,后来不知为何也不戴了。

积蓄已久的雨水,宣泄般扑向大地。

劳玉守住门口,披坚执锐,这不是她的风格,此刻与过往缺少过渡。她终生都在自我控制,合乎规范与道德,她以通情达理、宽厚和顺而著称,从不由着自己性子胡来。她擅长把喜怒哀乐搅拌均匀,得体地应对她的丈夫、女儿和病号。还没等众人回过神来,她敏捷地拉开门,像一条鱼一样轻快地滑出去。

劳玉就这样滑出去。剩下的三个人张口结舌地站着,房间里满满的,全是难堪。张亭轩手里的健身核桃球都忘了放下,他像拿了一块热地瓜,不停地从左手倒到右手,右手换到左手,他的眼睛不敢看潘舒墨——这个代他受过的年轻人。

不知何时,潘舒墨也悄悄离开了,张倩女完全没注意到。她仍在回味刚才的一幕:母亲滑了出去,宛若一条鱼滑进海水。她懂事以来,一直无法将目之所及的头皮屑般琐细零碎的母亲,跟当年那个充满艺术气质、遭遇街头爱情的女孩儿联系起来。但母亲滑出去的一刻,两个形象终于令人信服地重叠在了一起,美丽,疯狂,不计后果,单细胞动物般透明,一通电就亮了,太阳一晒就热起来……此后的日子里,张倩女始终记得这个如梦似幻的场景,母亲是娴熟的,行云流水地滑出去,好像在意念里演练过多次。

晚上,劳玉发回一条短信:别找我,我很好。

两天后,张亭轩返回留州,回到独门独院的两层小楼里。到家后他给女儿报平安,说,深圳是个好地方。你看小区里的荔枝、杧果、菠萝蜜，不用专人照料，自个儿就能长好，一嘟噜一嘟噜地结果子。只是我住不惯，你要想爸爸了就回来看看。

张倩女说，爸，有时候上来一阵儿，真想任性一回，不干了，天涯海角地想去哪儿去哪儿。

张亭轩思忖良久，说，不要冲在最前面，也别落在后头，你现在就挺好，多少同学羡慕呢，可别瞎折腾，叫人笑话。你们这拨孩子，聪明，遵守秩序，适应力强，大有可为。

张倩女心里很难过，嘴上却说，爸，别担心，想想罢了，还能去哪里？我以成为华跃人为荣，我会坚持住的。

放下电话，她不得不承认，父亲在精神上早就是个老人了，那层炫目的光圈也早已消散。

经历了多年的过度解读和透支提取，那个熠熠生辉的晚上终于油尽灯枯。那晚，音乐教师张亭轩把妻女召集起来，他说，音乐课是高中的附庸，校长不懂音乐，学生们也毫无音乐才华。对我来说，上课就是浪费生命，把自己一点点废掉。我辞职了。他宣布时语调平静，像轻松地完成一个高飘的空翻，飞升而去。父亲的平静是一种绝对的震慑，传达出勇敢、坚定、深思熟虑等丰富的讯息，母亲没有哭闹，也没有昏厥，相反，她的眼睛忽地亮了一下。那会儿，时代还未突然加速，人们还不上蹿下跳，房子是祖业，钱值钱，母亲作为知名的内科医师，受人尊敬且收入不菲。上小学的张倩女正是表面乖巧、内心激荡并极度渴望偶像的年纪，她觉得，就该有父亲这般潇洒独特的人物。父亲是自知的，他英明地踏进遴选过的生活，不含杂质地成为自己，替胆怯的人们做梦，宛若灰暗人世的一星微光。多年来，张倩女自卫般地拒斥着真相——显然，父亲享受不了没有界限的自由，内心也从未宁定，他把那晚的抉择，拉低到魔怔、犯傻、失误的层次，降格为一时糊涂的愚蠢决定，甚至，像懦弱无能的逃逸。

他先莽撞地拒绝了世界，过后才发现，自己根本没有拒绝这个世界的能力。为兜住这个错误，他潜心学习书法和国画，攻柳体，习花鸟，欲以润格致富，结果只能过年时为亲友免费写挥春。他专门钻研过演说技巧，期盼跃升到有识之士听他白话还给他钱的完美境界，结果只吸引了小城的一批"珍禽异兽"。

张倩女记得，父亲为邻居女人写春联时，女人拉着劳玉，夸赞道，你男人真巧。劳玉摆摆手，巧什么巧，万金油，玩家子，一会儿风一会儿雨，神经兮兮。邻居女人亲热地用胳膊肘捅她一下，脸上露出意味深长的笑容，说，好好哄着吧，让他自在！

现在的父亲，是神色惊恐而脚步虚飘的男人。他花费大半生的时间，亲手推翻了自己。

过了几日，劳玉又发来一条短信：别找我，我在净尘山，想一个人待几天。

张倩女想起母亲的描述，山上的房子是乳白色的，窗前垂下镂空的米色纱幔，推开窗子，迎着人的是一大片碧绿的湖水，窗边爬满茑萝、丹桂、凌霄、木香、扶芳藤，花枝垂入湖水，湖面上落满花瓣，风从远处吹过来。她依稀看到，母亲就站在窗前，全身散发着花香，芬芳迷人。她回了一条短信：亲爱的妈，照顾好自己。

此时，才想明白母亲话里的深意。原来，母亲说的"我们"，不是指她和丈夫。"我们"，是母亲跟另外一个自己。

母亲的手机始终打不通。晚上，张亭轩向女儿打探消息，张倩女说，我妈应该也在留州，西郊的净尘山，她想一个人待着，你不用去找她。

张亭轩说，西郊哪有什么净尘山，是连片的荒山，没名字也没开发。

张倩女心里一动，说，她成心不让我们找她。她伤感地想到，实际上，她和母亲从未亲密无间，她想当然地认为，母亲这般的普通妇人，早已不需要某种层面上的高贵而多余的生活。

张亭轩说，咱俩没事就打打她的电话，说不准什么时候开机。

张倩女答应着。电话那头，父亲接着说，你妈最懂我了，我们是一类人，只不过……他终究没再说下去。

张倩女感到脸颊上热热的，是眼泪在流。她羡慕这个失意的男人，他精彩过。她也佩服老妈，五十几岁的人了居然还有力气挣扎！

她站起身来想透一口气，想仔细看看，自己的眼睛里到底有没有水银滚珠的亮光，她刚站起来，就察觉到一股压迫的力量形成合围之势，渐渐逼近她。十面埋伏。她瑟缩着重新坐下去。毫无疑问，她的敌人更加阴沉强大，那是一个裹挟着整整一代人的庞大而严密的系统，像一个深深的坑洞，让她怎么爬都爬不出来。

她找了个借口挂掉电话。

眼泪慢慢干了。

又坐一会儿，她打开电脑搜索，不断输入关键词，净尘山、湖水、白房子，然而，她在浩浩汤汤的信息世界里找不到一个匹配的结果。

她枯坐在黑暗里，潮汐般的饥饿感准时涌上来，她拨通潘舒墨的电话，在哪儿呢？

他报以沉默，半天才回答，还能在哪儿，问都不用问的。

饥饿又来了，它躁狂地伸出尖尖的牙齿，乱扑着咬人。她的腿，拖着她下了楼，她的手，伸到货架上，拣了一堆臭名昭著的零食：薯片、鱼蛋、花生米、豆腐串、炸鸡翅。她渐渐适应了它们的气味，她拈起鸡翅根，油顺着手指头往下流，这是蛊惑人心的场景，饱含着尘世的乐趣，她死死咬住油透了的动物残肢，有一种沉沦的快感。

总算过瘾了。她彻底不要自己、自我惩罚般地大嚼，抻着脖子，昂起下巴，动作近于困兽的撕扯。她沿着一个光洁如镜的斜坡往下滚，舒服，滑畅，一切都那么顺利。

东西很快吃光，悔恨和自弃夹缠在一起，她嫌厌自己，亦心灰意冷，虽卸去减肥的重负却并未感到轻松。生活不知道出了什么问题，也许是致命的系统错误吧，总让她有欠缺感，总让她不停地想吃东西。从明天起，她要疯狂吃遍各种经典的下饭菜：地三鲜、卤猪耳、咸鱼茄子煲、尖椒鸡蛋末、油豆角焖排骨、红烧肉炖小土豆……她要把每片猪头肉在芝麻酱里滚一圈再送到嘴里，那得有多香！电流般的酥麻感在她全身传导。

此刻，潘舒墨在下沙村埋头洗衬衫，迷茫地搓洗着，水流卷着泡沫漫过他下棋的双手。父亲在小院子里，研究地上的月光一寸一寸地向西推移。母亲在那个据说叫净尘山的地方，享受孤独的日夜。

她坐在窗下，想起二楼那扇神奇的窗子，那会儿她能看到，无数条小路通往云朵洁白的天空。

她从窗子望出去，外头是无边无际的华跃圈。突然感到很厌倦，她就这样看着窗外，不知不觉地，天已经亮了。天地如此宽广阔大，可她不知道，还能去哪里。

木兰辞

一

一立秋，天就凉了。

远处的天上，挂着几朵青灰色的云彩。窗外，梧桐徐徐落下几片黄叶。独自站在窗前，陈江流紧绷的脸突然柔和起来，这是生活中值得珍惜的时刻，悠闲、宁静、淡淡的无聊。

第一次见邵琴也是食蟹时节，在中式风格的云来居里。那晚的聚餐会集本地多位名士，书协副主席，晚报副刊的编辑，容颜萧瑟的词人，陈江流则是在家修行的居士。这样的场合，需有几位才女到场才算圆满。来了一个盛装艳服的小学教师，一打照面竟多半是熟人，便淘气一嗔，呦，人生何处不相逢。还来了一个中年女人，生面孔，出场也平淡，在美艳教师的对照下，喑哑无华。主人介绍说她叫邵琴，邵琴靠门落座，始终微笑，笑容仿佛长在脸上。

晚宴上总是行当齐全，有看不够的表演。每个人都各司其职。有人天生是社交奇才，一张嘴就有无穷的魅力，负责搞气氛。有人专好取悦女客，服侍周到，言语上也不忘讨些便宜。有人话不多，却能穿插精辟妙语，立刻博来青眼，印证了自己绝非俗物。亦有一见如故、引为知己的，凑在角落里私语。

陈江流是闷人，埋头吃喝冷眼观察，也自有乐趣。这晚，陈江流的耳朵失聪，眼睛却一直发亮，他被那女人吃饭的姿态吸引住了。

先上冷菜，豆腐皮花生米，摆盘虽精致，却是家常食物。人们高声说笑，筷子在嘴里捣来捣去。这时，陈江流注意到，每道冷盘上来，邵琴都夹上一点儿，然后，她集中起全副精神，目不转睛，轻品慢咽，齿颊微微地动，是每一丝细小滋味都不可怠慢的郑重。陈江流的动作慢下来，心却越跳越快。别人卖弄什么，哄笑什么，他全听不见了。

当晚的重头戏是食蟹。如果说冷菜环节是大戏上演前的序幕，众男客兴味盎然地聚焦于明艳的小学教师，唯有陈江流独具慧眼，发现了暗影里的她，那到了吃蟹时，邵琴便天生丽质难自弃地，属于大家了。

服务小姐一色儿白腻的鹅蛋脸，穿缎面长旗袍，捧着托盘徐徐而入，在每位客人面前放了一只母蟹、一套食蟹的家伙。

虽满座都是文明人，但毕竟在留州这座北方小城，吃蟹也是近两年才开始流行。人们突地狼狈起来，摸摸剪刀，动动叉子，惶惑地放下，心一横，干脆连壳带肉地大嚼起来。

陈江流在看邵琴。她先把毛茸茸的蟹腿折下，随即跷起两根手指轻巧地一掀背甲，露出油亮的蟹黄。趁还冒着热气，她拿起长勺，一刮一挑，蟹黄抖抖搂搂地立在勺子里。她弯下脖颈，慢慢吸吮着。

气氛渐变，包间安静下来。每个人都在偷眼观察邵琴。有机灵的，最能见贤思齐，跟着放慢动作，不露痕迹地效仿。见她用镊子摘除白色的蟹腮，已不幸误食的人，脸上不禁露出尴尬之色。她又沿着蟹脚方向，拆出蟹肉。吃罢，她把蟹身合拢，背甲重新盖回。接着用剪刀剪下蟹腿,分成几截,拿起签针,灵巧地一捅,雪白蟹腿肉倏地落在碟子上。

就这样,邵琴的蟹吃完了,吃得斯文、秀气、得趣。她又端起温热的黄酒,慢悠悠地送到嘴边,啜了一小口。

桌上一片狼藉,残破的蟹壳,骨裂的蟹脚,而她的盘中,拼回一只完整的蟹,泛着金黄色的光泽,在灯下熠熠闪烁。

然而,邵琴的演出仍未结束。最后一道程序是给每位客人送上碧绿的蔬菜汁,用百合花形状的玻璃碗盛放。陈江流敏锐地觉察到,汁液有些浑浊,不像饮品。玻璃碗敞着口,也不似细长的果汁杯。他犹豫着,目光不自觉地望向邵琴。空气里陡然弥漫起几丝紧张,大家故作镇静地闲聊着。

小学教师的亮相煞是惊艳,随即黯淡了整晚,她哪受过这等冷落,瘪着嘴,脸拉得老长。似乎不愿错过最后的风头,一看蔬菜汁上来,她打量一眼,优雅拈起调羹,舀一勺,喝了。

男士们颇能沉得住气,有上厕所的,有眯起眼睛点上一根烟的,都不肯轻易追随。

邵琴把剥完蟹壳的手,徐徐放进蔬菜汁里,微微一蘸,轻轻一甩,提溜出来,再用纸巾两面吸了吸,就这样气定神闲地,把脊背靠向了椅子。

二

今天,陈江流想起邵琴,却是在一个心慌意乱的时刻。他的妻子正式拿到了副教授的聘书。酸腐的教书匠和高级专才之间,就隔着这一层台阶。看起来只有一步,但对很多人来说,一辈子就没迈过这道坎。

多么梦幻的日子,她一整天都很亢奋,不停地在客厅里踱步。她对丈夫显摆道，这场战役，颇有些值得自豪的亮点。

说是战役也不为过。陈江流想夸赞妻子两句，犹豫半天，只挤出来四个字，你真辛苦。话说出口，自己也发觉，语气有点儿怪异，于是赶忙提议，别做饭了，去楼下吃水饺庆祝。

饺子店面积不大，虽是典型的家庭作坊，却干净坦荡。用餐区跟厨房只用一块透明玻璃隔着，往里头张望，能看到两个大妈动作娴熟地包起一个个雪白鼓肚的饺子。每次来，陈江流必点韭菜猪肉馅的。小院里，除了月季花、石榴树，还有老板娘打理的一块菜畦，种着芫荽、茼蒿、小白菜，搭着豆角架。傍晚时分，陈江流看着长短错落的韭菜被割下，空气里弥漫起新韭菜特有的清洌香气。老板娘抖抖泥巴，说，一过霜降可就吃不着了。

新割的韭菜，手切的猪肉，现包的水饺，还有什么能比这更美好？

妻子的心思显然不在吃饭上，她低头盘算一番，高声道，五年吧，再有五年，拿下正高！看着豪情万丈的爱人，陈江流的情绪并未受到感染，他低下头开始吃饺子。

见丈夫漠不关心的模样，她面色变得很凝重。陈江流没抬头，却凭经验感知到，风暴欲来了。

妻子板着脸说，做人要善于经营，精心规划，无论事业还是生活，几年都要有一个突破。不然，你就多余了，你就被剩下了。陈江流应着，说，吃吧，再不吃饺子就坨了。

她在心底长叹一声，怨恨地看着对面的男人。若是以往，她会识趣地闭嘴，然而今天不同，她的奋斗初现成效，是刚出炉的鲜活榜样。

她仍要说，硬着头皮说，故作亲热地说。

老公，你到了出成就的年纪了。你的资历、人生经验、社会关系，各方面都能配合了。你欠缺的，只剩下心态，积极进取的心态。她喃喃着，真的，真的。她的手顺势抬起来，仿佛随时能给丈夫一个强劲的推力。陈江流盯着她，在心里大喊了一声，出成就，积极进取，可以拒绝吗？你能不能别再为我规划人生？

他在心底喊。

类似的对话总是周期性出现，他们心底深处都有些怕，却无法避免它的到来。日子像个压力锅，如不按时释放出灼热的白气，就只能爆炸。

她怕见到他失去耐心的眼神，好像她俗气、粗鄙，是个极端乏味的女人，在才学志趣上都无法与之匹配。

他怕见到她痛心而满怀期待的表情，那表情能锐利地刺破他的幻觉，容不得他自得其乐。他也厌恶听到她的说教，铿锵、革命，令他想起盛夏闷热的午后，蝉的嘶鸣声，高亢、洪亮，不知疲倦。

妻子没有停下来的意思，而他只想好好享受这盘水饺。他看到妻子脸上堆满笑容，粉饰太平的笑容。他心里却清楚，她恨他，有时恨不得杀了他。

他想，就咱俩在，做戏给谁看呢。也许是做戏给自己吧，又有些可怜她。

她还在说，他假装倾听，实际上什么都听不见，只见她的嘴一张一合，一合一张。

还是忍不住了，他摔掉筷子，一字一顿地说，李副教授，你忘了，你是怎么调进这所大学的吗？李燕的脸寒下来。这话题一直是夫妻俩的雷区，两人小心翼翼地绕开，谁也不轻易碰触。

瞥见老婆的窘状，陈江流有些懊悔。那根红线，他也不想踩。吵架，吵架，怎么又搞成这样？他沮丧地望着小庭院，恍惚间，他看到，邵琴就站在丝瓜架下，嘴角浮现出迷蒙笑意。

副高是属于李燕单个人的精彩，新的工作周到来，他仍在一所暮气沉沉的中职学校里，做一名可有可无的美术老师。

画画虾、画画兰草，就这样送走一茬茬学生。始终陪伴他的，是这本泛黄的教案。用了十几年，纸都脆了。潮流起落，绘画理论没变。他告诉学生，西洋人画螃蟹讲究逼真，像是真像，但也被局限住。而国画里的螃蟹，只用深深浅浅的墨，随性勾勒几笔，追求写意和神似，它不是哪一只具体的螃蟹，但可以是所有的螃蟹。

他擎起自己的示范画，向学生展示着。半生的宣纸，纸质绵韧，笔墨所落之处，是恰到好处的渗化，仿佛还带着水汽。

这幅清水墨螃蟹，绘于一年前初见邵琴的夜晚。笔势灵动，水墨淋漓，线条的浓淡和疏密都臻于理想的境界。一个懂门道的观赏者，能轻易穿透时间，尾随画作重回那个激情四射的夜晚。灯下，作者正处于创作的绝佳状态，一切都水到渠成。创作不过是等一次相遇。本来就属于他的作品，天赐神缘之下，一头扎入他的怀抱。

一年过去，他再也没见到邵琴，那晚的场景却变得越来越清晰。邵琴不喝酒，不调笑，不讲段子，她仪态万方地吃蟹，宛若惊鸿一剑，削铁如泥，满座皆惊。

那晚群贤毕至，本是群戏的格局。然而剧情峰回路转，一个并不年轻的女人，言谈也不出众，不声不响地就轰动了圈子。散了场，陈江流和书协的吕家鹤同行。吕家鹤人物风流，和本城奇女子多有往来。一路上，他唉声叹气，不住惋惜，这样的人物，怎么现在才出现？陈江流不说话，却依稀感觉，她对自己是另眼相看的。

此后，陈江流在脑海中不断复习，一遍一遍，连微小的细节都越来越明亮。小学老师是典型的沙龙女人，陈江流跟她相识已久却从未深交，只知道她笔名叫"绰姿"，酷爱使用"生如夏花""如歌行板"之类的语汇。那天，她全身罩一件民族风、不对称的麻布斗篷，耳垂上夹着带长流苏的大红耳坠子。没有眉毛,是两根拱起的细线。眼妆最用力,鲜亮的眼影,粗密的睫毛,拉长眼尾的眼线。她非常清楚自己要达成什么效果。场合上,她需要亮度和存在感,所有的配饰都夸张、艳丽,有震慑作用。

饶是如此,她还是悲哀地充当了人肉背景。

她和邵琴,就是西画和国画,就是具象和意象的区别。

邵琴穿一件收腰的羊绒外套,并不出挑,也绝不平庸。米灰色,有质感,剪裁良好,是最不容易被时间击垮的,经典的颜色和款式。

下了课,陈江流暗自出神。还是只剩下回忆。菊黄蟹肥的那个晚上,一面之缘,之后,在某个出其不意的时刻,她倏忽而至,诗意便缓缓地荡漾开来。

三

冬日到了。纷纷扬扬的雪,在午夜时洒落到大地上。清晨,陈江流推窗一看,世界简单了。他来到楼下,不自觉地伸出双手。丰腴的雪花,雍容地在空中飘,无声无息地降落到手掌上,缓缓融成一滴水。

因为这场雪,大年初七的这天,他没有参与任何团拜会,也婉拒了几位佛教徒的登门叙旧。这样的日子多么适合消失,让自己消失在白茫茫的世界中,只留一个背影,又渐渐变成一个黑点,直到一片空无,仿佛从没存在过。

近几个月,李燕从天地间凸显出来。高级职称就是高级人,她在单位备受尊敬,处处得到优待。自从她成了高级人,陈江流就觉得她说话咋咋呼呼的,格外尖利刺耳。快过年时,李燕精力旺盛地张罗着,陈江流却总想逃开。又是个肥腻的冬天,鲜鱼鲜鸡,硕大的猪后座,淌着油的炸货，成群结队的黑香肠……来势汹汹的年，令他觉得恐惧、疲累，过不动了。

他一直躲在自己的房间。这套三居室的房子，一间为卧室，一间是夫妻共用的书房，还有一个小房间，是属于陈江流一个人的。书架上几排佛经，佛龛前供养着鲜花水果。他燃起三炷香，靠窗而坐，身后是缓缓落下的大雪。他闭着眼睛，一动不动。

很早以前，陈江流就从母亲身上领悟到残酷的生活道理：年并不欢乐，年是一个考验。好强的女人，该受的累要受，该花的钱要花。年夜饭是母亲大显身手的绚丽舞台。午后，她义无反顾地钻进厨房。母亲准备晚餐的场景，曾带给他巨大的震撼。雪亮的菜刀抬起斩下，黄澄澄的热油冒着热气，刺啦刺啦的爆炒声，极尽花巧的新菜式。寒冬腊月里，黄豆大的汗珠从母亲的额头滚落到脸颊，她说，有心劲儿，日子才能一年比一年好。

初七已是年的尾声，鞭炮声从远处稀稀落落地传来。陈江流享受雪天宁静时，李燕正为迎接下一个节日运筹帷幄。她的表情是深谋远虑的，左思右想终于列好一个清单。她敲敲门，说，快到元宵节了，别总坐着，咱出去买东西吧。

这次买什么？陈江流嘟囔着。酱油还是面粉？洗手液还是卫生纸？永远熙攘的超市，此起彼伏的促销声，每次的采买都轰轰烈烈，什么都有人疯抢。想到那种疯狂和急切，陈江流的心瑟缩起来。

因为买菜、购物，他们也不知争吵过多少次了。

鸡蛋没了？

上周不是刚买过一板吗？几十个呢！

吃光了，煮鸡蛋、炒鸡蛋、鸡蛋面条，每天不吃不喝吗？还有洗衣粉，洗衣粉也没了！

她抱怨着，看起来愚蠢而暴躁。

他很不情愿地跟着她，从超市里拎回几大袋东西。他一屁股坐在沙发上，用困惑的眼神望着妻子，到处满满当当，你往哪里塞呢？这时，李燕会使用她在收纳方面的技巧，把冰箱、橱柜的空间利用到极致。

她是经验丰富的食材管理者。蔬菜方面，先吃叶菜，再吃冬瓜、番茄，最后是洋葱、土豆。他们总吃冰冻的鱼和肉，切成了小块，硬邦邦的从冷冻室里拿出来，淋上温水慢慢化开。几日后，冰箱被吃空，采买行动又将展开。

买菜，又要买菜！陈江流无比抗拒，又不敢反对。如果他质疑，李燕会说，就你消耗得多，什么都指望不上，我真像一头驴，天天往家里驮！

我真像一头驴，天天往家里驮。他喃喃地，把这句话背出来。

李燕眉毛一挑，问，你嘟囔什么？

他凛然一惊，正不知如何应对，电话响了，他赶紧接起来，是吕家鹤，问他，老陈，来喝茶吗？茶城的月下草庐。陈江流毫不犹豫地同意，好，我去我去。

谁家都有几个这样的朋友。朋友吕家鹤不时掠过他们的生活。有时，是家庭战争的引线。有时，是他的挡箭牌。有时，是她的正面教材。她多次援引吕家鹤为例，劝告他，你心眼活络些，什么画得好画得歹，这行虚得很，身价都是圈里人给的。谁不画，谁才傻呢。他的回答只有一个，不画，画了也没意思。

他走到客厅，向妻子摊摊手，说，书协有集体活动，不能不参加。李燕阴着脸，尖声道，去吧，你就去吧。

对于喝茶，他其实不向往，还不是东拉西扯，兼着认识几个闲人，见多少面也不过是点头之交。他并不知道，为躲避购物的逃离，竟交织着惊喜、刺激和挫败，远非他想象得那么平淡。

陈江流毫不费力地找到草庐。草庐风格鲜明，果断而决绝地，跟庸脂俗粉划清了界限。圆形的雕花窗，厚实的原木门，门前放着一块农村拴牛用的石墩，一截枣木枯枝，显得朴拙而轻灵。没有灯箱招牌，只高高挑起一块青帘，随风招展，书着"月下草庐"四个字。茶社共两层，楼下是做生意的铺面，楼上别有洞天，布置成会客室，有别致的装修和私密的气氛。

经由一段弯曲的楼梯，陈江流拐进茶室。里面已坐了五六个人，他看过去，几件深色臃肿的棉衣簇拥着一件米白色的羊毛衫。

不知不觉间，雪已经停了。阳光穿过云层，照耀着对面屋顶上的积雪。

陈江流站在楼梯口，他感到一阵眩晕。重复的梦境又一次迤逦而来，几缕微光打碎黑暗，空气微微颤动着，脚步声近了，更近了。这是幻想迭生的一刻。他依稀看到，邵琴背着光，端坐在对面。桌上摆着棕褐色的大茶船，热气正往上升腾，缭绕不散。她像一朵轻盈的雪花，随时融化成一滴水珠。

作为茶社主人，她没有忧伤地蒸发掉。她招呼来客，说，陈老师，是第二次见了。她的话把陈江流从隐秘的狂想中引领出来。

陈江流是最后一位来客，一看人齐了，邵琴拿出一块茶饼，说，我们开始吧。

泡茶之前，她反复冲洗双手，然后张开五指慢慢风干。看她的样子，众人奇怪起来，怎么不用毛巾擦干呢？她解释道，干净的毛巾也有异味。

泡茶的手，经过清水和微风的洗礼，远离异味和尘埃，保持了绝对的洁净。虽是微小的前奏动作，欲语还休的预告，却如此意味深长，调动起人们对后续部分的渴盼。每个人的心都被撩动了，酷寒的冬日喝上一杯醇厚的热茶，本就是美事一桩，何况，这杯茶来自考究、复杂的冲泡过程。程序本身就是一门自足的艺术，是形而上的、精神性的，有美学层面的意义，超越了低级的口腹之欲。

邵琴典雅地演示一个个步骤，搭配精要的讲解。在座的人，生活里虽少不了茶，却谈不上深入研究。而邵琴泡茶，对水温和器具有严格要求，用核桃大小的杯子盛放着。茶桌上，细瓷碟子里摆几样佐茶零食，金黄的板栗，油浸的蚕豆，清香的绿豆糕。

茶室里回荡起醇厚的芳香，普洱茶汤像红玛瑙一般莹润剔透，汤面有一层鲜亮的茶油。人们刚欲开始喝，她手一抬，说，先闻香。随即闭起眼睛，凑近茶杯，低头吸一口气，然后仰起脖子，五官慢慢舒展开来，仿佛一朵白兰花在她手心里盛放。

陈江流闻到一种高扬而清远的香气。这香气不轻佻，不热烈，是端庄沉静的妇人轻抬藕臂时，宽宽的锦袖里飘散出来的味道。

友人们啧啧赞叹，邵琴适时做介绍，是古树的头春茶，放了几年，由生变熟了。

就像冰冷的身躯渴望埋进松软的棉花被，陈江流渴望感受这杯茶。

一入口，鲜浓，饱满；咽到喉头，软滑的滋味在齿颊间回旋；咽下去，一股雍容的尾香从舌尖上隐隐升起。他的职业，静悄悄地，却也实实在在地，给身体留下创伤——以此作为活着的代价。长久的站立，令小腿上浮凸起青紫色的血管，接着，是慢性咽炎，喉咙里多了几粒肥厚的增生。然而，这杯神奇而玄妙的茶，将他的喉咙变成流水抚摸了多年的石子，平滑，光洁。

老茶的香，从前尘往事的深处缓缓涌至，绵绵不绝。

美妙的感觉，在看到一幅字时，戛然而止了。茶室的陈设简洁淡雅,玻璃花瓶里是水养的绿萝,垂下油绿长藤,条几上摆放着刻有《兰亭集序》的竹筒。他突地看到雪白的墙壁上挂着一幅卷轴,书着苏轼的茶诗:戏作小诗君勿笑,从来佳茗似佳人——落款竟是吕家鹤。

他的脸变了颜色。在他眼里,吕家鹤是书法方面的后学,起步时曾向他虚心讨教,此后写了数年并无多少长进。如今,他的作品竟名人墨宝般悬于邵琴的雅舍,居高临下,大放异彩。

回家路上,天色阴阴沉沉。不一会儿,雪珠子落下来,密集、坚硬,掉落进温热的后颈窝。积雪开始残败了,地面泥泞湿滑。陈江流感觉到,自己的身体里散发出一股霉气一股迂酸,是一种失败的气味。

他震惊地发现,邵琴和吕家鹤俨然已是老友,有过几次闭门长谈,并且互为偶像,而他不过是个孤零零的局外人。所谓另眼相看,竟全是自己的臆想。

此前,他对邵琴的身份做过多种猜测。然而,真正的谜底是颠覆性的。她的主业是民办学校招生办主任,副业是茶叶店老板。

留州的民办学校,既无形象又无口碑,尤其招生这一块,多为坑蒙拐骗的路数。在抢夺生源、关乎生存的战争中,招生办主任是急先锋,最凌厉狡猾的角色,主动交际能力极强,信奉厚黑,口若悬河,翻云覆雨,用尖利的牙齿进攻一块块难啃的骨头。邵琴怎能是那样的人?她有一双清亮而坚定的眼睛,她应该文雅、矜持、情感丰富,他对她的虚构,似乎比实际情况更合理。

或许,不过是他的一幅画作,经过无数次的想象和描绘,画中人在水一方,隔着茫茫烟水和他对望。这幅画,像真正杰出的艺术品一样,不要全知全能,不要填充勾缝,有优美的留白,无穷的意味。

四

此后，陈江流深陷于一种难以言尽的落寞情绪中，年就这样过完了。开学这天，他领了课表回到家中，见李燕倚在沙发上，眼睛出神地盯着电视。陈江流一关门，她腾地坐起来，神情有些古怪。

他用疑惑的眼神望着妻子，她有话说，却一副难以启齿的样子。他只好问，开会说什么了？

沉一会儿，她才回答，没啥，就是系里有个去北京交流的名额。陈江流明白了，说，好事，能争取一下吗？反正家里没牵绊走得开。李燕苦着脸，还装，你就是个大累赘，我去了，谁照顾你？

陈江流细细想来，婚后她不知放弃了多少培训的机会，确实从没舍下过这个家。偶尔出去开会，三天五天，她都紧张兮兮，预备下吃的。晚上还打电话嘱咐，说饭都是现成的，拿出来热热就行。陈江流懒懒答应着，她就哀求说，一点儿都不麻烦，热热就行。

今天，他笑了，说，别总拿我当小孩儿，要不试试看，离了你，我会不会饿死？李燕紧绷的肩膀垂下来，你说真的？又加重语气，吓唬似的说，一走可就是半年啊！

陈江流满不在乎地说，去吧，吃饭问题好解决。李燕欢呼一声，紧紧钩住他的脖子。她是真高兴，陈江流却笑得勉强，有点儿吃味。多少年了，他在她心里都是排第一的。这次狠下心把他撂在家里，还不是因为尝到职称的甜头，想再努把力拼上正高。

第二天，李燕一大早就奔赴超市，挑来选去，却只买回几包挂面。她忧心忡忡地说，日子长了，也不能总下面条。她忽然想到什么，低声道，老太太还活着就好了，能给你做个伴。

老太太此时待在黑色画框里，用沉静而永恒的目光注视着他们。

陈江流的目光掠过逝者，继续安慰道，院子里到处是小饭馆，瞎担心！李燕戳戳他的额头，半真半假地说，你就是块废物点心，这下自己受罪了吧。

一星期后，陈江流把妻子送到北京。晚上，两人来到名声在外的后海。李燕松了绑般地大呼小叫，陈江流心情也有些激动。他俩隔着窗子看乐队的表演，有的声嘶力竭，有的浅吟低唱。

真正让陈江流着迷的，是什刹海畔的柳树。他一直以为，柳树跟北方的气质是不协调的。北方雨水少，树们都往上挣往上蹿，倔强，好胜，拼命地想够什么。只有柳树是不务正业的，不求上进的。然而，什刹海岸边的柳树，天生就该长在这里，这个靡靡之所。同伴们属于野生森林，而它是园艺的、绣楼的、闺房的。它终于把自己安放妥当了。倜傥的什刹海，让柳树把它的优美、婀娜、艳情充分展露出来。在沁凉的水汽中，垂得漫不经心，垂得置身事外，不为柴米油盐发愁地，自足地，飘摆着，仿佛日子是一天一天拿来消遣的。

陈江流坐在湖边的长椅上，全身松弛，眼睛不聚焦。柳条从脸上轻轻拂过时，他不愿意走了，心想，就在柳树旁住下，哪儿也不去了。

第二天，中年男人陈江流重新过起单身生活。坐在回程火车上，想到能独居一段日子，他有几丝兴奋。

他曾多么渴望独处。

他大学毕业来到职校任教，绘画既是专业，也成为职业，真是个美好的开始，往前一望，画家之路遍地鲜花，光明而顺遂。

半年后，他发现，越画越好不是必然，神来之作跟刻苦练习没有必然联系。

他的脸上写满不安，他痛恨家庭生活和日常琐事，经常无端发脾气。他认为工作和婚姻让他失去了整块的时间，泯灭了天然的灵性。

文雅的恋人变得乖戾暴躁，这令李燕惶恐难安，看着丈夫消瘦的脸、阴郁的表情，她试探着劝了几句。不料，他反应强烈，他想抓起手边能摸到的任何东西，奋力扔过去。很长一段时间内，他习惯于用最暴烈的方式来表达自己，一开口就是嚷，就是吼。

后来，他在职校申请了一间空置的教室作为工作室，一个深思和静坐的处所，一个没有电视、沙发的原始洞穴，远离柴米油盐，告别人间烟火。在这个不现实的空间里，他将如有神助。

他带着最满意的作品寻访名师。老先生端详着，说，你的资质决定了你的上限在哪里。但现在，你没有达到你的上限，还有一段路走。

路并不平坦，美妙而痛苦的历程，有时喷涌，汩汩往外冒，有时延宕，紧涩，凝滞。创作每一幅作品都像攻坚作战，一个细节一个细节地抠，在战壕里一寸寸地往前推移，终于来到一座高地，该冲锋了！他往上冲几次，没过去，焦躁不安，落花流水。

墨迹未干，他已悲哀地发现，不过是用笔彷徨而极尽夸饰的习作。

渐渐地，他不再刻苦练习，他没什么作品跑得出来。他担心，若干年后，同行们给予他的评价看似宽厚实则尖刻：一个没有天赋但颇为勤奋的美术教师。

他花了数年时间来说服自己，他普通而平凡，在绘画上掌握了一定技法，但画不出什么好东西。既然如此，不如不画。他恍然想起老画家的话，他曾把那句话当作鞭策和鼓励，过了很久，才领悟到个中隐藏的深意。

从北京回来后，他幽灵般飘荡在空旷的家中，吃喝拉撒，依然不画。

前几天倒也清净自在，但很快他就发现，家属院里的小吃店很不耐吃，几顿就吃到怕。他想念起李燕在家的日子。她披头散发一脸油光，用围裙擦着手从厨房里走出来，虽然他被迫做出谄媚的样子来安抚她的辛苦，但饭桌上两素一荤，是吃不腻的家常美味。她欣慰地说，你喜欢吃，我就高兴，真高兴。

周末的早晨，他发觉自己陷入到另一种窘境：放内衣的抽屉噩梦般空着，内裤和袜子用光了。洗手间里，毛巾散发出酸味，经常擦手的地方，有一层黑黑的印子。衣服四处散落，不知哪件是干净的哪件是穿过的，只能拿起来闻闻，再重新归类。

记忆里，生活从无上述的细节和过程。抽屉里的内衣源源不断地取用，毛巾架上永远挂着雪白清香的毛巾。当他笨拙地做家务时，对李燕的思念慢慢化开在空气中，发酵般地越胀越大，像把什么东西撑破了。

她仿佛无处不在，一直都在。

此后很长一段时间里，邵琴没再翩然而至，直到一个周末的晚上。

陈江流不嗜酒，不迷麻将，不看球赛，他用一串百八的佛珠，度清冷的长夜。

这样的夜晚他不愿被打扰，想自己待一会儿。当手机铃声响起时，他懊丧起来，怎么又忘了关机？

是陌生号码，他犹犹疑疑地接通，语气不悦。对方一开口，他即刻听出来，竟是邵琴。

邵琴邀他去草庐。他迟疑着，猜度着。这次表演什么呢？她总有别具一格的本事，她知道怎样让别人发现她，看重她，记住她。

邵琴用诚恳打破他的沉默，她强调说，只请你一个人。陈江流无奈地笑，嘴里却答应下来，好，这就过去。

店面的阿姨已下班，给他留了门。楼上仅开一盏落地灯，屋里的灯光，屋外的夕阳暮色，都昏黄昏黄的，这样的色调慢慢渗出温暖，让人感到舒服放松。

两次见她，她都盘着头，高梳的发髻，光滑，饱满，看不到一绺碎发，她的脸和身体紧绷着，仿佛胸中提着一口气。此刻，她宛然回到后台，头发披散开乱蓬蓬的，面色晦暗，弓着腰，塌着肩，竟是个粗糙而懈怠的女人。

他恍然一惊，这是邵琴吗？这明明是另外一个人啊。他有些不敢认了。

他迟疑着说，你还有这个模样？她伸伸懒腰，调整一下坐姿，说，忙了一冬天，骨头都累。

他接口道，过年是累。她摇头，说最累的，是应酬人。

他仔细看她，看到了一张爱操心、爱想事儿、经常睡不好觉的面庞，青黑色沉积在眼下，皮肤的底子发暗，而且不干净，斑斑点点的。

他问，脸色不好，生病了？她摆摆手，说，没化妆，懒得捯饬。

陈江流心里，感动又酸楚。在他面前，她不需要任何伪饰，换言之，他是个不重要的人，平庸可亲，不会令她感到压力。看到邵琴衰败的面容，他并不失望，只感到惆怅，女性都是不经老的。

她说，见过两面，你都不记我的电话，是不打算有下一次吧？话里有怪罪的意思。

陈江流说，聚散要看机缘。

邵琴眼睛一亮，笑道，机缘？机缘是制造出来的。陈江流仍然坚持，说，你不信，我信。

若信这个，茶行早倒闭了。邵琴饶有兴味地看着他，说，来草庐喝茶的几个人，还记得吗？他们年前都在店里拿了一万多块钱的茶叶。

陈江流一惊，买这么多？邵琴说，给单位办过年的福利。像咱俩，凭着缥缈的缘分，一年偶遇一次寒暄两句，人家凭什么光顾我？

陈江流仔细一想，那天除了他这个小教员，的确称得上高朋满座。

邵琴慢悠悠地说，还有两拨大行情，一拨是明前茶，奇货可居。一拨是单位的消暑茶，质量一般。反正发到办公室里白喝，过得去就行。

她眼睛望着前方，双手扭绞在一起，似乎在用心谋算。陈江流从她的神情里，看到了紧张、兴奋和期待，她像战斗力过剩的红粉战士，渴望一场痛快淋漓的厮杀。

小店主营普洱，靠窗的博古架上，除了工艺品，还摆放着几块茶饼。他想到那杯宁帖脏腑的普洱茶。他由衷地赞叹，下雪那天，喝的茶真不错。邵琴点头，说，是真正的陈香，可惜好普洱产量太低，我卖出的茶，很多是湿窖普洱。他耸耸肩，她解释道，湿窖跟干仓相对，就是把茶青放在高温高湿的环境中加速发酵。

陈江流皱起眉头，卖给人家劣质茶，你做的是一锤子买卖？邵琴看出他的担心，说，也喝不出多少霉味。普洱一下子火了，谁能等呢？再说，人们喝茶也是赶时髦，茶叶这行水深，没几个真明白的。还有一拨人，专用品茶来装文化人，实际上半瓶子醋不懂装懂。

陈江流也非懂茶之人，常喝花茶，标准北方口味，要浓浓酽酽的，有杀口儿，有后劲儿，舌头上感觉到苦涩才算过瘾。

最后，邵琴给了他一块生茶，说，拿回家好好存放，别急，放个三五年再喝。

邵琴把他送到门口，突地想起什么，问，抽烟吗？他回答，没瘾。邵琴拍拍他的肩膀，说，那别抽了，普洱容易吸味，再好的普洱，吸到异味也毁了。

五

三月，春分。桃花鼓出花苞，白日越来越长。

在春日意气里，风烛残年的职校并无半点起色。当柳絮满天飞舞时，流言也开始随风漫飘。职校保不住大家的饭碗了，最乐观的结果是被一所实力雄厚的学校兼并，最差的则是彻底散掉。对职校的悲情结局，人们早有预感，却想不到来得这样快。人心浮动，老师们总凑在一起嘀咕，领导看起来也是狐假虎威了。

邵琴送的茶饼放在书柜最高处。独居的日子，心情烦乱时，陈江流觉得普洱也是家里的一员。每周，他都拿下来闻闻，仔细嗅闻香味的变化。他压制住品尝的冲动，耐心等待生茶的成熟。他不轻易品尝茶饼，正如不想轻易去见邵琴，他认为他俩不需要经常相见。他想，他和邵琴的情谊，也要自然发酵，缓慢陈化，用时光塑造出醇厚味道。

谷雨将至，邵琴应该为明前茶销售而忙碌，结交买办，送往迎来。近两年间，她横空出世又光华夺目，成为小城的名女人。陈江流从没刻意打听，关于她的消息已翩然而来。她的崇拜者在多个场合提及她，极力描述她的优雅特别。有个男人曾一脸神往，啧啧地对陈江流说，我们一起去吃基围虾，你不知道，到了最后，人家邵琴愣是摆出一盘子全虾，虾头和虾身完完整整，服务员都傻了眼。

陈江流微微一笑，原来这次是吃虾。她手法别致，风姿高贵，知道如何使自己变得更有辨识度。她展露出来的一切都经过苦心打磨、巧妙设计，像一粒剔透的粳米，一块刻意求工的宝石。

无论如何，他认可邵琴的方式。一个无须豪饮、打情骂俏、巧舌如簧即能俘获人心的女人。她是杜诗颜字，正统，耐读，格律严谨，稳重端方。

只是无人知晓她丈夫的来历，他便在心里速写。中层干部之类的，长相儒雅，处世圆通，说话不紧不慢，能在这世上活得很好。

这晚，普洱依旧像个睿智沉静的老者，慈悲地俯视着他。陈江流不愿去想职校的烦心事，拖一天算一天吧。他闭上眼就看到了邵琴。她似乎来自高雅世界、仙境桃源，她一伸手，就把他也拉进去了。

他正沉浸在温柔梦幻的秘境，门锁一动，李燕推门而入，陈江流惊恐地跳起来。

一听说职校要垮，李燕就办好手续提前回来了。这场硬仗需要她这位总指挥、女诸葛，她深知，舍下一张脸四处求人，陈江流不是那块料。

李燕忙着向丈夫展示京味小吃，他笑得勉强，表情游离而抗拒，仿佛她打碎了他的某件珍玩。

李燕打开电视，没有人看，声音调得很大，她只能用嘈杂的声音掩饰自己的窘迫。

她顺着丈夫的视线看过去，目光落在了普洱茶饼上。她哦了一声，点点头。

又是邵琴，人们一直在传说她。李燕早知道丈夫和邵琴有来往，但从未在意。邵琴是手段高明、身家富裕的女人，需要她丈夫这个风雅无害的闲人，偶尔谈谈心，冒冒酸气，倾诉倾诉艰辛。而邵琴对陈江流来说，也不过是浊世里红颜知己之类的定位，心灵相通，授受不亲。

她对生活并无特别的期许，但丈夫的疏离还是令连夜归来的她感到些许失落。她没发作，脸色却阴沉如墨。陈江流嗅到危险的味道，不敢在她眼前晃来晃去，唯有以静制动。他蹑手蹑脚地关紧门，坐在蒲团上。

夜已深，李燕检查完门锁和煤气，兀自上床休息。过了一会儿，陈江流也悄悄地躺过来。

他们都没睡着。

往事在时间的另一头，几乎已被烟尘埋葬，此刻，忽然明亮耀眼，冉冉升起，迤逦而来。

两人都是职校老师，一个教书画，一个教物理，对桌而坐。忘了从哪天开始，他们在意起自己的形象来，在办公室里偷偷照镜子，时而偷笑，时而惘然若失，空气里满满的，是恋爱的味道。

读书时，物理是陈江流驾驭不了的学科，他认为擅长物理的人莫不天分极高。李燕则视他为才华横溢的青年艺术家，周身散发着浓郁的才子气质。多年后，李燕回忆起来，总觉得是一个所谓的机遇摧毁了他们的生活。

她把没处放的恨、没处放的困惑，都倾倒在那个看似寻常的人生细节上了。

婚后不久，公公拿到一个调入师专的名额，陈江流像真正的骑士，把机会让给新婚的妻子。本来，职校和师专也算般配。只是世道的轨迹不可捉摸，唯有走出来才知道。很快，师专升格为综合性大学，李燕是大学教师了。几乎就在同时，职业中专日益沦落。师专发展得越好，李燕越觉得对不起丈夫。那段日子，她在各方面都急于表现。

那几年，陈江流在绘画上发展势头良好，俨然明日之星，陈母对儿子寄予厚望。婚后第二年，陈江流查出精子畸形，老太太受到沉重打击，一度萎靡不振。忽地有一天，她召开家庭会议，对小夫妻说，对外宣传上，只能委屈李燕了。陈江流低着头一言不发，他已经蒙了，有些事，从没想过会在自己身上发生。李燕看看婆婆，又瞅瞅丈夫，抬抬鼻梁上的眼镜，点头了。她真没用，就见不得他受一点儿罪。

接着，陈母罹患偏瘫，令人闻风丧胆的偏瘫。李燕把她接到家里来，和保姆共同照料。陈母曾在医院做护士长，很会调教女人，也很爱调教女人。她生着尖冷的鼻子和薄薄的嘴唇，眼睛往里凹，非常聚光。即使在病榻上，她的目光依然令李燕战战兢兢。

在李燕帮婆婆翻动了上千次身体后，婆婆终于离世。从那时起，陈江流开始打坐念佛。他闭上眼睛打坐,她从门缝里偷偷看他。为他片刻的平静,她大气儿都不敢喘。她知道,她的男人,父母双亡,香火不继了。

他混成这副模样,又连个孩子都没有。他早就谈不上什么前途,如今连个后路也不知在哪里。想着想着,李燕的泪水默默流到枕巾上。她不敢发出哭声,却忍不住用手背轻轻碰触他的皮肤。

他感觉到了,也不敢动,极力让呼吸变得均匀沉静。

各有各的委屈,也各有各的心虚。

十几年间,这么多笔债,借了又还,还了又借,算不清的糊涂账。谁也不容易,谁都没享福。他们生活在牺牲、操劳、恩义编织成的一张网里,紧密而沉重,谁都出不来了。

六

陈江流的工作还悬着,邵琴的佳音传来。她从民办学校调入茶艺协会,不但设计茶具四处参展,还搞起茶艺培训,一举盘活茶协。她浪漫、聪灵,游遍著名茶乡,轻松地考到高级品茶师和高级茶艺师两个证书。她要的又不仅是虚名,旋即开起定位高端的茶叶店。然而还不够,适逢招生的瓶颈期,手头资源用得差不多了,她漂亮地变招,谋到一份文雅养人的好工作。

女能人邵琴是陈江流的理想,她极具社交智慧,于取悦、攀附、献媚、钻营之外独树一帜。她掌握了"虚名可以实用"的全部精髓,艺术的包装,闺秀的风范,最小的人格牺牲,最实在的收益。陈江流想做而未做的,做了也未必成功的,在她那儿,都实现了。

关键是,她的实现,灵性,优美,不丑,不恶心,没慌不择路,不精赤精赤的，也保住了最珍贵的一点儿内核。还能苛责她什么呢？她简直是个女英雄了！陈江流想到这一层，忽然觉得，某些东西也没那么可厌可怕了。

邵琴的伟业激发起他的斗志，他暗暗给自己加油，心想，再努努力吧。周五晚上，他约请老同学李力去云来居吃饭。选择云来居，因为这里是他认识邵琴的地方。选择李力则因为李力是他儿时的伙伴，两家还是世交，他和李力的熟稔，铺垫着几代的渊源交好。李燕知道丈夫脸皮薄，怕他不好意思开口，硬跟着一起来了。

李力秘书出身，一支笔式的人物。一见面，李力就笑呵呵的，大艺术家，最近又有什么大作？陈江流连忙摆手，说，早不画了，教教书，混碗饭吃而已。

李力一本正经地瞪大眼睛，说，哪能呢？你比我强多了，看看我，文亦不成，武亦不就。

饭桌上，李力对他又是羡慕又是夸赞，却只强化了一点，他什么都不是，他只能赔笑一个晚上了。

他们同岁。四十岁的李力，是前程似锦的年轻干部，社会上的强力人士。而四十岁的他，是一个搁置了创作的地方书画家，以前的作品曾保持地市级水准，如今连份糊口的工作都岌岌可危。陈江流不再接话，觉得自己是个大笑话，谁都可以揉搓他。他咧着嘴，吃了黄连般，只欲速速岔开话题。

李燕看在眼里，清清嗓子，认真地说，我家老陈很有才华，就是不爱找人吹喇叭，不然，早出大名了。

她大声叫着他，"陈画家"，是不带一丝调侃地叫，叫得他心里一抽一抽的。他二十几岁时，家里人也这么叫，并时常热议他的才能和前途，后来突然有一天，什么东西消失了，大家都很有默契地不再提起。

她还想继续说，在她心里，他是潘必正、张君瑞、柳梦梅、曹子建、皇甫少华、司马相如，要手拿一把折扇，倜傥地摇着，身边还围着一群帮闲凑趣的清客，不该是这副低声下气的样子。陈江流用感激而劝阻的眼神看着她，她转换了话题。

李力煞有介事地嘱咐一句，千万记好了，给我写两幅字。陈江流点头不语，抿了一口酒。

这一刻，李燕凝望陈江流的目光，像小鹿一般满含柔情，她仍然钟情于他眉宇间的英气，他清瘦而略带神经质的脸庞。

李力高谈阔论时，陈江流也走神了。现实再一次证明了李燕的见识和眼光。早在十年前，李燕就敏锐地把握住时代的脉搏，兴冲冲地告诉他，现在成绩不好的学生都去学艺术了，很多人办美术培训班发了大财。陈江流受了奇耻大辱般，用不可思议的眼神看着老婆。她避开他的目光，慢慢地摇头，低声说，你空有一个好专业，就是不会用。

陈江流不再理会，她预言："只靠工资，你就完蛋了。"

他不服气，顶她一句，有吃有喝的，完什么蛋？

然而，李燕是正确的，她一直都是正确的。总算挨完了这顿饭，他狼狈逃窜时，完蛋的感觉，油然而生，强烈无比。近年来，他生活的这座小城，越来越虚荣，越来越势利，令他觉得自己低贱卑下，无处躲藏。

接下来的日子，陈江流的奋斗之火彻底熄灭。他早已不喜欢认识陌生人、拓展新关系了，如今更是躲着人躲着事，对什么都提不起兴趣来，早晨起来脸也不洗，直接就坐在电脑前。李燕细细一琢磨，心也冷了。这世界一个萝卜一个坑，可往哪里堆放他呢？

他身上的烟味儿越来越浓。吃完饭就走到阳台上，一抽就是半天。他靠墙站立着，身影单薄而孤寂。烟头明灭，烟雾缭绕，他似要渐渐溺毙。往外一看，是黑漆漆的夜，像无边的苦海。

李燕问他，李力有信儿吗？他的头剧烈摇晃，说指望不上。

烟味儿久久不散，李燕为普洱套上一层塑料袋，扎了几个小孔透气。把普洱重新摆放好，她想起了邵琴。名媛邵琴，高士邵琴，能量惊人的邵琴，诸事亨通的邵琴。

这晚，当烟雾又在家里弥漫，李燕悄悄走出家门，直奔月下草庐而去。

一路上，她硬着头皮，不停地说服自己，这类事情，还是让我来办吧！小市民李燕，你不办谁办？小妇人李燕，你不办谁办？她给自己鼓劲儿：李燕，你向来是泼辣的、没脸没皮的！

月亮天。

邵琴的茶室里围坐着一群朋友。她冒失地介绍自己，尴尬得手足无措，邵琴在短暂的愕然后马上伸出双手，友人适时地告辞。

她们静静坐着，谁都不说话。当气味相投的女人相遇时，莫逆于心，言语显得多余。虽然表面看上去，一个大俗，一个大雅。

其实，她们是同类。

她们都曾是娇娇女，婚后才逐渐明白了一些道理，一些看似平常但必须自己亲身走过才能领会的道理。比如说，保持家庭整洁，需要一个常人不停手地做。只要日子继续，就要不停地使用，不停地破坏，再不停地收拾，不停地归位。

她们都惯坏了自己的男人，她们的怨气一文不值，她们尝试着训练丈夫承担家务时，丈夫摔摔打打，坚定地认为，那是替她干的。

她们曾对菜价波动毫不敏感，不屑于算计。后来，她们一脸精明地出现在市场，直到把所有的菜都翻个遍，才心满意足地拿起一捆，还要把老叶子扒下来才称重。她们反复比较，耐心甄别，终于选出质量可靠、正在促销并捆有赠品的好东西。

她们离朋友越来越远,无法参与一定频率的圈子聚会。她们没有社交,偶尔抛头露面也太过矜持,有点儿木性,板着一张严肃的面孔,跟人交谈显得生硬,不会幽默地回应言语调笑,在接受周到服务时局促不安。

邵琴的身上不乏传奇色彩,亦布满重重疑云。人们议论时,敬佩和迷惑交织在一起:邵琴一个老女人,怎么会突然杀出来,风生水起,多点开花。当跟邵琴相对而坐时,李燕肯定了一点,谜底势必牵连着某些伤痛和变故。她好奇地问起,你男人干啥的?邵琴似乎想说什么,迟疑片刻,摆摆手,不提这个。

李燕心里忽然涌起一阵悲凉,眼睛酸热酸热的。什么传奇巾帼?不就是个实在没办法了的女人吗?

邵琴反问道,知道我以前做啥吗?李燕说,你不是招生办的?

邵琴摇头,干招生之前,我做了十几年的图书资料室管理员。我喜欢这份工作,不怎么见人。

话说到这里,李燕猛然意识到,抒怀并非此行目的,她从忧伤气氛中走出,顺势恭喜她调了新工作,又不经意地提起丈夫的工作。

她紧张等待,她看到邵琴笑了,笑得明朗而贴心。邵琴说,我帮他问问,书协和佛协都有希望。实在进不去,也可以先干着,慢慢等机会。

李燕松口气,说除此之外,他也干不了其他的,就会务虚。虽这么说,她流露出来的神情还是以他为傲的。她又叹口气,说,我这辈子是没法任性了,就想让他任性,有时也唠叨几句,实际上看着他任性,我高兴。

邵琴沏上两杯茶,两人继续聊。邵琴说,胖女人的生活都是一团糟的,只有状态不好的女人才会发胖。你减减肥吧,只要不傻吃,就能减下来。

李燕一愣，从来没人跟她说过这种话。

她觉得自己和眼前这人更近了，她说，真是佩服你，邵琴，诗情画意的，风花雪月的，钱就来找你了。

邵琴摇头，沉吟半天才说，李燕啊，你不觉得，你把自己变得如此俗不可耐，才是比我更难的修行？

这句话像是用铙钹鼓板击打出来的，精光四射地来到李燕面前，又一下子照到她心里去。什么都不用再说了，足矣。她觉得自己变得很柔软很松弛，像是化掉了。她任由自己向四面八方流着，淌着。

茶是明前的安吉白，入了水，修长的茶条渐渐舒展开来，如纯度极高的翠玉。邵琴赏着茶色，说，女人也像明前茶，好日子不长。你看这茶，如果精心保鲜，小心呵护着，倒能喝到来年呢。

李燕摸着自己额头上的深纹，她是个肉墩子胖女人，没时间也怕麻烦，从来不做面膜，也从来不运动。等到夜深离开时，她觉得她和邵琴，分明已相识好几世，又似连体而生，浑然一体。

李燕密访邵琴后，不再宣传自己易胖体质，而是严格控制晚餐，她也不再痴迷民国清宫爱情大戏，晚饭后收拾好碗筷就急匆匆出去。很快，陈江流在妻子身上发现了异样，她回来时身轻如燕，脸色红润，眼睛往外放着光。他从未怀疑过李燕的忠贞，他只是好奇，到底发生了什么事。

留州大学有个灯光广场，每当夜幕降临，这里就聚集起热爱锻炼、渴望长寿的人们。花睡衣，拖鞋，饱嗝，夜晚的广场透着粗俗温馨、蓬头垢面的欢乐。

广场上有一个角落，人数不多，却也自成一家。在散漫鄙俗的整体氛围中，唯独这个角落需要挺胸抬头和拔地而起，需要迥异于红尘烟火的雅致、讲究和飘扬。这小小的角落里，挥发出浓烈的艺术气味。

她很正式地穿着高跟鞋和连衣裙，下巴高昂，舞姿灵动，跳的竟是高难度的探戈。

如此李燕，熟悉又陌生。他想起很多事，一往深处想就难受起来。那时，她在职校文艺晚会上表演独舞，曾赢得多少男青年热切的目光。那几年，他一直叫她燕儿、燕儿。

不知从何时起，她弧度柔和、娇嫩欲滴的脸，变成了一张硬朗的方脸，一张俗气而能干的脸。

她多么传统，她的舞伴是个娇小的女子。他的血涌到胸口，他想，死也要死在她的前头。

死也要死在她的前头。一应后事她势必安排得妥妥帖帖，都无须操心牵挂了。

夜深了，人们渐渐散去，李燕带着满足的微笑离开广场。他望着她的背影，心想，她们各得其所，剩下一个他，他该怎么办？

蓦地，陈江流有些怀疑自己了。到底还画不画呢？

来访者

一

我记得江恺第一次坐在我对面时脸上的表情。我熟悉这样的表情，练过瑜伽了，修过佛打过坐了，老庄和张德芬都看过一遍了，还是不行。

江恺坐在对面，阳光透过玻璃和一层薄薄的纱帘，落在他脸上。发型挺时髦的，头两侧只有短短的发楂儿，头顶的头发留长却没有塌下来，也没有一撮撮粘在一起，看样子是手指蘸点发泥往上抓的，抓得很蓬松，略微凌乱地立起来，说不出地恰到好处。再看衣着，条纹针织镶边的棒球服，天蓝牛仔裤，浅褐色亚光皮质的德比鞋。一打眼就能估摸出来，他受过教育，有份体面的工作，审美也合格，看上去是个活得不错的人。

他让我觉得很不安。初次来访的防御、不信任、试试看、半信半疑，他统统没有，越是这样我心里越沉重。他看起来正常，实际上已经不知道怎样往下活了，只是还没到完全绝望的程度。完全绝望的人不会尝试改变，他坐在我对面表示他对人生仍怀着渴望，或许把我当成了最后的希望。我呢，只是选择这份职业的一个普通人，既不睿智，也不神奇。

这几年每接洽一个新来访者，想到反反复复、缠绵难愈的过程，心就累了，我提不起兴致来了解和琢磨一个全新的对象。每个人都是一座博物馆，也是一座垃圾山。而来访者不是来展览生命中的功业并邀请我鉴赏的，他们会在职业化的导引下，在一个个失去戒备的松弛时刻，任由心底的一条条浊流暗河泄洪般地冲出来，而我在一片狼藉中仔细辨查，捡拾起有用的材料，耐心地抽丝剥茧。这是跟人相关的工作，跟人相关的工作只能耐住性子，一层一层，一步一步，还未必总是向前，时不时绕一圈就回到了原地。

前几次咨询，我说得很少，鼓励江恺多说，放开说。江恺需要说话，需要尽可能地倾倒，他就是对着树洞说上几个小时也是有效果的。跟我一起听他说话的，是一盆菖蒲、两株琴叶榕和几只毛绒玩偶，龙猫、哆啦A梦、小兔本杰明。

房间里光线柔和座椅舒适，江恺说话的时候频繁做手势频繁喝水，基本不和我对视。工作出了问题，婚姻濒于破裂，母子关系也不睦。江恺的故事并不特别，但他说话时脸上闪过的那种年轻人才会有的迷茫神色，让我心里很不是滋味。我想帮帮他。他说起自己的出生年份，是再熟悉不过的四个数字，我儿子也是那一年出生的。

接下来的几次，回溯童年，梳理记忆，细细翻看密密麻麻的褶层。久远的场景和事件苏醒过来，初时，江恺像个局外人一样在描述，说着说着开始可怜自己了，开始动怒了，攥紧拳头，脸涨得通红，音调升高，身体却瑟缩起来。我没介入，放任他在痛苦中待一会儿，再待一会儿，差不多了才让他自由联想，继而邀请他一起分析。我也会在恰当的时刻揭示出表象背后隐藏的心理机制，让他有豁然开朗的惊喜感。相对于其他咨询来说，我基本算不上使用技巧，也尽量避免让对话进入既定的程式中，更没有为了获取信任而卖弄经验和学识。回想跟江恺面对面的十几个小时，是新异的体验，不像在工作，也没有什么目标的预期，平实，随性，自然而然。

直到一个锋利的声音抓破了这个下午。我的手机号不留给来访者，江恺打固话找到咨询助理，他的请求是被转述过来的，隔了一个人，迂回了一下，我还是能想象出电话里的声音，惊恐无助，尖尖的高音，刀刮玻璃，麦克风骤然啸叫。这声音灌进耳道，牙根一下子就酸了。

他想见你。来不及提前预约，问能不能临时安排一次。

在咨询室坐定，我还在后悔，后悔不该开这个口子的。房间里的一切都经过精心设置，生命力强的绿植，灰蓝的地毯，暖光落地灯，原木圆桌，米色布艺沙发椅，红茶，糖果，蜜饯，这些不经意间抚慰着来访者的小设计，此刻也在安抚着我。刚坐进转椅，耳边唰唰地响起江恺快步走来的脚步声，过了一会儿，声音消失了。

真安静。透过窗户打开的一道窄缝儿往下望，地面上，人和车的移动似乎变得慢吞吞的，草坪树木的颜色亦是黯淡的，像个远古的场景，不仅是距离的迢遥，还有时间上的邈远感，远到迷迷蒙蒙，影影绰绰，睁大眼睛也看不真切。耳朵里也听不见什么声响，像身处真空，也像来到一个空荡荡的梦境。嘈杂的市声往高处走着走着就走不动了，扑腾着往下掉。

敲门声响了两下。他的手举着还是放下了？我定定神，说"请进"。

江恺还算镇定，也许赶来的路上已经尽可能调节了。

我笑了笑，表示他丝毫没有打扰我，我把转椅朝他挪一挪，身体往前探，鼓励他开口讲。

他说，我打了主任。

虽然有所准备，听了他的话我还是一愣怔。最近这两个月，每个周末都跟他会面，他的成长、求学、婚姻及工作情况已了解个大概。我知道他表面上的温顺是很不稳定的，他的人际交往存在很大问题，他不是一个容易相处的人，但这种不好相处更多的是指向世俗层面上的不圆滑和情绪化，也不至于打上司呀。

我首先担心咨询中有什么误导吗，曾建议他体会心底的真实情感，不管这情感是正面的还是负面的都不要抗拒，也许这就释放出了他的攻击性。我紧张起来，让他详细说一说。

不公平，他说，已经不是第一次了。

大抵是单位里推诿扯皮的那类事，不新鲜。听他讲完，我长舒一口气，问他，是什么程度的，嗯，肢体接触？

推主任一下，用了很大力气，他往后退几步，坐地上了，我又蹲下去用手臂锁住他的脖子。他比画着。

我既不摇头也不叹气，不动声色地看着他的擒拿动作。

同事赶过来把我拉开，主任跟喘不过气来一样瘫坐着，他胖。没等他被人扶起来，我转身跑了。

我点点头，然后就是联系咨询助理，来到我这里。来的过程并不顺畅，他说路上手一直抖，握不紧方向盘，勉强开了一段，把车停在路边，打的士过来的。

突发事件劈面砸来，我也需要消化，在我这儿，事件最后定格为一个画面，这个看起来很强硬的男孩匆匆逃走，留给人们一个张皇失措的背影。

这会儿，劝解、指导、提出后续处理办法都是不合适的，也别用术语去分析，他需要先松懈下来，不再发抖，不再害怕。

剥开一颗椰蓉软糖，递给他，他捏住糖，还在愣神，细雪一样的椰蓉缓缓飘下来，悄无声息地铺落在地毯上。

我指着茶叶罐问他想喝什么茶，紫罐里是大吉岭，栗色铁罐里是伯爵银针，锡兰红茶放在木盒子里。他说喝什么都行，这才想起把软糖放进嘴里，含住了。

我坚持让他选，说，江恺，你来做主。他指了指栗色的罐子。

水开了，冒着热气的水流注入玻璃壶，混合着蓝色矢车菊、橙色金盏花的银针茶渐渐展开蜷紧的叶片，柠檬油的香味往外挥发，香气在空气里悠悠荡荡，沉下去又浮起来。

江恺双手环住茶杯，啜一小口。我也不说话，看向窗外。天色暗下来，这屋里的沉默再纯粹不过了，是没有方向的沉默，也不含着责备，更没有蕴蓄涌动着下一波的焦躁。我们安静地坐着，时间平滑地淌过去，好像从来就没有遭逢过火烧眉毛，也没有一蓬蓬荆棘阻断了去路。

他始终不问"怎么办"，他累了，大概就想挨着一个可以亲近和信赖的人，陪他坐一会儿吧。

茶冲了几泡，香味一淡，房间里显得更清净。时候已不早，下面还有预约的咨询，至少要留出半小时空当让我独自待着，攒攒精神，准备进入到下一位来访者的世界里。

谢谢您，我先走吧。他把剩余的茶水喝完，站起来往门口走，临出门了转过身来冲我笑笑，小心地掩上门。他脸上时常露出小学生的神气来，不是孩子的而是小学生的，我能辨别出两者间的微妙区别。嚼软糖的时候他也是小口小口地，手捂着嘴，低垂着眼睑，像个怕光的小动物。

完成当天的咨询已是夜里十点多。对面的高楼，一大截子消失在黑沉沉的夜雾里，只剩下点点灯光若隐若现，江恺的脸庞也渐渐模糊起来。下午他来访，没说多少话，主要为平定情绪，刻意不细说，我却隐隐觉出来，之前的那些回，他看似迫切的倾吐也是经过精心选择的。咨询有一段时间了，也许我们还是在表皮儿浮着，渗不下去。想想也正常，人心底某些犄角旮旯自己都不愿去，自己都不愿看得太清楚，更别说让旁人进去看了。这从来都不是一件轻巧的事情。

二

南方的冬天走走停停的，冷了几次也冷不下来，约略有个意思罢了。树叶陆续地掉，不似北方迅疾严厉，一下子全掉光裸出枝枝权权，枝丫上总还笼着一层绿意，只是绿得薄了，不像夏天那样累累的。

临近年末，期末考试的缘故，青少年来访者多了，婚姻咨询也多起来，好像婚姻也要经历年终大考一样。最近这个月江恺没有出现，看看下星期的预约表，依然没有他的名字。

周六下午的咨询排得满，我过了饭点儿才下楼。拐进茶餐厅，靠窗坐下，捧着餐单看半天，还是点了云吞面，饮料呢，鸳鸯、热鲜奶、阿华田、好立克、柑橘蜜、红豆冰、可乐煲姜，一行行看下来，最后我在杏仁霜后面打了个钩。

茶匙一下下搅动杏仁霜，白色的小漩涡旋转着，甩出来清冽微苦的杏仁味。附近写字楼加班的人三三两两地进出，大都挂着胸牌，坐定话不多，埋头填饱肚子。餐厅里很静，用餐区跟切配间只用玻璃隔着，玻璃后面一根银色横杆，悬着一排挂钩，钩着油鸡、烧肉、卤鹅、青蒜，射灯打下来，青蒜碧绿如洗，烧肉的皮色是枣红枣红的。

抬头看见一个颀长的背影，等他转头，转过头来却不是。这些天，看到高个子男孩就忍不住想起江恺来。

出电梯，沿着走廊往办公室走，我远远看见一个人在门口来回踱着步。走近了，发现是个面生的年轻女人，冲着我点头。目光越过她，望向前台，值班的姑娘不在。拉开包的拉链，摸到里面的强光手电筒和高分贝报警器，心里踏实了些。

我不往前走，女人也不动，互相对视几秒。她说，您是庄玉茹老师吧，我见过您照片。

我紧攥住手电筒，心想随时备着的东西竟然真要用上了。

庄老师，我是江恺的妻子，我叫于小雪。

手还是没从包里拿出来。走廊的灯光偏暗，于小雪走近几步，我才看清她的脸。看清了，攥着手电筒的手指不由松开了。当时形容不出来，后来回忆起跟于小雪唯一的这次见面，回忆起她的脸，一个词才浮现出来，弧度。生硬、苦愁、凌厉的脸上是见不到优美弧度的。于小雪呢，眉毛从中间开始弯，眉尾恰当地收住，不至于耷拉下去，双眼皮儿不深不浅，两道秀气纤巧的虹，嘴角向上翘，横躺着的月牙儿，从耳垂到下巴颏儿也是一条流畅的弧线。很喜相的一张脸，无论笑不笑，笑意是满的，要溢出来的样子。成年人的面相泄露的信息太多了，无关乎天生的五官美丑，面相里往往隐匿着一个人的心理和生活状态。

走廊另外一头的保安朝这边走来，我取出钥匙打开门，犹豫地看着于小雪，她迎着说，能占用您一点时间吗？我拿不定主意，身体却侧过来让一下，她赶快走几步跟在我后面进了屋。

她坐进江恺常坐的沙发椅，环视房间，视线最后落在书架上。我以为都是专业书籍呢，原来不是，她喃喃念出声，《通俗天文学：和大师一起与宇宙对话》《中国首饰史话》《李白传》《夜航船》，这是，呀，还有这么多绘本和漫画。

不清楚她的来意，我礼貌地笑笑作为回应。

家里现在有很多心理学书籍，《释梦》《荣格文集》《行为主义》《自卑与超越》《论人的成长》，都是江恺买的，我有时也翻一翻。

心里忐忑,等着她切入正题。我这个职业在来访者家属那里名声并不好,有的视之与传销、灵修、邪恶催眠一路,有的不以为意觉得不过是伪科学、读心魔术,有的时刻提防着,怕咨询久了依赖上,跟亲人反而疏远了,最习见的是把我们看成江湖骗子糊弄人,新时代骗术,闲聊天儿居然按分钟收费,还那么贵,简直是敲诈。

庄老师,你会保密吧?她问。我以为她要跟我聊聊江恺,没想到说的是她自己。

声音圆润好听,珠子一般滴溜溜地滚动着过来。

就是一刹那,我看他一眼,偏巧他也看我,那一霎可真长啊,什么都没发生,什么都发生过了。之后又见过几次,都是一帮人一起的,听见他跟人打听我,我装作不知道的,其实心里挺高兴。今天,他跟我,两个人,在咖啡馆待了一下午,把不多的几种饮料试了个遍,好意思又不好意思地坐着,都不说告别的话。直到咖啡馆灯亮了,我心里乱,告辞出来,在公园里晃了晃,实在没头绪,才来这里碰运气,看看您在不在。

她又详细说起两人怎么在草木染工作坊共事,我边听边细细地捋。于小雪是纺织面料设计师,这个我早听江恺提起过,也由此想通了他为何穿着打扮颇为讲究,从他表现出来的对自己的认同度这方面来说,本不该这么讲究的,想来都是于小雪对他的积极影响。

因职业之便,我对男女间的事了解甚多,深知那全不由人的疯魔劲儿,就像一把火,除非烧完燃尽,不然过不去。我担心江恺,一时默然,对着眼前的于小雪,却更多的是理解。我知道婚姻有多难,知道跟江恺在一起生活有多累,也猜到于小雪对"草木染男士"的好感,恐怕是因为在痛苦中浸泡太久,想露出头来透口气,未必是动真情。

何况,她为什么来找我呢,肯定不是为了说这些。

她接着说，庄老师，你是专业人士你帮帮江恺吧，我想不到别的办法，信心也快磨没了，早租了房子说搬出去，又舍不下小家，你不知道我有多看重这个小家，一想到跟他过不下去了，光想想就忍不住掉眼泪。

这代人是爱过才结婚的。我暗自庆幸。

她说，最近这几年不知道怎么熬过来的，遇见烦心事，他情绪低落，一低落就好些日子，毫无理由地，他也会突然不满意，好像他本身需要痛苦，好像心绪恶劣倒变成享受一样。外面阳光那么好，扭头看见他，他头顶上压着一大团乌云，我一哆嗦，全身冷透了。他有时待在房间里会忽然大叫一声，接着传来猛砸键盘的声音，好像自己跟自己说起话来，跟念咒一样。渐渐地，各据一室我也安不下心来，飘飘摇摇地等着，干等着他大叫一声，叫完了反而安心了，好像跌进看不见底的洞，掉着掉着总算着地的感觉。

她的声音绷紧了，眼眶里滚着泪珠，眼尾的睫毛湿湿的。

一次次重复，就跟进了闭路循环一样，看不到头。前一阵子他跟单位又闹起来了，这个，他跟您说了吧？

那天下午临时加了咨询。我仔细咂摸这个"又"字，心里明白了几分。

她趁我不注意擦擦眼睛，说，庄老师千万别对他有成见，他是一点儿坏心眼儿也没有的人，他多单纯啊，上大学那会儿他脸上就写着三个字：好男孩。

她谈及大二那年去找高中老同学玩，认识了江恺。她随口提到的大学名字让我心里一震，江恺只跟我聊过他的专业，从没跟我提起过他毕业于全国数一数二的学校，我有些吃惊。

提到大学时代，她高兴起来，跟我讲他们相处的一些画面，讲得很细致，不愿意漏掉往事一丝一毫的好，脸上始终是小女孩的欢喜劲儿，眉眼更弯了。

我忽然觉得大有希望，很明显，她比江恺健全，她是可以从经历中获取养料并被平淡生活秘密滋养着的一类人，这对江恺来说太重要了。

好男孩，怎么就变成这样了呢？末了，她说，说完垂下头盯着地面。

她相信别人，她主动来找我，刚才还说起，江恺提出来看心理咨询，她没有质疑没有冷嘲热讽，帮着在网站上选咨询师，浏览简介和照片，说选这位吧，慈眉善目，看着很亲切。

我的年纪，大概跟他们的母亲差不多。

怎么会对他有成见呢，他是我的来访者，我会帮助他发现一些问题，帮助他的过程也是在帮助自己。每个来访者的心都像冻了几十米的冰层，不能急，慢慢来吧，小雪。我轻声喊出她的名字，她抬起头看着我。

我接着说，心理咨询可以从幼年入手从过往经历入手，家庭，父母，成长历程，沿着这个方向去找线索，这是流行的手法，这种手法因为很少触及现实、相对安全而被广泛采用。但不要忘了一句话，我是一切存在过、一切业已完成的事物的总和。人是什么，人是所有经历的总和而不仅仅是童年的经历，你呢，你曾经是，现在也仍然是江恺的经历。

她的声音抖得很厉害。我看到他在受苦却帮不了他，也没能让他感到快乐。夜里他经常做噩梦，喉咙里发出特别惊恐的叫声，双手在黑暗中乱抓，我想让他醒过来，又怕中断一个梦不好。白天的时候偷偷看着他，既想耐下心来安慰他，又想扭过身去躲得远远的。

我明白她的处境，她正渐渐丧失跟丈夫共同生活的兴趣。江恺的烦躁、怨恨、不高兴像病菌一样四处滋长，高频率的爆发让她身处家中而难获安宁，在爆发和等待爆发中熬时辰，家庭的场，家庭的氛围，吃人不吐骨头。

我把叹息压下去，对她说，我知道你厌倦了，再坚持一下，别放弃。你是江恺的生活伴侣，也是一个良好的客体，跟你相处的美好体验会改变他内在的心理机构，这样他就有希望重新建立起跟环境、跟他人的健康的客体关系。

最后我告诉她，我最喜欢的心理学家是阿尔弗雷德·阿德勒。他认为儿童在五岁左右形成了生活风格，也就是构建起了人生原型，但阿德勒不看重过去，他还说过一句话，生命总会设法延续下去。

她眼睛亮晶晶的，用力点点头，生命总会设法延续下去，相信你庄老师，我也不会轻易放弃的。

送走于小雪，我先推开窗户让风吹进来，又关掉吸顶灯只留一盏低瓦数的台灯，最后把自己放妥在躺椅里。眯了一会儿，坐起来准备回家，抓起手机放进挎包，手指又触到了包里的防身用具。几年前一次咨询的时候，坐在我对面的人总盯着花瓶看，透明玻璃花瓶，注水到瓶身的一半，一束鹅黄色的小苍兰亭亭地站在清水里。咨询完，我手捂胸口调息了半天，心跳才渐渐慢下来。从此，房间里没有了玻璃花瓶也没有了瓷瓶和陶瓶，植物栽种在塑料花盆里，干花们，鼠尾草、地中海蓟、满天星、珊瑚红豆、莲蓬，住进了各种形状的藤编、竹编或柳编的花器里。

来访者是个十几岁的初中生，也许他只是喜欢那束花。

三

每年三月份，我会离开深圳去别的地方住一阵子。各地的景区风光迥异，扰攘是一样的，我受完罪就离开了，景区还在没黑没白地受罪。有一年夜宿河畔的古镇，深夜躺在床上，窗外的人声像涨潮一样漫上来，渐渐盖过了水声。月洞门雕花木床挨着窗户，窗户下面是窄窄的河，打开窗户，红灯笼映着粼粼的流水，对面临水的街上站着人，拱桥上也挤满了人。古镇像个揉着眼睛缺觉的孩子，哪天能睡个囫囵觉就好了。也去过传说中适宜隐居的偏僻地方，发现隐士真多，已经热闹起来，难见荒烟蔓草，跟外头的气息差不多。后来就悄悄回老家住，市郊的宾馆，水库边上的度假屋，临行前或跟亲友见个面，更多的时候直接拉起行李走。坐上出租车，在座位上转头往后看，熟悉又陌生的小城越退越远，渐渐模糊了，是山水画虚虚蒙蒙的远景轮廓，像一场似有还无的残梦，遥遥挂在卷轴的一角。

很少跟亲友谈起我的职业，有人问起来，能含糊过去就含糊过去。这份工作神秘而高危，枯燥又刺激，似乎藏纳了数不清的秘密，但更多的时候我了解的不是个体独特的痛苦，而是公共性质的痛苦，洞悉的也非个体隐秘，不过是对世俗价值的反复体认，对永恒的贪嗔痴慢疑的来回温习，我的房间里噼啪闪烁着心灵幽深处迸裂的暗蓝色火花，同时也堆积了世事人心最表面的一层泡沫，浑浊而固执，强风吹过来都一动不动。

钻研过几本心理学方面的书，还是揣摩不透上级的心意，有时候用过劲儿，有时候又不够主动，经历几任领导，这方面没少下功夫，好像一直没找对感觉，领导对我也不太重视。

做销售三年了，业绩一直不理想，好几次差点被淘汰，量上不去，不被淘汰自己干着也没意思，没有愿景啊。每年固定培训也学了些招数，说穿了，卖东西就是讲故事，讲故事的技巧我已经掌握了，但心理不够强大不够坚定，对人家脸上的表情会特别在意，磨不开脸面去磨客户，也不知道用什么办法能轻松混成哥们儿，很苦恼，想请你在这方面帮我提升一下。

我有个高中同学，是我在深圳唯一的朋友。本来我们经济条件差不多，都是一套房一辆家庭型轿车，后来他跳槽去了一家金融公司，每年年底奖金下来了都发笔横财，换了豪华车，现在又准备换房改善生活品质。我呢，后悔大学时没学个好专业，现在还领着死工资。每次跟他见面，回来我都特别，怎么说，就是那个词，焦虑，但他毕竟是我在深圳唯一的朋友，人都需要友谊，其他社会上认识的不敢交心哪。我短期和长期都看不到赚大钱的希望，心里急，睡不着觉，可能快抑郁了。

这些本该跪在菩萨跟前默默念叨的话，说给我听了，菩萨不用回应，我得回应，厌恶和倦怠会一起袭来。来访者们境遇各异，有一点是相同的：每个人都气鼓鼓地觉得自己的人生很失败。我经常会有捂紧耳朵的冲动。他们的脸孔年轻而老气，更是令我不忍细看。好在这类人士所受的是滚滚红尘的浅表伤害，没有真正的问题要解决，会很快脱落。再加上自助心理学这么流行，分支细，锁定精准，营销心理学、交际心理学、恋爱心理学，通俗易懂，实用性强，实在不需要专门花钱面询。

四月初回到咨询中心，桌上放着这一星期的安排表，江恺的名字又出现了，预约的是一个工作日的晚上，我仔细看了几遍，确定是江恺。

晚上，我提前到咨询室，开窗换气，再把窗子关上。掸干净茶几，调好灯光，倚在沙发上等。江恺提前了几分钟到，说，上个月就想预约，助理说你休假去了。

我请他坐下，聊了几句闲话。江恺主动提起单位的事，我问他最后怎么处理的，他说，写检查，会上公开道歉，之后饭堂里见面也互相打个招呼。才不过几个月，他说起来像是很遥远的事情了，也许那天他的慌乱和绝望，不仅仅出于对上司的畏惧、对前途的担忧，我感觉他可能不在乎这些，让他害怕的，可能是另外的东西。

反正我又搞砸了。他扶着额头，准备从头说说。

四

　　毕业那年参加了研究所的应聘考试，几百人竞争的职位，我笔试面试都是第一。入职头一年工作很认真，跟同事关系也融洽，大家对我评价不错。接下来也不知怎么回事，就跟兜不住一样，跟同事吵跟领导也对着干，人缘越来越差，一去单位就觉得空气紧张，待在那里也是讪讪的，只好去找别的出路，看看选调什么的，选调也是通过考试，我擅长这个，试了几次就考上调走了。

　　在新单位工作上手很快，一切都很顺利。谁知道过了一段时间，就跟鬼上身一样，又把挺好的局面破坏掉了，我很容易跟人结仇，事事都想反抗，不是成心的也没什么坏心思，不知道为什么，形容不出来的感觉。

　　中间还有，不详细说了。现在这个单位是去年夏天刚换的，刚到单位的时候特别高兴，我渴望加入陌生的群体中，我就是个新人了，是另外一个人了，没人知道我的底细，可以重新再来一遍！谁知道那天跟中了邪一样还是搞砸了，就好像有另外一个人在暗中指挥我，在秘密规定着我生活的走向，不管我怎么做，都是往那一步里迈。

　　听着江恺的叙说，我眼前不断出现一幅画面，画面里藏着深深的悲哀，叫人看一眼就不由得心情黯然。一个年轻人清晨醒来时是怀着希望的，洗脸刷牙，穿上干净的衣服，默默给自己鼓劲儿开始新的一天，尝试着友善对待周围的一切，然而在某种神秘力量的驱使下，希望和美好总是迅速溃散，无论他多么努力都走不出这个轮回。

　　这些年一直不太顺。江恺总结道。

　　我问，你主动挑起冲突的人有什么共性吗？

　　他想了一会儿，说，仔细想想，都是品性很不错的人，但会在某一个瞬间让我感觉受到了约束。

约束？还有没有更多的词语可以描述？

压迫，剥夺。服从别人让我感觉很难受，像一座山压过来，把我压成薄薄的纸片，也像一大把管子插在我身上，生命一滴滴被吸走了。他很肯定地说。

越来越清晰，我准备开始梳理。看起来，他是个自由的成年人了，不管家庭和父母以前如何，他早已挣脱而出，然而，过去并未走远，像个诱惑，向他招手，一扇扇门次第洞开，长长的通道显露出来，熟悉的口令响起，他毫不迟疑，扭头往回走，召唤他的到底是什么？

觉察和认知是最重要的，只要能认知到是什么在操纵他，就可以用相应的方法来治疗。

回想起来，不过是些微不足道的事情，但让我有受束缚的感觉，为了摆脱这种感觉我总是尽快原形毕露，尽快让人知道我不好惹不能沾，是个怪人是块滚刀肉，别跟我分派任务，别跟我交代事情，别打扰我，离我越远越好。扭曲的是，我又多么希望跟每个人的关系都是正常的。没救了，你理解那种感觉吗，好不容易焕然一新，然后稀里糊涂又是老路，意识到自己又回来的一刹那，一下子就灰心了，一点儿心劲儿也没有了。日子太长，我想把阳寿分给小雪，分给你，分给医院里得了绝症的那些人。他郁郁地说。

我忽然改主意了。

我儿子跟你同一年出生。我说。

也在深圳吗？他肯定比我好得多，我的意思是比我快乐得多。

不在深圳。

那就在国外了。

他死于脐带绕颈，抱出来的时候已经凉了硬了，除了在我肚子里活动、呼吸、生长，一秒钟也没在世上活过。

我们面对面坐着，一切都静止了下来，恍若漫漫长夏，热气凝滞不动，世界也被粘在了原地。

又过了几年我跟丈夫也分开了。

接着呢？再婚了吧。

我不再往下继续，岔开话题说，我之前在老家是做财会工作的。

都过去了，都过去了。江恺安慰着我，好像我是他的来访者。我看着江恺的脸，一时恍惚起来。最近这几年，长成青年人的儿子频频造访我的梦境，他有浓黑的眼眸和上扬的眉毛，个子高高的，喜欢穿天蓝色牛仔裤。白天走在街上，碰见男孩子从我身边经过，我会停下脚步转身看着他们，直到他们的背影消失在拐角的地方或汇进人流看不真切了，我才继续往前走。

江恺的眼睛忽然一亮，说，庄老师，你看《圣斗士》吗？我最喜欢的圣斗士是凤凰座一辉，工作后挣了钱，收藏了很多一辉的模型，有一座是他穿着金色的神圣衣，身后垂下长长的凤凰翎羽。一辉总是死去死去再复活，而且凤凰座的神圣衣也是有生命的，毁坏了可以自愈。

他讲述起凤凰座的几场著名战事，战斗的激扬，涅槃的灿烂，太阳仿佛伴随着精彩的故事冉冉升起，带着隆隆的巨响声升起，迸射出道道金光，辉映着他年轻的脸。他说自己不该被生下来，抱怨活着真没意思，但是他又多想好好享受生命，好好享受来人间的这一趟啊。阳光，星空，连绵的青山，雨后的草地，诗一般的公式，友情，体育运动，书，电影，花朵，热乎乎的家常菜，各种各样的好东西。

我告诉他，别灰心，千万别灰心，这不是什么绝症，也没有严重到要从心理领域转到精神卫生领域，已有的理论足够帮你认知了。

到底是为什么？他问。

我尽量不给他定性，假我，俄狄浦斯情结，人格障碍，部分社会功能的缺失，这些标签于他无益。人是多么复杂和差异化的存在，不是几个概念几种分类就能说清的，我尝试着用他能听懂的语言，跟他一起分析和逐步发现。

你感觉有个神秘人在指挥你，你是被迫进入到情境中的？

非我本心所愿，我想在平和友善的环境中工作啊。

仔细回想一下，事情失控之前你一般处在何种状态中。

不知道，就是感觉难以忍受，局面、氛围都不对。

轻松的气氛，良好的人际关系，为什么难以忍受？

他皱起眉头，是呀，为什么？

也许，这些会令你感到不适，因为不适你才想改变。

改变舒适的环境？他瞪大眼睛。

你不断创造条件，让自己置身于对抗性的境地中。

我创造的？但处在这类境地中并不愉快，很压抑。

并不愉快，可是你熟悉，你熟悉这种恐惧：敌人在身边，让你不得安宁。你盼望回去，让自己沉入到业已熟悉的恐惧中。

业已熟悉的恐惧？

是的，与其等待不可知的恐惧，不如先期沉入到熟悉的恐惧中，这样就有一种虚幻的掌控感。如果说有个神秘人的话，这个神秘人，就是你的恐惧。

他说，那业已熟悉的恐惧是什么？敌人又是谁？

一种症状的背后必然勾连着一大段过往，熟睡的个人生活史，需要慢慢叫醒它。我说。

他那么聪慧，我觉得他已经意识到了什么，他回避着我的眼睛，说，这一层要慢慢体会。

我点点头,不用急,今天也差不多了,回去好好休息。

五

江恺离开后,我在诊疗室躺了一会儿才回家。回到家,走进卧室,打开衣柜门,感应灯随即亮了,敛藏的光在小小的空间里伸展开来,大衣、毛衣、衬衫,挤挤挨挨拥过来。我从抽屉里拿出一块洋布,蓝底白花,颜色旧旧的。不是用旧的,是不曾流走的时间一层层蒙在上面,让它变得晦暗也变得沉重。

那是我唯一的一次昏厥。原来苏醒不是一瞬间的事,而是一节节、一格格的。先是有耳朵了,听见喊我的名字,声音像从很远的地方传过来,传到耳边已经衰弱,回声荡悠悠地响起,在空旷处经久不散,丝丝缕缕地飘着,声音的细丝被一根根抽长,渐渐断了,风一吹,没了。接着,我感觉到身体的存在,不是实心的,是玻璃球,能看见里面树枝一样的脉管,悬浮流动着的血液。再往后,有触觉了,指甲盖划过的地方凉凉的,是铁架子床,最后,有什么东西重重扑在身体上,我猛地坐起来。

孩子的脸是青紫色的,双目紧闭,他还没来得及看我一眼,看人间一眼,眼睛就合上了。人们在床前箍成一个半圆,纷纷劝说着,要把他抱走,我扯过被子盖上他,只露出拳头那么大的头,说让我抱着他吧,就一个晚上也行。熄灯后,我靠着一个枕头,在黑暗中注视他。相邻床位的人背过身去,叹息声比披散下来的头发还长。我摸索着下床,绕过弯曲的楼梯,走到有路灯的地方端详他的脸,我想记住他的模样。那做母亲的一夜很短很短,一丛丛黑黝黝的冬青树很快从晨曦中显现出来,顶着初生般的湿漉漉的绿。夜里多个疯狂的想法,比如说把他做成木乃伊，把他浸泡在某种溶液里，把他冷冻起来等待医学的飞跃，像晨雾一样升起又消散了。最后我手里攥住的是一块裹他的棉布，我凑过去闻，大口吸气，好像这样他的气息就能在我的身体里往复循环了。后来过了很久很久，我已经可以叙述和谈论这件事情时，别人听了觉得可怖，对我来说却是一辈子最温柔的夜晚，我跟我的孩子在一块儿，胸膛贴着胸膛，静静地等着天明。

江恺提到过他的母亲，洛阳人，恢复高考后考入邻省的院校，毕业后回老家分配进科协工作，然后结婚生子，日出日落，清晨暮晚，在办公室和自己的小家之间来回往返，像生活在小城市的无数女人一样，大半辈子的经历都很简单。

六

今天的咨询，我试着问询江恺一些问题。谈及过往的经历，谈及母亲，一鳞半爪的，他仍未提供太多细节，费力想一会儿，摇摇头，好像实在没有什么重大的事情可说。他解释，就那样，每个人都是那么过来的，没什么特别的。

他对母亲的感情尤其复杂，也许有足够的材料可供解析，却不愿别人触碰。虽然他支支吾吾的，我也能大体上估测出他的成长环境，画出一个大致的轮廓，并可以预见到那些并不"特别"的日常背后隐藏了些什么。

他说，上次咨询完回到家，关于"熟悉的恐惧"，思来想去有点明白了。

最重要的是自己的觉察，觉察到就够了。我不想勉强他全部说出来。

那晚把想到的都写出来了，写完一看，线条很清晰。

我并未表示赞同，说，人精神上的迷惑和混乱，成因往往很复杂，我们可能只是找到一部分原因，甚至找到一个原因也没有那么重要，主要是在找的过程中确认了自己想要改变和新生的信念。

他附和着，当然，拎出来线条只是第一步，难的是怎样不走回老路。

我建议道，有些情况下一旦发觉自己正往熟悉的情境里滑行，意识马上接管过来，强行中止，多试几次，一次奏效有了正面的体验，以后就容易应对了。

我记下了，等着试试这个方法。对了庄老师，我再请教一个问题，像我这种情况，焦虑变成常态了，每天总感觉很累，工作不忙的时候也又困又乏，有什么办法改善一下吗？

我了解他的情况，对他来说焦虑不是那个谁都能随意说出的流行词，而是实实在在的折磨。手头没有事，身体坐下来了，周围也没有别人，却还是感觉闹哄哄的，为什么，因为思维太可怕了，它不停止你就没法得到真正的休息，为了片刻的宁静，人们想过多少办法呀。

该怎么描述呢，这样说吧，我每一秒都活在下一秒，脑子里一个念头挤开另一个念头，成千上万不停翻涌，太累了。还有一些时候会突然全身发抖，心脏猛烈地跳，好像要跳出喉咙离开身体，跟快要死了一样。他补充道。

焦虑是表象，是次生情绪，关键要认识到引发焦虑的源头。另外，焦虑漫上来的时候，你会看到什么画面或听见什么声音吗？我问。

有声音，是秒针咔嗒咔嗒的声音，这声音一响好像就永远不会停。我静不下来，坐也不是，站也不是。

我点点头，说，感觉自己精力好脑子清楚的时候，分析一下为什么会听到这个声音。至于方法上，瑜伽的冥想，道家佛家的打坐，都会有帮助，心理学上的正念练习也成为很受重视的治疗方法，有个常用的小办法，数呼吸，有的心理学家认为数呼吸和焦虑不可能同时发生。你找找这方面的书，按步骤来练习练习。

可以练习是吧？

试一试，正念练习不是包治百病的特效药，每个生命都是独特的，人和人太不一样了，调节的办法因人而异，慢慢摸索吧。我犹豫着，要不，我分享一下个人体验？

他坐直了身子。

我说，旅行的时候，有些美景来得出其不意，它撞进生命的那个瞬间，我活着却忘了自己活着，既融合又出离，既迟钝又不可思议地敏锐，出神和忘我之后是大自在，是真休息，感觉特别满足，感觉还有太多未知的好处等着我去发现和喜爱，继续生活的兴致就很高昂。

他说，太神秘了。

我有些沮丧，嘴里却鼓励着，江恺，有一天你也会体验到的。

心理学上对人的这种状态有很多研究，我刻意不援引理论，更不想启用多巴胺、皮质醇等名词，从神经机制的角度来说明背后可能的原理，那些美妙的瞬间，不能求取也无需解释。风，阳光，景物，乐曲，一段文字，生活中的一个偶然，都有可能把我们带到那个安静的地方，从那里走出来的人，身上会焕发着异样的光彩。

既不玄妙也不灵异，只是需要一些机缘。

七

接下来的一次咨询还是一小时。

这次刚上来他就有点不在状态，眼神游移，说话总重复。我不逼问他什么，只是暗中放缓了节奏。后面他寻着个空当说，过两天要回趟老家，请假手续已经办好了。

家里有事吗？我问。

有事。外婆心衰住院，住院的时候没通知我，现在好转些，出院搬到我姨家了，我妈才告诉我。

那就回去看看吧。

怪怪的。最近这些年回家都是因为有人生病，前年我爸喝酒摔伤了胯骨，还有一次是奶奶感冒转成肺炎，在医院里住了些日子，我陪床陪了几天。我跟我妈很久没打电话了，她一打电话，我接通之前就在想，是不是又有人住院了。

很少打电话？

不知道该聊什么，更怵头回家，很怕见到他们，很怕当面跟他们说话。

我说，洛阳是个让人神往的地方，我还没去过呢。说完了，我察觉到自己竟然期待地看着他，心里的想法就此清晰起来。

他说，并不是想象中的样子，大概地下还属于古代吧，地上满街连锁，就连仿古也跟别处无异，工艺是差不多的。

龙门石窟该去看看。我说。他看看我，似乎想接句话，张张嘴又合上了。

为了避免在停车场再碰见来访者，我一般会迟些下去。发动好车子，要开出停车位的时候，远远地，两道车灯打过来，接着一辆宝石红色的车子驶近，车窗降下一半，江恺露出头来，要不，我跟你当个导游，庄老师？

我打开车门，走下来说，谢谢你，江恺。

开出停车场，很快驶上一条沿着海湾修建的快速路，道路两边的灯被一盏盏抛在后面，仪表盘上的数字跳动着，我发现自己越开越快。脚离开一点儿油门,车速慢下来,心里依然很乱。洛阳之行我将以何种身份出现呢?心理咨询师不是神仙不是救星也不是导师或朋友,我无法预见多重关系会为治疗带来什么,这让我觉得危机四伏。也不是头一回了,接访江恺的过程中一次又一次破例,也许在职业生涯的末期,我不想再自欺再使用最省劲儿的办法,一个熟极而流的套路化和市场化的诊疗程序,这样只是可以较快地显现效果,并确保咨询师在惯性中舒适滑行。变换一种方式,来访者可能会有更大改善,很多心理学家的治疗不是完全靠一个模子,而是尊重随机和偶然,也并不避讳跟亲友的接触交流。那种治疗方法古典从容,跟谋生无关,跟今天通行的职业规范也是抵牾的,却是倾尽了努力让一个生命最大程度地自如地活下去。心理学学派众多,任何一个天才的心理学家都有能力开创几种分析诊疗的方法,杰出的心理医生则会为每个病人制订独特的治疗方案。为了让来到世间的生命少一点成长的伤痛,让父母们养育孩子时少一点蒙昧,温尼科特耗费毕生精力研究上万名婴儿,细致观察母婴之间的相互作用。科胡特、克莱因、贝克、马斯洛、霍妮,他们终日面对着遗忘、防卫、不诚实的对象,在不可知论的压力下试着了解人类解脱人类,想着想着,我心里有了支撑,力量慢慢回来了。

八

几天后,我跟江恺在高铁站会面。上了车,我们第一次并排而坐。江恺低头看看车票,说,想起来了,刚结婚时我跟小雪也是坐这趟车回老家的。

我记得于小雪说租了房子准备搬出去,不知道现在怎么样了。忽然想到另一个女人,一个中年将尽的来访者,在即将步入暮年的时候,她坐在我对面，总结自己的婚姻：二十多岁时离开原来的家庭组建了另外一个家庭，以为新生活要开始了，那时不知道这是人世间最难的事情之一，一晃几十年，经历了成千上万次争吵，到头来，说到底，是被一个非亲非故的人平白折磨了这么多年。

于小雪会不会也这样走入暮年，想到这里，我看江恺一眼，他正望着车窗外面。

起先高速列车在多山的地方行进，穿过一个个高大的山洞，接着地势平缓了，只剩几座线条圆润的小山娇憨地站立着，溪流缓慢婉转地流向远处。时值仲春，水田和菜畦笼着轻烟般的绿，水墨的风韵，不像盛夏时绿得那样实，那样有筋骨。

中午吃完盒饭，江恺闭上眼睛休息，我也歪在座位上打盹儿。半睡半醒间，我听见耳边的呼吸声急促起来，转过头去，正好迎上他睁大的眼睛。

怎么了，哪里不舒服？我问他。

他把手掌覆在额头上，半天才调匀呼吸。他凑近我，低声说，越往北走越害怕，之前看过的恐怖片都浮现出来了。一闭眼就看到《断头谷》里的场景，到处是浓雾，树林里跑出来一匹马，闪电划过，一下子看清骑马的人没有头，无头人全身铠甲，手里拿着长柄利斧，他在追杀我，我跑到一棵树下，看见一颗颗头颅从树根下滚出来，脖颈处的断茬还滴着血，血珠慢慢渗进泥土，地也变红了。电闪雷鸣的，暴雨落下来，雨水混合着血，汪起一个个血红色的水洼。

太真切了，跑得喘不上气来。他摇着头又摸摸袖子，那么大的雨，衣服居然没有湿。

我本想问个究竟，看到他虚脱的样子，加上此时又在疾驰的密闭列车里，只得按捺下来，起身帮他接了一杯热水。他疲惫地望着窗外，河流，田野，远处的民居，不停地往后掠。我知道他不在这里，不在这节车厢里，他又奋不顾身地沉浸到某个特定的情境里，置身于他竭力想忘记的一段过往中。我想起他在一次咨询中问过的问题：怎样才能获得他人的爱？我没有正面回答，只是告诉他，从你生下来到现在这一刻，肯定有很多人爱过你或正在爱着你。其实我想说的是，真正的爱无法获得或赢取，我还有一个猜测，他话里的"他人"也许可以换成另外的词：母亲。

快进洛阳站了，他站起来取行李，行李箱很重，我帮他接了一下。取下行李，他呼出一口气，好像终于下定决心，说，我没告诉他们，我爸妈，没告诉他们今天回来。之前拿不定注意，没想好这次回来见不见面，刚才经历一次追杀，我决定了，看完外婆就走。

一时不知道该怎么接话，他提议在龙门石窟附近找家酒店住下，我说都听他安排，问他什么时候去探望，他回答说明天上午。

到了酒店，天色尚早，他说，庄老师累不累，安顿好可以去石窟转转，走几步路就到了。我点点头，说去转转吧。其实他刚经历了梦境中的一次猎杀，肯定比我疲惫多了，他只是撑着一口气想早些带我游览。

九

站在石窟门口望过去，成千上万的石刻佛像沿着伊河东岸逶迤而来。

光滑的崖面往里掏，掏出来凹形的佛龛，凿锤对着大块的岩石，凿下不是佛像的部分，佛，就出现了。巨大的佛像跟山体似断还连只能仰望，低处的岩石上，数不清的小造像依着山势密密排列着，小佛像只有几厘米那么高，却依然让人觉得壮丽。

江恺一路介绍着，哪一尊是精品，什么年代，有何特色。他说记不清来过多少回了，又走了几十步路，他指指前面，快到了，龙门最大的一尊佛。

我们来到卢舍那大佛面前。此处游人最多，导游被扩音装备放大的声音此起彼伏，几个历史人物的名字不断被提及。我没有细听传说，仰头看去，看到大佛融进了山石中，她是菩萨，她也仍然是半座山。我被她的神情迷住了，忘记了她是石头，奇异的感觉涌上来，好像我无论移动到哪个位置，她的目光都像暖煦的风一样吹拂过来。还记得有一年去西安散心，见到秦陵深埋在地下的永生军团，一个个高大的陶俑，斜斜地扎着发髻，没有眼珠和瞳仁，永远无法与之对视，看着看着一股凉意顺着脊背爬上了后脑勺，大夏天的，我打了个大大的冷战。

不是为旅行而来，此时游兴却真上来了，问江恺能不能再去白马寺，他看看表，说赶过去试试。

来到白马寺，寺门关着，已经闭门谢客。我们沿着赭红色的围墙走了走，暮色渐渐围上来。灯光疏疏落落地亮起，不远处是一家小酒馆。

郊野之地，路上车辆很少，行人也零零星星，天黑下来，是荒村一般的寥落清寂。进到小酒馆里，我们商量着点菜，芹菜炝花生米、小酥肉、焦炸丸子、蒸槐花，主食要了半打锅贴。菜单翻过来看到有糯米酒，我问他，喝点酒吗？他笑笑，度数不高可以。

很快，店家温了一壶酒上来，酒壶旁是一个小瓷碟，放着干桂花。我先把酒倒在杯子里，再撒上厚厚一层桂花。乳白色叠着金黄色，米酒的酒香托着桂花的甜香，在不大的屋子里漫溢着。

热酒入口顺滑，跟酥肉、丸子和闲聊也相宜，我们又要了一壶。北方初春的夜晚还有些清寒，喝了几杯酒身体才暖和起来。我拈着酒杯，想起大佛的面容，嘴角浮现出笑意。

笑什么呢？江恺问。

我说，江恺，你去过很多次石窟了，给我说说，你在大佛脸上看到了什么？

很庄重，庄重里还有点亲切。他说。

嗯，庄重，亲切，还有吗，想想她的衣服。

衣服，衣服是袈裟，石头的袈裟。江恺有些出神。

对，石头袈裟，是石头吗？

不是。他仰头喝下一杯酒，手拿着酒杯在桌子上画圈，说，是石头也不是石头。

我回忆雕像的每一个细节，心里不住地赞叹，大佛的通肩袈裟像随手捋起水的波纹，披在身上，衣纹悬垂着，一道道绵软自然的弧线，看不到任何峻急紧张的转折。

石头凝固下来的是什么？说说你的感觉。我继续跟他探讨。

他说，垂感。

会不会还有一个词可以替代。我说。

他捏住眉心，让我想想。

石头凝固下来的，是松弛。他说。

对，那是石佛最好的状态，也是人最好的状态。玻璃门上起了一层雾气，隔开小酒馆和外面茫茫的夜。我看见，他耸着的双肩渐渐沉下去，脖子出来了，变长了。

他低下头，盯着自己的脚，惊讶地张大嘴，说你看，脚在使劲儿，我的脚居然在使劲儿，明明喝着酒说着话呀，使劲儿干吗呢。我循着他的视线见到桌下的一只脚，只有前脚掌着地，隔着鞋子仿佛也能看到：他的足弓绷紧，脚趾在用力抠地。

脚慢慢放平了。

原来我一直是这样的，像剑拔出来，弓拉得满满的。江恺不敢相信。

过了一会儿，他说，下雨了。我用手抹抹玻璃上的雾气，向外看去，只看到一小框黑夜。

他吸吸鼻子，下了，我闻见雨味了。

杯中米酒，安安静静地待着，慢慢地，上面澄出一层透明的青汁。半晌，雨点才稀稀疏疏地落下来，闷声打在地上，似乎数得清，渐渐地，雨点小了也密了，像簌簌落下无数粟米般的小花蕾。

刚才好像去了一个地方，从没去过的地方，那里太寂静了。他的神情恍恍惚惚的。我不去打搅他，等待他彻底回过神来。又过一会儿，他说，不知道该怎么描述那种心安的感觉，很陌生，也很美妙。

我点点头。好长一段时间了，故去的儿子没有再出现在梦境里，他好像走了，真的走远了。

咱接着聊，庄老师。

又加上一份牛肉汤，就着热腾腾的汤，我继续跟他闲聊。文章、书法、琴曲都能看到背后的人，至少看到人某个时期的状态，他是焦灼的还是安详的，生硬的还是柔软的，甚至于能感觉到他的气，他呼吸的长短和轻重。比如说有的文字整篇读下来，能感觉到作者气短气促，因为文章也在呼哧呼哧大喘气，还有的文字一惊一乍，吸引，当然吸引，就像字里行间伸出一只手，强拉着你走。再说说女人的美，有的女孩子认为优雅是拗出来的、拧出来的，是对抗出来的，其实自然放松的时候才可能谈得上好看，骨架舒展，脊柱曲度正常，挺胸抬头不但不累，反而是最舒适的。

人的体态以及面庞的纹路走向里，几乎储存刻印着过往所有的情绪和心理习惯，那些恐惧和焦灼并没有倏忽而逝，而是以另一种方式日久天长地凝结了下来。

走出小酒馆时，我才意识到刚刚是一次艺术治疗，没有感觉到它的开始也没有感觉到它的进行，概念和知识隐去，点、节奏、设计、目标皆不明晰，即兴而偶然。

我也很久没这么松弛了。

躺在酒店的白色大床上，江恺的话还在耳边回荡。细雨潇潇，一灯如豆，木桌木椅，酒菜温热，门外传来鸟儿振翅飞过的声响，过后天地俱寂，更是悠然神远。他环顾四周，说，我这些年，就是这样的时刻太少了，太少了。

十

酒店的餐厅供应自助早餐，我端着盘子一圈走下来，盘子里有了白煮蛋、香肠、青菜和切成小块的油条。放好盘子，想起粥还没盛，去盛了一碗小米粥，顺手接一杯豆浆，往回走的时候，江恺进来了，他看见我，示意我先找位置坐下。

上午他计划看望外婆，我是跟着去还是自己游览洛阳，昨天没有商议，也是怕他拒绝，我故意没有提及。他取餐坐下，我想着既然吃早饭遇见，正好也就一起去了。

为了表弟上学近，我姨没往楼上搬，住的还是平房小院。老人家心里恋着住平房，出院才同意过去的。我家住在高楼层，外婆才不肯来呢。江恺一路说着，很快，出租车在一个胡同前停下来。

胡同很深，往里走了几十米，江恺仔细看看大门，辨认一下，说是这里。

开门的是一个有点年纪的女人，短发，体胖，毛衣在身上匝出来一个圈一个圈的。她袖子挽着，手上沾满白沫，好像正在洗东西。江恺愣一下，叫声阿姨，女人看看他，摇头表示不认识，江恺说，王莉是我小姨。女人"哦"了一声,把门完全打开来,说都上班去了,就我跟老太太在家,我姓徐。

徐阿姨,我从外地赶回来看看我外婆,江恺边说便往里走,我跟在他身后。

院子方方正正,中间垦出一块松软的菜地,蔓着菜苗,搭着黄瓜架和扁豆架,一大一小两只狸猫在院子一角的香椿树下躺着。女人把我们引到东头的房间,转身离开了。江恺快步走进去,我跟着迈步,随即又缩回腿来,就站在门口往里看。

老人坐在床沿儿上。毕竟是八十岁的老人了,认出外孙,话跟不上,吃力地咳出几个音节。江恺跟她说话,她也听不清。我试着根据她的脸想象江恺妈妈的模样,然而这张脸已没有清晰的轮廓,眉毛掉光只剩下浅浅的白印子,眼皮垂下来几乎覆盖住眼珠。透过眼皮没遮住的不规则的两条缝儿,她定定地看着江恺。

江恺坐在她身边,说,歇着吧,外婆,咱不说话了。阳光铺在床上,老人眯上了眼睛。江恺轻轻站起来,从背包里往外拿东西,一一放在桌子上,奶粉、蛋白粉、钙片、蜂胶、花旗参、一套保暖内衣。还有一只智能手表,这种手表可以测血压、呼救,我在商场见过。他拿着手表回到床沿儿,戴在外婆手腕上,她还是没有醒,他就握着她的手,不言不语地看着她。老人猛地醒过来,两人又开始说话,翻来覆去那几句,她听不清,他也听不清。

老人指指屋角,一个简易马桶放在那里。她站起来,江恺赶紧扶着,她挪一步,江恺挪一步。她并不胖,坐下去时身子却显得很沉,重重地砸在马桶圈上。她解完小手,继续坐着,好像解小手就用光了力气,只能在马桶上坐着攒劲儿。好大一会儿,她表示可以站起来了,江恺两手放在她的腋下,几乎是把她叉起来的,她喘息片刻,抓着江恺的胳膊往回走,更慢了,一顿一挫地挪着。我看看手机,在这房间里一来一回居然耗去二十多分钟。

日光一点点移动着,月季花的影子印在窗玻璃上,老人的头缓缓垂到胸前。

他蹑手蹑脚地走出来,我们一起来到院子中央。江恺不住地摇头,说前年还不是这样的,能打牌能上街买菜,老人老起来太快了。

徐阿姨在偏房里忙活,见到我们就推开偏房的小窗户,探着身子说,中午陪你外婆吃饭吧?我多收拾几个菜。

不了。他高声说,又转头低声向我耳语,一会儿我姨我姨夫该下班了,咱先走。

女人说着怎么不吃饭哪,追出来送。看她掩上门,我们才往外走。

在胡同里走了一小段,江恺忽然停下来,往后退几步。胡同口迎面走来两个人,一前一后,都推着电动车。江恺转身看看大门,已经关上,又往胡同另一头看,堵死的,他双手抓着背包的肩带,一下子紧张起来。我把手轻轻搭在他的背上,怎么了,江恺?

我看着他,很明显,他想飞走却少生了一对翅膀,他出了一身大汗。

那两个人走近,走在前面的是个女人,嘴里叫江恺的名字。

你们怎么来了?江恺沉着脸。

你姨叫我们过来一起吃饭。女人看到江恺的脸色,有些畏惧的样子,说,她不知道。不,顿了顿,你不是还没买上票吗?你姨不知道,我们不知道你回来。

我倒是听明白了,也猜到他们是谁了。料想是保姆通知主家有客来,主家再往下张罗,就把他俩张罗上了。江恺好像受到很大挫伤,说,谁要吃饭,走了。

女人嘴里说这孩子,不停地拿眼觑看江恺,畏畏缩缩的。他厌烦地别过头去，闭上眼睛又睁开，忽然迈开步子从两辆电动车之间走过去。

江恺。

女人的声音怯怯的，尾音儿细弱可能只有她自己听得见。

江恺停住步子，肩膀一耸一耸地大口呼吸，忽地回过头来，我们都吓了一跳。他脸涨得通红，嘴唇哆嗦着，我不知道他要说什么，我只能等着。

他咬着牙说，爸，你这辈子真亏了。

音量不大，一字一顿，硬，刺耳，没头没脑，却又直奔靶心。我没想到是这句话，接着才注意到推另外一辆电动车的男人，男人穿着三粒扣羊毛背心和深色西裤，普通的长相，头发黑白掺杂，北方中年男人差不多就是这个样子的。

这话是不能单独出现的，前头必然有很多很多句，这句话开裂的地方，不尽之意汩汩往外冒。

江恺嘴里说着你别逼我了，跌跌撞撞地走出胡同，我看着他的背影，又看看他泥塑般呆立的父母，辛酸一波波淹上来，怎么也压不下去。胡同夹道里，不知谁家的一棵玉兰树，长长的枝条伸出院墙在半空中一颤一颤的，顶上的花开了，花瓣像莹润的白玉片子，底下花苞鼓鼓的也快绽开了。

你是？不知过了多久，她问起来。

江恺的同事，办公室挨着，我姓庄，碰巧来洛阳出差。我撒了个谎。刚才我注意到，江恺看见她时倒退几步，她也一样在认清楚江恺时，往后退了两步，跨踏一下才继续往前走。

她点点头，尴尬地笑笑，说，真是怕了他了。话头随即一转，来家里坐坐吗？

这次来洛阳是想借机见见江恺的父母，甚至以为我能一力促成双方的和解，昨天江恺说不回家时我还有点失望，没想到今天在这种情况下见面，一时劲头儿也不大了。

挣扎片刻，我说方便的话就去家里，随便聊聊。

十一

两人一路引着我来到小区，小区的建筑物很疏朗，花园开阔，种着些合欢、夹竹桃、石榴、垂丝海棠，地上除了草坪还有大片的毛杜鹃和矮牵牛，水系景观也愉人眼目，防腐木的平台，曲水游廊连起几座小巧的六角凉亭，岸边随意散落着几块景观石，流水潺潺，红红白白的锦鲤在硬币大小的绿萍间游弋。江恺妈妈还未从打击中恢复过来，放好电动车，上楼的时候走错楼道，丈夫喊她也没听见，自己觉出来才慌忙往后退。

她邀请我倒不是随口客套，是巴不得跟熟悉儿子的人聊聊天，掌握些情况，求个安心。

我坐在沙发上，左右看看，好像哪里有点不对劲儿。我装作很感兴趣的样子，说参观一下装修吧，江妈站起来，说哪里装修了，能住人就行。先来到江恺的房间，她说搬过家，这里的布置还跟江恺小时候差不多。一个老式的写字台挨着窗户，写字台桌面和两侧粘满贴画，我凑近看，贴画不是年深日久磨出来的那种斑驳，看上去像被人大力撕过，彩色图案和白色粘胶一条一条交错着，隐约还能看出一点变形金刚和足球小将的图案。单人床上的被褥卷着，露出下面的床板，床旁边是书橱，透过书橱玻璃能看到一排排题典。我拉开玻璃仔细看，除了题典还码放着一厚本一厚本的模拟试题，都是土黄色的书脊。衣柜贴墙放着，也许柜门后面就存放着江恺的各种小物件？珍藏着童年记忆、散发出私人气息的小物件。趁江妈背对着我往外走,我打开一扇柜门往里看,见柜子一角放着塑料绳捆扎在一起的书,匆匆一瞥,最上面一本《圣斗士星矢》的封面是一片一片的,被透明胶布粘起来,还是可以看出碎裂的样子。

跟着江妈往外走,忍不住回头再看一眼,窗帘半掩着,屋里有些暗。

接下来我说参观房子的格局就行,只在房间门口张望张望。陈设都差不多,东西很少,一点儿杂物也看不见,每个房间都有钟表,卧室里最多,似乎有三个。

再回到客厅,江爸不见了,想是趁机逃脱躲进了房间。江妈坐下来,叹口气说,别人家的儿女越长越成熟,江恺快三十的人,越来越孩子气。这孩子变了,不敢认了。

孩子气也不是什么坏事。我说。

他在单位怎么样?

挺优秀的。我有意使用这个词。

江妈脸上有喜色,说,从小就是小大人,坚强,懂事,学习好,从不弄鬼掉猴的。我年轻时气性大爱着急,有一回趴在床上生闷气,他呜呜哭着给我端来搪瓷杯,妈你吃点方便面吧,我接过杯子,一摸杯子壁是凉的,原来他用凉水泡的面,我一下就笑了。

我笑不出来,仿佛看到了那时的江恺,一个安慰母亲的小男孩,一个照顾大人情绪的小男孩。

知道邻居们怎么夸他吗,到现在我还记着,说这是个英雄孩子。

小英雄江恺。我环顾客厅,想找到一幅江恺儿时的照片,白墙上什么都没有挂,电视柜上只有一个关着的机顶盒,指示灯没有亮。

江恺小时候可不像现在这么木讷,聪明机灵着呢,那时候说起神童来,江恺也算一个。

我露出一丝苦笑。多年的咨询经历让我有机会看清背后的底细，很多所谓的聪明小孩，不过是因为成长环境恶劣、时刻准备着应变而不得不警醒聪明，一个孩子哪里需要这么多聪明，孩子要是像个孩子，该有多好。

她继续说，一直到他考上学，没操过心也没感觉到什么叛逆期，平平顺顺过来了，那些年过得真快。她喜欢回忆，说起来就停不住，她想使劲儿拉着我，在那段日子里多转悠一会儿，那段日子里，江恺身兼金童、尖子生、小天使数职。

阳台上的衣架被风吹得砰砰乱晃，我心里隐隐的感觉变得更加清晰。我说，这么大个阳台，前面又没遮挡光照充足，怎么不养点花。

她愣一下，嘴里含混地说小区有花，很快扭回正轨，说，江恺呀，那些年真是争气。

后来呢？

后来，后来不知怎么回事就大变样了，我对他的希望不像以前那样容易实现了。

你对他能有什么希望，就是母亲对儿子的希望吧。我说。

我希望也没用，他这些年不太顺。小学、初中、高中都挺顺的，接下来在大学、在社会上反而磕磕绊绊的，他说自己没什么朋友，也看不到什么希望，一个年轻人怎么能说这样的丧气话呢。他的眼神也变了，小时候眼睛里晃着两个小太阳，一看就是个热诚孩子，现在冷冰冰的，让人见了就想躲开。

她忽然想到什么，说，跟真事一样，前一阵子给我写信，打印出来寄给我，说一打电话就吵架，说不透。有什么好说的，他就是不孝顺，他就是烦我，我喘气儿都有错。

信上怎么说？

神神叨叨的，看心理咨询什么的，我打听了，什么咨询，是哄着他说小时候的事，全赖在父母身上。他这么大个儿人，对自己就没有责任吗，简直走火入魔了，就会埋怨我，说我没有灵魂，活得不真实，好像我是那种很坏的女人，冤哪，没处说呀，到现在我都不知道哪些地方做错了，想破脑袋都不知道。我这辈子什么也没做就培养了一个孩子，孩子竟然说我猎杀他，你看这用词，我不过稍微严厉些，管得贴一些，当妈的不都这样，也没见人家的孩子活不成。

　　她看我，寻求支持，你说是不是，孩子来了，说来就来，谁天生会做母亲的？

　　我小心地看她一眼，她周身似乎没有多少热乎气儿，看上去又扁扁的，没有长宽高，像个小黑点在茫茫的水面上晃荡漂浮。我听懂了江恺的那句话，并非指向男男女女那方面的，他另有所指，她根本没听懂地臊红了脸。刚才一进门我就感觉冷感觉不舒服，对这样一个家庭来说，屋里少了点什么，这个少，并不牵连着钱的困窘。屋里干干净净却没有一盆花草，哪怕一盆仙人掌或一盆枯死的花，也无装饰品，或好看一些的生活用具，色彩也单调，望过去一片灰扑扑的。跟朴素无关，是荒芜的气息，草草的，不知道在往前赶着什么。因为莫名的惶急，一切刚好够用就行，准确得吓人，闲置在这里是不被忍受的，热情，快乐，也嫌多余。

　　在这个叫作家的地方，发生过很多无人在意的小事，它们伏脉千里地决定着成年江恺的一举一动。注意到我在打量四周，她说，我从年轻就喜欢素净。

　　她是能说会道的女人，颇善敷衍，也会做戏，眼角眉梢藏不住的却是冷淡，对此刻活着的冷淡。她坐在我旁边，但感觉上她并不在这里。她的积极和机警不过是浮泛的一层壳，里头空空的。她的动作表情里藏着作为一个生命体的深深的懒怠和疲倦,岑寂的绝望如穿顶般低低地笼罩着。我仿佛能看见她独坐在漫长的光阴里,像在默默忍受某种酷刑。

我向她推荐通俗一点的心理学书籍,她笑笑说,咱这把年纪别上这个当了。我说,也可以翻翻《金刚经》。她说,小区里现在入教的不少。

我再次问起信的内容,她不愿多提,说好几次想回封信,又觉得不过是换一种方式吵嘴,没有新鲜的话要说,还是算了。

她失神地望着窗外,说,那些年,不用问不用多说话,我只要看他一眼,就一眼,他就知道哪些该做,哪些不该做。我也不怎么动手打他,不用动手,我只要不高兴,不理他,他自己就慌得跟没魂儿一样。

一只小飞虫从窗户里飞进来,很快不见了踪影,过了一会儿,屋子里面光线暗的地方,出现一个绿莹莹的光点,晃动着,忽地,绿色光点一闪而过,消失在明亮的地方。

我坐在她身边,虽然她并不认为自己需要陪伴,我还是想陪她坐一会儿,就像陪着那些深渊里挣扎渴望得救的来访者一样,他们总是坐在我对面,有的不会哭也不会笑,有的天黑下来就如大难临头,好不容易熬过去一晚第二天还必须一切如常地上班,有的一闲下来就觉得心慌,不停地干事,不停地制造高潮,目标达成后却一片虚空,更加难受。

她背着光坐在椅子上,双手从两腿间垂下去。半天,她抬起一张凄苦黯淡的脸,叹口气,说,变了,世道变了,让我赶上了。

会好起来的,日子总会好起来的。我宽慰着她。这会儿我不想跟她争辩,更不想指点或责备她,想着这辈子大概只能见这一面,我就想把身上的暖意尽可能分给她,把信心也传递给她。我是真有信心,她儿子多善良呀,咨询的时候也有意无意地替她打了那么多掩护。

她霍地站起来,吓了我一跳。她死死盯着墙上的表,惊叫着怎么一晃就十二点多了。她很慢很慢地重新坐下去,低声说,又该做饭吃饭了,这日子过着,真是麻烦哪。

　　锦鲤游得很快,摆动的尾巴像一抹抹大红颜料在水里化开了。跟江妈道完别,我在水池边坐下来。水清且浅,阳光透下去,池子里晃晃荡荡的满是光。池中央有一棵睡莲,从茎中伸出来的长长的根,在水中一条条清楚分明,两朵莲花挺出水面,一朵年轻,一朵不太年轻了,一朵是蓝色的,一朵是紫色的,几只小乌龟趴在睡莲叶子上,一动不动地晒太阳。鱼在水里游弋,乌龟在叶子上晒太阳,天空和云彩也映在池中。我仰起脸来透过树枝的缝隙望着天空,北方的天空总显得更高远一些,我这才长呼出一口气。

　　出现在街头巷尾的江妈是一个看不出任何异常的妈妈,就是这个正常让我憋闷得透不过气来。一个多么常见的家庭,粗粗一看还是个好家庭,夫妻俩都有安稳体面的工作,几十年没病没灾过下来了,孩子学习好有出息,在大城市安顿住了,这看似完满的一切却让我感到深深的惋惜。江妈上面,我看到一条粗大的脉络从遥远的地方延续下来,江妈只是其中的一环,江妈背后,深厚久远的传统巍然而立,压着她,压着许许多多的生命。

　　她送我时说了最后一句话,江恺迟早要后悔的,后悔对我大吼大叫,等我死了他会扑在棺材上大哭,后悔我活着的时候对我不够好。

十二

　　洛阳春天的牡丹不可辜负,看到真牡丹便觉得这些年受了国画的骗。阳光下的欧碧如薄薄的绿玻璃一轮轮叠着,一串由轻到重的铃声,清新鲜灵得让人忘了它其实也是富丽的,自然年年都开,见到的一刹那却恍惚觉得这是它的第一次开放。

在牡丹园里接到江恺的电话，他说又没控制住，真抱歉。我告诉他，不用控制，不用道歉。他当日就离开了，这会儿通话已是两天后。我说起信件，他才知道那天我去了他家，他问，你们聊什么了？我不知该从哪里谈起，直到挂了电话，他也没再提起信件的事情。

回到酒店，看到前台站着一个人在跟接待员说着什么，是江恺的父亲。我以为他来找我的，正想上前，见接待员从存放柜里拿出几样东西放在台面上，一样一样都很熟悉，探望外婆时带的礼物，江恺给父母也备了一份，不同的是，父母这边还多送了几本书。接待员把东西一股脑儿放在酒店的袋子里，递给江恺父亲，我退几步躲到旁边的旅游纪念品商店里，看着他拎着袋子匆匆离开。

回程的高铁上，接到江恺的短信，问我什么时候回去，想预约下一次咨询，我又谈起信件并给了他邮箱，他回复，庄老师，我需要时间想想。

到家已是深夜，一进门，发现窗边的虎尾兰跟走的时候不一样了，整体好像长高了些，新的叶片从土里钻出来，叶子微微卷成一个小筒，还没有完全舒张开。接着我朝沙发看过去，毛绒动物们坐在宽大松软的沙发背上，白色鬃毛的马驹，大眼睛的小狮子，火红的狐狸，套着毛背心的绵羊，两只手牵着手的柴犬，猴子呢，它向一边歪倒了，我走过去，把歪倒的猴子扶坐起来，把它的黑色呢帽也正了正。我在客厅里陪着所有物件坐了一会儿才转到卧室里，睡前看看邮箱，一堆未读邮件，却没有我等的那一封。

休息过来也没去单位，隔壁的刘先生知道我回来了，拉着我爬山、打壁球、逛茶叶展会。他开着一家中药店，有些年份了，进货的时候自己忙一阵子，平时有人看店，他只是偶尔去转转。我们先是当邻居，不知不觉又成了玩伴，经常一起爬山也一起认识植物。刚知道我的职业时，他露出惊愕和担忧的表情，下一次见面他对我说，以后我们要多游泳。我说，你今天怎么没头没脑的。他说，你天天泡在别人的苦水里，全是些避之不及的人和事，多大的折磨。我这才领会到他的意思，收下了这份关心并告诉他，我有督导师和自我体验师，他们是我的守护神。我想起咨询中心网站上对我的几行介绍，姓名，资历，受训背景以及咨询范围：压力和情绪调节，神经症，自我探索和个人成长，急性心理创伤。我差点儿忍不住告诉刘先生，挂在网站上面的名字并不是我的真名。

江恺预约的是周日晚上。我早早来到咨询室，把洛阳买的牡丹绢花插在藤筐里。花朵绣球般大，颜色是渐变的粉，只有一瓣显得各色，近于深红，像湿了的胭脂，红色冷不丁一大步跳到粉白，倒是一点儿也不呆。摁下音箱开关，一阵雁鸣声响起，远远地从云霄里传过来的鸣叫声，在长空中一梯一梯地往下走。CD里是七首古琴曲，看来上回听到《平沙落雁》了。音乐声中，顺手打开电脑，一看邮箱，江恺的邮件躺在里头，两天前就发过来了。

愣怔一会儿，才点进去看。

妈，有一次给你打电话，没说几句气氛就变得冷而怪，你好像收藏了很多冷话和怪话，跃跃欲试地就等着找个机会说给我听。挂了电话我顺手拿起手边能拿到的东西，猛砸书桌一通，也是那天晚上我发现，桌子靠墙的一边儿光滑平整，靠我的一边儿全是大大小小的疤痕，一个小坑一个大坑的。

我坐在桌边回想这些年。大学的前几年浑浑噩噩，本以为考上大学就可以"做自己"，可问题是我根本不知道自己是个啥，最后一年躲不过了，拼命学习补亏空，我知道我会考试，也通过考试找到了工作。工作后每天做着差不多的事情，往前一看，前头没有选拔性考试等着我，也没有传奇功业等着我去建立，一切都很平淡，我就提不起劲儿来了。零零碎碎的工作压迫着我，我情绪变得很差，就摆出一副很不好说话的样子，别人都怕跟我打交道。我盼着生病，这样就不用来上班了，过了不久，早晨醒来一下床，趴在了地板上，我真生病了，发高烧连续烧了几天，病好后我就换了工作。

新工作的最初我拼命表现，希望身边的人喜欢我欣赏我，表现了一阵又烦了。

空气里遍布铁钳，箍得我喘不上气来，很轻松的工作也会让我暴怒，稍有波折我就会很担心，我顶撞所有跟我商量事情的人，说别逼我了，别逼我了，他们都尽量少跟我打交道。我发脾气的样子很像你，就像你在替我生活。

接着，又到一个新单位。几个月后，熟悉无比的感觉回来了，我既渴望被肯定，又讨厌别人指挥我命令我，很怕跟别人接触，好像任何小小的接触对我的生活都是一种打扰。我像一根绳子，被两个想法拨来拨去。我不知道该怎么办，感觉又要跟别人争吵，感觉又将大祸临头，我在本子上写道："江恺，记住，当心头升起一股烦躁时，不要再用习惯的方式去发泄和对抗。"合上本子再翻开，妈你知道我看见什么了吗？我看见几段长得差不多的话，分布在本子的不同页码上，原来这些话，早就一遍遍写过了。我没法逃避了，各种困境一股脑儿围过来，我游魂一样在屋里走，小雪看着我，她的眼神让我的心沉下去了，单位的人也是这么看我的。

你是谁？你怎么会变成这样呢？他们的眼神透露出这样的疑问。

我怎么会变成这样呢？那晚之后，我开始看心理咨询，咨询师让我认知到，原来黑夜如此漫长，走了二十多年仍在原地转圈，原来成年后自以为自主生成的诸多行为，都不过是对过去的沿袭和模仿。我总是回到我们家的老房子，爸在家里待不住，屋里就我们两个人。我坐在书桌前，紧张地用指甲划过桌面。你的目光落在我后背，像一块大石头。你好像浑身有用不完的劲儿，牙咬得紧紧的，双目灼灼地盯着我，表情无比坚毅。目标就在前头，我压抑着所有的愿望往前奔（我多想跟着几个小流氓在溜冰场边学跳太空步啊），让自己时刻处在极不自然的亢奋中，激荡的日子几年一个跃进，一个突破接着一个突破，我只有完成了才能得到你的爱，我只有成为一个完美的好孩子才能得到你的爱，我也随时准备迎接你的尖叫和哭泣，因为即使这样，你还是觉得慢，觉得不够好，你督促我尽快忘记怎么一步步地走，路，跳着过就行了。大部分时候，你不说话只是沉默着，我也沉默着，沉默过后，我躺在床上却感觉像刚刚经历了一场恶战。有时候我情愿你狠揍我一顿，也不要冷冷地不理我。否定，否定，否定，成块成块地投掷过来。忽冷忽热，冷和热都是过度的、激烈的、戏剧化的，极致的冷和极致的热。空气紧张得绷直了，我也绷直了，并就此逐渐失去了健全地活着所必须具备的弹性。

我终于离开你了。

我从未离开你。

有些东西，深藏在我的体内，用我觉察不到的方式决定我的命运。幽灵跟我寸步不离，牵引着我一次次回到熟悉的情境，我以为妈妈还在背后，鞭策着我干大事，一件接一件。再看看自己，长大了强壮了，能不依靠妈妈就活下去了，于是我把往日的怒火喷向现在。此时此刻，压迫者并不存在，我这半生都在跟想象中的压迫者做斗争，这个百变的压迫者易容乔装，化身为工作制度和生活秩序，化身为某领导，化身为一个弱关系的朋友，也时常化身为某位萍水相逢的服务业人士。我跟他们斗争过后，那种熟悉的压抑感也回来了，我又不舒服了，我需要让自己不舒服。

还要多久才能穿过黑夜？我不知道但我一直没停住脚步。在电话里跟你谈过多次，你只有一种反应：不屑一顾。我说婴儿时期的母婴关系有可能决定一个人的终生命运，你说瞎编乱造，婴儿能懂什么记得什么，我说家庭生活中细如针尖的伤害代代相传且无人称之为伤害，也没有人愿意深究情绪剧烈波动的母亲对敏感的孩子来说意味着什么，你说家家难免的勺子碰锅沿怎么就成了伤害，我说想跳出旧有的模式换一种方式生活，你理解为"娶了媳妇，有了自己的家"，你至今认为我们关系恶化是因为于小雪的挑唆。事实上，于小雪让我知道活着不是一件不幸的事情，她鼓励我，鼓励我打扮打扮自己，用心挑件衣服，找好一点的理发师设计发型，以前总觉得我不配、我不行，现在我已经可以享受这个部分了。从认识小雪她就整天笑嘻嘻的，我喜欢她的笑，她的笑跟太阳光一样宝贵，有一阵子她不笑了，我知道为什么，当我感觉一切都没有希望时，我用沉默惩罚自己，也惩罚她。

妈，你也可以多笑笑，印象中你总是不高兴的，听到好消息也只是勉强笑一下，笑容很快消失，好像从来没见过你咧开嘴大笑。梦见你的时候，你孤身站在沙漠中，五官是往下走的，像受到格外强大的地心引力，简直是要往下流了。

　　你可能不理解我写下的这些话，没关系，不是为了让你承认些什么，更不是为了埋怨、懊悔和仇恨。这么多年来，你跟我一样疲惫，你跟我一样经受着说不出来的隐秘折磨，我们被困在一个共同的炼狱里。我经常在你脸上看到嫌弃的表情，我以为你是嫌弃我，后来才发现，你更多的是在嫌弃活着的自己。也许，我们可以一起尝试着认识层层包裹下真实的自己，一起尝试着分析为何我们浪费宝贵的生命一遍遍重演着相同的剧情，我盼望，不管在什么境况下咱俩都始终怀有努力生活和寻找快乐的意愿。

　　在大人们认为我什么都不懂的年纪里，我也清楚地知道，跟妈妈在一起很难受。但我多么想亲近你，你是我在这世上唯一能亲近的人。现在，我仍然想亲近你，闻闻你身上的气味，即使我五六十岁头发都白了，我还是想让你搂着我，白头发的你搂着白头发的我，我老了，但我还是有妈的人。多少次了，恨意突然涌上来，我再也不想服从和满足你，再也不想为了你迷茫中慌乱抓住的精神支柱而奋斗，这一切多么虚假，我像清除病毒一样大力删掉你，过不了多久又偷偷加上，也屏蔽过你，又忍不住想看看你的动态，再把你放出来，算不清楚，不知道重复过多少回了。一想到你流泪我心里就难受，爸说你大白天一个人躺在床上，脸对着房顶，不出声地流眼泪，我当时就像孩子一样哇哇大哭起来，我想马上回到老家，为你擦眼泪，帮你做一碗甜酒煮鸡蛋。想到有一天你会死，会被烧成灰埋在地下，我的心就像被剜出一个大洞，我妈呢世界上再也没有我妈了，大洞越变越大，直到整个人都空了。我也不见了。

人只要还有妈,就有底气有胆子,就有恃无恐随时变成小孩子,没有妈,大概就会感受到彻彻底底的孤独吧。

母子关系会影响孩子的所有关系,会影响我看待世界的心态和目光,会影响我的生活信念。但最重要的永远都是现在,我知道任何关系都无法强行修复,我能做的是先对自己负责,学会敬畏日常,让生活成为能量的不竭源泉,再把从心底生出的活力和爱分享给别人,并在不久的将来分享给我的孩子。

看来是时候了,我为我的来访者感到高兴。

十三

江恺走进来,右手捧一束鲜花,左手拎一个袋子,里头是两杯果汁。他问,庄老师,你喝火龙果汁还是苹果汁?

见到他手里的花我心里就明白了,看来想到一块儿去了。屋里没有花瓶,我说谢谢你的花,先放着,一会儿我带回家。选什么果汁呢,他问。我选了一杯火龙果汁。

最近忙什么?

他说,平时上班,周末打游戏散步晒太阳,学做几道新菜,还报了一个舞蹈班学跳太空舞。

能跳跳吗?

他打着响指轻轻摇晃身体好像在找感觉,然后嘴里说着月球漫步,开始滑步,手顺势抬起来搭住虚拟的帽檐儿并往下压了压,一副怡然自得的样子。

我为他鼓掌。

他微笑着坐下来，说，现在你知道了吧庄老师，不是什么极端的成长环境，没有发生过特别可怕的事情，家里没有杀人犯也不是虐待和赤贫，只不过是家庭中一些习以为常的甚至被当作美谈的做法，还有一些无形却细密的罗网，再加上我个人的脆弱。

我说不是你的问题，往上追溯源头时我们会为事件本身的细小和随意感到惊讶，但孩子就是这样被细细碎碎地塑造成今天的模样。

接下来，他慢悠悠地谈起自己，后来过了很久我依然记得他平和的语气和坦然的眼神。

我是个特别守时的人。有一次在外面玩忘记回家吃饭，不记得我妈是怎么管教的了，只记得我从六岁起就养成守时的习惯，只要我妈让五点前回家，我肯定会在四点五十七到五点之间出现在她面前。我至今保持着这个习惯，跟人约好时间，哪怕穿越大半个城市，无论坐地铁还是开车，我都能提前三分钟到达，这是我妈给我的"天赋"。回想小时候在外面玩，玩的什么不记得了，只记得我隔几分钟就会问附近戴表的人现在是几点。

我是个缩手缩脚的人，好像周围的一切都很危险，我什么都不敢动。有一年暑假在奶奶家住了几天，发现茶几、柜子可以随便碰触，所有的抽屉都可以拉开，我不敢相信，隔了几天才确信这是真的。我尽情把抽屉拉到最开，仔细摆弄里面的每件物品再关上，像探索完奇幻新世界一样满足。我想喊就喊、想跑就跑、想躺就躺，还有一群表弟表妹跟我一起疯。而在我家，抽屉是不许拉开的，茶几上的杯子是不许乱动的，沙发和床也不能随便躺。有一回放学的路上，下水道里跑出来一只老鼠，我看见老鼠忽然觉得很亲切，我跟它的神情是一模一样的。

我很小的时候就学会了察言观色和讲笑话。妈妈总是一脸不高兴，大部分时候我不知道原因，我想让她多笑一笑，我要成为家里那个活跃气氛的人，我要经常有好消息报告给她。她一黑着脸，我就羞愧我就恨自己。后来我累了，也习惯了家里的气氛，照镜子的时候，我的阴沉跟周围的阴沉是融在一起的。

有一段日子我特别矛盾，小学语文课上第一次学"敌人"这个词，老师解释完含义，我第一个想到的人是妈妈。接着就开始谴责自己，谴责自己是个道德品质败坏的孩子，妈妈给我生命，把我养活大，督促我上进，怎么能有这种想法呢？这念头一冒出来，我就扇自己耳光。

我从来不觉得自己能活长，好像随时会被抛到野外，孤零零死去。后来我发现，乖、学习好、当模范、被叔叔阿姨夸似乎能够保住我的命，再后来保命又如何呢，睁开眼睛的一刻，不知道自己存在的理由是什么，不知道属于自己的生趣在哪里，不知道接下来漫长的一天该怎么熬。我每天都比前一天多死一点。

现在呢？我问他。

我敢进厨房了敢摸炉灶了，我会提前腌上牛肉，腌一天一夜，第二天大火煮开再文火慢慢煨，我愿意等着，为几口就能吃完的一道菜等着，等候的过程让我很心安。对了庄老师，见过我妈了吧，她还有希望吗，我是说，她还有快乐起来的希望吗？

想起江妈来，我有些恍惚，这世上真有一个她吗？我看不清她的面目。她存在吗，真正喜欢些什么吗？她未经选择地笃信了一些价值，并错认为那就是苦心找寻到的意义，跟从那些价值已耗尽她的精力，她还能为自己喜欢点什么呢？无论喜欢上什么都意味着源源不绝的付出，那需要蓬勃旺盛的真正的生命力。

我说见到了，现在心里还记挂着她，她始终在苦海里漂荡，日子太难过了，她受不了一天一天地过，想抢在时间前头做点什么，却把现在也弄没了。

他点点头，如果有个快进键，我妈会一键按下去让这一辈子赶紧过完，我也一样，中考的时候特别希望睡一觉半年过去，已经在高中了，高二时我又盼着睡一觉，一睁眼知道自己上了哪个大学，知道一个结果就行了。

江恺，你不是任何人的翻版，你一定要有信心。人活一世都爱询问意义，我觉得活着的意义是接受自己的缺陷但从不放弃自我完善，对咨询师来说终身成长更是职业需要。你妈妈的精神发育可能停顿在了某个时刻，再也没有觉察、更新和蜕变，奴役她的东西却不断强化，越来越膨胀，强大到吞噬了一个活泼泼的生命。

我有信心，痛苦了这么多年才明白，我要去生活，一天一天地过日子，越平淡的日子越值得认真过。人这辈子也没有一个万能的确定性的保证：我做到什么一切就都好了，反而我什么也做不到，什么也不是，我依然存在，依然会有人爱我珍视我。

那么，我看着他，希望他来说。

咨询可以暂时告一段落了。他说。

读完江恺的信我就长舒一口气，我为我的来访者感到高兴：他不再需要我了。卡伦·霍妮说解决心理问题好比翻大山，理想的情况是分析师只充当向导，指出最佳路线，现在江恺已经可以独自翻山了，不管这之后他还要经受多少次大同小异的反复的折磨，不管那个声音还会不会响起，调遣他，愚弄他，毕竟他敏锐地觉知到了生之困扰并决意袒露和改变，他怀有强烈的认识自己的愿望，他的生命会越来越清明通透。再说，还有一个爱他的生活伴侣呢，想起这对年轻人来我心里就暖暖的，眼神也变得温柔起来。眼前经常会出现一个画面，他们像童话中的两个孩子，一起穿过有巫婆和猛兽但也有很多美丽风景的大森林。

庄老师，能说说你最成功的一次治疗吗？

不能用成功来形容，说说最难忘的来访者吧。

大概五六年前她跟母亲一起来的，不，母亲扶着她来的。南方的暖冬穿毛衣足够了，她缩在大棉袄里勉强露出头来，脸上一点活人的生气和神采都没有。她母亲告诉我，女婿心梗说没就没了，结婚才三年，蜜一样的，没过够。她不吃不喝，有点力气就拿头撞墙，别人建议把她送进康宁医院，她母亲不同意，说先来看咨询，不行再送医院。

你是怎么做的？

我什么也不能做，常规方法在突发和剧烈的精神刺激面前显得很拙劣，也很虚伪，她哭，我陪着她哭，能疏导一点算一点。私下跟她母亲说，打安定让她睡着觉。

接着，她一个人来，我还是由着她一遍遍倾诉，在纸上一遍遍写出来。亲人、好朋友，该说的都说了，别人毕竟有自己的生活，生死也挡不住太阳每天出来，我能做什么呢，就是听她重复地说，陪她哭一场再哭一场，鼓励她向前看、往下过，一秒一秒地往下过。

有一个时期，她很认真地跟我谈起丈夫的去向，有时候说他封闭培训了，有时候说他去上海出差了，下周回家，还给她买了裙子、化妆品和几盒蟹壳黄。我认真听着，说真好真好，顺势跟她讨论美丽的衣服、好吃的东西、这个季节的树和花，她说她想起来了，出门时看见小区的扶桑开了满树的花。我太高兴了，你知道这对她来说有多难吗？

后来，我在不引导宗教信仰的前提下跟她一起念大悲咒，你不用觉得奇怪，佛教和心理学殊途同归，都是安慰人、解脱人的，遇到过不去的大坎儿的时候，宗教的作用更容易体现出来。

前后咨询了半年时间，她不再出现。

为什么难忘？

没想到还会再遇见她。前不久我跟几个朋友打羽毛球，打完拐进体育馆旁边的超市里买水,一进超市我就看见她推着一辆购物车,车子里放得满满的,豆腐、饼干、巧克力、酱菜、卷纸、儿童拼图。她的耳环很显眼,明亮的金色大圈,真洋气,我远远看着她,江恺你知道那一刻我的心情吗。

我被她感动了。

是你救了她。

我摇摇头,救了她的是流逝的时间,是男欢女爱一日三餐,是贪生和恋世的好品质。日复一日的生活是最有魔力的。

沉一会儿,江恺说,我妈可怜就可怜在这里,我们这些人,该怎么形容呢,被架空了,靠激素和补药勉强撑着,红着眼睛很用力却什么也看不到什么也感受不到。下一次见到我妈,我不想再逃跑,我想坐下来跟她说说心里话,如果可以选,我希望小时候调皮不听话,上一般的学校,考普通的大学,一辈子没有巅峰,茶茶饭饭过实心的生活,知道什么是真实的,健全到能爱身边的很多东西,我会跟她讲,这是我的理想,等到闭眼的一刻我会把这当成一辈子最大的成就。

我点点头,说,实心的生活从现在开始也不晚。我不赞成把成年人的困境都归咎于过去,童年、家庭、父母等,不要忘了,你自己的责任呢,人要为现在的自己承担应该承担的那部分责任。

我继续跟他分享那些闪耀着光彩的案例,讲述人的荣光与胜利,赞叹人的灵性和潜能,而另外的部分我自己知道就行了,我不会让江恺知晓这个部分。比如说,两年时间里我跟一个来访者聊了上百个小时,共同经历了一些决定性的时刻,不断地坚定信心,最后一次咨询时他问我,其实一切都没有改变,对吗。比如说,一个十七岁、体重一百九十斤的少女,坐飞机到处追星,回到家就躲进房间拉紧窗帘,吃饭只吃炸鸡外卖。她被父母送过来后,门刚关上她就拿出写好的遗书,一页一页念给我听。比如说,在目前的环境里,咨询中心要生存我要执业,就必须采用某种类似美容场所的令我感到羞耻的营销办法,预充值、买十个小时送一个小时等等。

我们没有按照规定的时间结束,古琴曲从《渔樵问答》到《忆故人》转了几个来回,雁鸣声又响起时,江恺讲起从洛阳回来后的奇遇,讲得很细致,脸上始终带着笑容,我被他感染了,一幅幅场景如在眼前。几个月以后,我依然记得这些场景,仿佛我也身处其间,就站在旁边静静地看。很多很多的亮光涌向我,有的是天上来的,有的是相爱的人身上散发的,还有一种光,是属于苇草般柔弱又强韧的生灵的。

十四

于小雪带江恺来到她租的房子里。

一个单间,面积很小,因为阳台朝南才下决心租的。她说。

江恺站在阳台上,满眼都是植物,番红花、蓼蓝、栀子、槐米、菊花、蒲公英,接着香气环绕过来,番红花跑在最前面,紧跟着栀子香,菊花香细长细长的,在外圈轻轻一拢。最后他才看到大片的颜色,日光下朗朗的,绯红、靛蓝、青黛、杏黄……草木在布料里继续生长,形态、味道、颜色甚至魂魄都还在,风刮过来,摇摇曳曳的一片田野。

于小雪说,我有个提议,咱们俩谁想单独待一待就来这里。墙角放了一把椅子一张小圆桌,可以坐下来泡杯茶,等到茶晾温可以入口时,人也就安宁了。

江恺点点头,抬起手来摩挲布料,什么时候染的?

多亏你。她钩过一片布披在他肩上。太浓烈的情绪会在空气里凝成一个个小水珠,把屋子里的人都打湿了。我湿淋淋地躲到这里来,立志远离你，发誓不再猜测你黑着脸的原因，谁知道染染布料再做做饭就没那么生气了，想着还是回家好。小时候一刮风下雨，我妈就借机张罗着做好吃的，包饺子烙盒子炖排骨，兴头那么足也不怕费工夫，我看着外面大风大雨的，再瞅瞅屋里忙活的她，不知为何反而心里特别踏实。

他想起那些细蛛网般粘牢他的恶劣心绪，想起他一手为自己创造的绝境，深深叹口气，转头看看肩上的布，白而轻，感觉像披了一小片皎然的月光。

我准备结束咨询。

为什么？

咨询师始终没给我明确诊断，她知道标签一个人很容易，诊断是容易的咨询是一时的，那个层面能解决的已经解决，剩下的要交给生活。

交给咱们俩。

很难很难，改善一丁点儿都很难，还时不时会回到老地方，或者这样说吧，有些病不会痊愈，可能要一直跟着我。

别怕，有什么好怕的，要说起病来谁又没有病？不管怎样我们先吃顿好的，刚才看见路口的菜摊上摆着嫩绿嫩绿的茴香苗，我们下去买一把？

两人一起动手，和面，洗茴香苗，切肉，调馅儿，擀皮儿。饺子包好，于小雪下锅煮，江恺从橱柜里拿出小白碟子，倒上醋，又见到架子上有一瓶小磨香油，便取过来在醋上点了几滴。

吃完饺子，两人把海绵垫子放在地上，在这间可爱的小屋里并肩而坐，偶尔相视一笑时，在对方脸上看到了快乐，这快乐是孩童式的、似乎怀着些小秘密的，唯有他俩可以意会和共享，这快乐还暗含着些小风波过去后的庆幸和知足。

玻璃窗下日光闪烁，花影缓缓地在地砖上走，仿佛时间缓缓地流动。

最后一缕斜射进来的光线也消逝了,准备回家时,于小雪神神秘秘地说,等会儿等会儿,你先闭上眼睛,我说可以啦你再睁开。

于小雪拉着他的手走几步,说可以啦。江恺睁开眼睛,眼前异样的光亮。哪里来的光?过一会儿他仰起头,这才看到玄关顶上装满各种各样的灯。

进门时,他并没有注意到狭窄幽暗的玄关上方有什么。星星灯挨着月亮灯,猴子灯旁边是橙黄色的南瓜灯,银色圆盘坠下几列高低错落的玻璃球灯,是一场流星雨,布艺灯的灯罩上印着几竿竹子,灯光投下竹影,最大的一盏灯上头聚拢着烛焰状的灯头,下面垂着蓝色八角珠穿起的长流苏。

小时候最喜欢去灯饰店,一通电,首饰匣子打开了,光照在身上是有声音的,无数珠子一齐往下落。这几个月每接到一张订单就奖励自己买一盏灯。这里是我的好去处,也是你的,慢慢地,你心里那间老房子就塌了,不见了。

那是小时候生活的地方,是个家,还是别让它塌掉,我变了它也会跟着变,我变好了它也会跟着变好。

我一边想象这些画面,一边在公园里闲逛。

几个票友在湖边唱曲儿,正唱到《牡丹亭》的【皂罗袍】,慢悠悠的清唱,青烟袅袅而上,风后面拖曳着细细的柳丝,溪水潺湲流过光洁的石头。我凝神听一会儿眼睛就湿润了,五十多岁了,活了这么久,还能喜欢《牡丹亭》,这让我觉得幸福极了。

晴朗的好天气,天空蓝得澄净透明,荔枝林鸟声不绝,水边的蕨类植物丛中传出虫叫的声音。老人们在树荫里活动身体,年轻的情侣、穿校服的学生在草坪上或坐或躺,父母们铺开橡胶垫,扶着孩子学步。我看着他们,但愿这平静安乐在生活里源源不绝地出现,但愿父母永远不要让孩子置身于孤注一掷的境地里，哪里需要什么孤注一掷，但愿孩子永远不会听到这样一句话，你再不努力就晚了。他们保持住了柔韧，明白身处生存的丛林必然损耗一部分生命，而另一部分依然可以自在地舒展，在最高的层面上接受万物本空，具体的生活中却眷恋人间烟火并深知这就是最珍贵的养分，他们携带着先天和后天、身与心的缺陷，经历和体会这一世，日出日落，悲喜掺杂。

草地的尽头有一棵老樟树，树下长椅上坐着一位头发花白的老太太，我走近时看清楚了她的脸。一张普通的衰老的脸，此刻毫无表情，却依然让我感到惊心和震撼。不知多少磨难灾祸的锻打，以及无常的作弄，柔软的血肉仿佛具有了铁一般的质地，连纹路也像刻上去的，看着这张脸，就看到拼着命才活到这个年纪的漫漫的来路，也看到了生的壮阔。她歪着头闭起眼睛，像是睡着了，阳光从树叶的缝隙间漏下来，受难的面庞定格的最后一个表情，是安详。

风把笛子的声音送过来，小狗沿着台阶蹦蹦跳跳。卖菠萝的一对夫妻在一棵洋红风铃木下出摊儿，丈夫削皮切块，妻子收钱，把穿好的菠萝递出去，不时有风铃花辞别枝条落在她肩头，还有的花调皮，在她身上蹭一下才蹁跹飘落。路边的亭子售卖小饰品，网格货架上挂满五颜六色的头绳，一道道发箍，顶上停着薄纱蝴蝶、蜻蜓、瓢虫，儿童戒指的指托上面图案丰富，冰雪公主、表情各异的猫和小熊，不过是塑料质地，却让人感到沉实丰裕的欢乐。一个小女孩拿起镶珠小皇冠插进头发里，又把银色发卡别在两边，照照镜子，满意极了。水钻，树脂，玻璃珠子，射灯照着，琳琳琅琅，漫天的星斗光彩流溢，梦幻王国在等着她，她脸上不断露出惊喜之色。游乐区里，几个男孩吃完橘子开始撕手里的橘皮，嗞嗞，嗞嗞，扬起细细的轻尘般的雾，浓烈的橘子香弥漫在周围的空气里，人们经过时染上了一身的橘子味儿。

公园旁边，靠近居民区的地方，停着平价蔬菜售卖车。灯笼椒砌成一座小塔，白花芥蓝上面有蜜蜂嗡嗡地飞，玉米们头戴着缨穗横七竖八躺着，小黄姜，鲜百合，生栗子，蒜头，绿豆，花生，一小堆一小堆，这样摆着就感觉喜气洋洋的，一种年代久远的可靠的殷实气息，叫人觉得善，叫人觉得安心。蹲下去，拣青菜，挑土豆，站起来，钩子上取下一溜儿猪前腿肉，我知道，这些才是我跟世界真切、深刻而强韧的联结。

今天早饭吃的黑芝麻杏仁糊和炸馒头片。我把馒头片在打散的鸡蛋液里过一遍，用大火和热油把表皮炸酥，出锅沥完油，咬开焦黄的边儿，内瓤儿雪白松软，发面细小的孔洞里冒出热气来，这样回想着，喉头突然涌上来一股熟悉的味道，是咸味儿，盐的味道，是搅打蛋液前放下去的一小撮盐，这古老的味道让我鼻子一酸，眼睛里潮乎乎的。

明天吃什么，小米南瓜粥配鸡蛋葱花饼吧，想着明天的早餐我幸福极了。风吹着后背，好像我往后一倒，它就会拦手抱住我。

这世界真好，生而为人真好。